TU NE TE SOUVIENDRAS PAS

Sebastian Fitzek, le nouveau prodige allemand du suspense, est né à Berlin en 1971. Après des études de droit, il travaille à la radio et à la télévision. Par la magie du bouche à oreille, *Thérapie*, son premier thriller, s'est retrouvé numéro un des ventes en Allemagne. Il est traduit dans vingt-deux pays.

Paru dans Le Livre de Poche :

Ne les crois pas

Thérapie

SEBASTIAN FITZEK

Tu ne te souviendras pas

TRADUIT DE L'ALLEMAND PAR JEAN-MARIE ARGELÈS

L'ARCHIPEL

Titre original :

DAS KIND
Publié par Droemer, Munich, 2009.

© Sebastian Fitzek, 2009.
© L'Archipel, 2010, pour la traduction française.
ISBN : 978-2-253-16641-2 – 1ʳᵉ publication LGF

LA RENCONTRE

« La vérité sort de la bouche des enfants. »
Proverbe

1

Quand, quelques heures plus tôt, Robert Stern avait accepté cette rencontre insolite, il ignorait qu'il avait pris rendez-vous avec la mort. Il se doutait encore moins que celle-ci mesurerait un mètre quarante-trois, aurait des baskets aux pieds et ferait irruption dans son existence en souriant, sur une friche industrielle perdue au bout du monde.

— Non, elle n'est pas encore là. Et je commence à en avoir marre de l'attendre.

Excédé, Stern, à travers le pare-brise noyé de pluie de sa limousine, jeta un coup d'œil sur un bâtiment d'usine sans fenêtre, une centaine de mètres devant lui, et maudit son assistante. Elle avait oublié de décommander le rendez-vous avec son père et, en cet instant précis, celui-ci devait l'incendier sur l'autre ligne.

— Appelez Carina et demandez-lui ce qu'elle fabrique, bon sang !

Stern appuya sur un bouton du volant en cuir. Il y eut un bip, puis il entendit le vieil homme tousser dans le haut-parleur. À soixante-dix-neuf ans, son père fumait encore comme un pompier. Il avait même profité des quelques secondes d'attente en ligne pour s'en allumer une.

— Désolé, papa, dit Stern, je sais, on devait manger ensemble ce soir. Mais on va être obligés de remettre ça à dimanche. On m'a appelé pour un rendez-vous totalement imprévu.

Il faut que tu viennes. Je t'en prie. Je ne sais plus que faire.

Jamais encore Carina n'avait eu une voix si angoissée au téléphone. Si c'était de la comédie, elle méritait un Oscar.

— Pour avoir l'honneur de te voir, je devrais peut-être te payer cinq cents euros de l'heure, grogna son père, toujours furieux.

Stern soupira. Il lui rendait visite trois fois par semaine, mais ça n'aurait servi à rien de le lui rappeler maintenant. Les centaines de procès qu'il avait gagnés et tous les combats perdus au cours de sa vie conjugale, désormais anéantie, ne lui avaient pas enseigné comment sortir vainqueur d'un conflit avec son père. Dès qu'il discutait avec lui, il redevenait un petit garçon médiocre à l'école et oubliait qu'il était Robert Stern, quarante-cinq ans, avocat du cabinet Langendorf, Stern et Dankwitz, le numéro un du droit pénal sur la place de Berlin.

— Franchement, je n'ai pas la moindre idée de l'endroit où je me trouve, dit-il, histoire de faire baisser la tension. Comme ça, au hasard, je dirais quelque part en Tchétchénie. Mon GPS a eu toutes les peines du monde à me conduire jusqu'ici.

Il alluma ses phares, illuminant une partie de l'esplanade non pavée où s'empilaient des poutrelles métalliques brisées, des bobines pour câbles rouillées et autres déchets industriels. À en croire la montagne de barils, on avait dû fabriquer là, à une autre époque, des peintures et des vernis. Avec le mur délabré de la baraque en briques pour arrière-plan, ce bric-à-brac faisait songer à des accessoires ayant servi au tournage d'un film d'apocalypse.

— J'espère que ton GP machin-chose te guidera un jour jusqu'à ma tombe, toussa son père.

Stern se demanda si cette amertume était héréditaire. En tout cas, depuis déjà dix ans, elle avait commencé à s'insinuer en lui.

Depuis Felix.

Il s'était mis à ressembler à son père depuis le traumatisme qu'il avait subi à la maternité. Une ressemblance physique aussi. Stern avait vieilli prématurément. Avant, il passait ses moments libres sur un terrain de basket à parfaire sa technique de tir au panier. Aujourd'hui, c'était tout juste s'il réussissait à atteindre la corbeille à papier quand il voulait se débarrasser d'une canette vide sans se lever de son siège.

La plupart des gens, à condition de ne pas l'approcher de trop près, se laissaient peut-être abuser par sa silhouette mince et élancée. En réalité, ses costumes sur mesure parfaitement coupés dissimulaient une musculature qu'il avait cessé d'entretenir depuis longtemps, son hâle naturel et persistant masquait les cernes sous ses yeux et sa coiffure dissimulait habilement ses cheveux noirs quelque peu clairsemés au-dessus des tempes. Le matin, il lui fallait près d'une heure pour effacer les marques de fatigue sur son visage et, en sortant de la salle de bains, il se sentait de plus en plus réduit à l'état de meuble design restauré dont on ne remarque les défauts qu'après l'avoir installé dans son salon, sous la lumière impitoyable du plafonnier.

Nouveau bip sur la ligne.

— Excuse-moi, je suis à toi dans un instant, dit Stern, qui en prenant l'appel de sa secrétaire s'évitait d'autres reproches paternels.

— Laissez-moi deviner : Carina a annulé le rendez-vous ?

Cela n'aurait rien eu d'étonnant. Elle était irréprochable dans son travail d'infirmière, mais se montrait versatile et désorganisée aussi bien dans ses relations amicales que dans sa vie amoureuse. Leur liaison avait beau n'avoir duré que quelques semaines et s'être achevée trois ans auparavant, ils se téléphonaient encore régulièrement et prenaient parfois un café ensemble, même si leurs conversations se terminaient souvent en dispute.

— Non, malheureusement je n'ai pas réussi à joindre Mme Freitag.

— OK, merci.

Stern enclencha l'allumage électronique ; il sursauta quand le vent d'automne projeta brusquement un paquet de pluie sur son pare-brise. Il actionna les essuie-glaces et ses yeux s'attardèrent une seconde sur une feuille d'érable brun-rouge collée en dehors de la surface balayée. Puis, regardant derrière lui, il recula lentement ; les pneus crissèrent sur les gravillons.

— Si Carina donne signe de vie, dites-lui que je ne peux pas attendre ici plus longtemps...

Stern s'interrompit au moment où il s'apprêtait à passer la première. À environ deux cents mètres, un véhicule fonçait droit sur lui, signaux de détresse allumés, et ce n'était pas la petite voiture déglinguée de Carina. La fourgonnette blanc et rouge grimpait la rampe d'accès aussi vite que le lui permettaient les nids-de-poule.

L'espace d'un instant Stern crut que le conducteur voulait l'emboutir, mais l'ambulance obliqua légèrement et s'arrêta à côté de sa voiture.

— Papa ? dit-il en reprenant l'autre ligne après avoir remercié sa secrétaire. Mon rendez-vous est arrivé, il faut que je te quitte, expliqua-t-il, bien que son père ait déjà raccroché.

Puis il ouvrit péniblement la portière en luttant contre une rafale de vent.

Mais, bon sang, qu'est-ce qu'elle fabrique avec une ambulance ?

Carina jaillit du siège conducteur, sautant à pieds joints dans une flaque d'eau qui éclaboussa d'une boue noirâtre sa blouse d'infirmière. Elle ne sembla pas s'en soucier. Ses longs cheveux roux étaient noués en une stricte queue-de-cheval. Stern la trouva si éblouissante qu'il eut envie de la prendre dans ses bras. Mais quelque chose dans son regard l'en empêcha.

— Je suis dans la merde jusqu'au cou, dit-elle en sortant un paquet de cigarettes. Je crois que cette fois j'ai vraiment déconné.

— Mais à quoi rime tout ce cinéma ? Pourquoi tu m'as donné rendez-vous ici… sur ce champ de bataille, et pas dans mon cabinet ?

À présent qu'il n'était plus confortablement assis dans sa limousine, il sentait le froid désagréable du vent d'octobre. Il rentra les épaules en frissonnant.

— Ne perdons pas de temps, tu veux ? J'ai emprunté l'ambulance et il faut que je la ramène sans tarder.

— OK, mais si tu as fait quelque chose de travers, ce serait mieux d'en parler dans un endroit civilisé.

— Non, non, non ! s'écria Carina en secouant la tête et en levant la main en signe de refus. Tu ne comprends pas ! Ce n'est pas moi qui suis en cause ce coup-ci.

Elle contourna l'ambulance d'un pas assuré, ouvrit la portière arrière et lui montra l'intérieur.

— Ton client est couché là-dedans.

Stern, du coin de l'œil, regarda Carina d'un air perplexe. Il avait déjà vécu nombre de situations étranges, et, pour lui, cela n'avait rien de nouveau de rencontrer un braqueur de banque touché par une balle, la victime d'un règlement de comptes entre bandes criminelles ou bien un client louche qui avait besoin de son aide mais désirait surtout garder l'anonymat. La seule question qu'il se posait, c'était ce que Carina avait à voir là-dedans.

Comme elle ne lui en disait pas plus, il monta lentement le plan incliné menant à l'intérieur de l'ambulance. Son attention fut aussitôt attirée par un corps allongé sur la civière.

— Qu'est-ce que ça signifie ? demanda-t-il en se retournant brusquement vers Carina qui, restée dehors, était en train d'allumer une cigarette, ce qu'elle ne faisait qu'en état d'extrême nervosité. Tu trimballes jusqu'ici un jeune garçon ? Pourquoi ?

— Il te le dira lui-même.

— Le gosse ne me paraît pourtant pas en mesure de… *parler*, voulut continuer Stern, car l'enfant, pâle comme un mort, lui avait paru inerte.

Mais, se retournant, il constata que celui-ci s'était redressé et assis au bord de la civière, les jambes ballantes.

— Je ne suis pas un gosse, protesta-t-il. J'ai dix ans ! C'était mon anniversaire il y a deux jours.

L'enfant était vêtu d'un T-shirt noir avec une tête de mort thermocollée et d'un blouson fourré en velours côtelé. Son jean rapiécé flambant neuf était beaucoup trop grand au goût de Stern. Mais qu'est-ce qu'il y connaissait, après tout ? C'était sans doute la mode qui voulait que les écoliers retroussent leurs jambes de pantalon et portent des chaussures de skateboard peinturlurées au stylo-feutre.

— Vous êtes avocat ? demanda le gamin d'une voix un peu éraillée, comme s'il n'avait pas bu depuis longtemps.

— Oui. Pénaliste pour être précis.

— Bien.

Le gosse sourit, découvrant des dents étonnamment égales et blanches. Pour faire fondre le cœur de sa grand-mère, il n'avait vraiment pas besoin d'avoir des fossettes sur les joues. Ses longs sourcils noirs et ses lèvres pleines, un peu gercées, y suffisaient amplement.

— Très bien, répéta-t-il en descendant prudemment de la civière, geste qui lui fit tourner le dos à Robert pendant un instant.

Ses cheveux châtains et légèrement bouclés lui descendaient jusque sur les épaules, si bien que, vu de dos, il aurait aisément pu passer pour une fille. Robert remarqua que ses cheveux dissimulaient mal un sparadrap gros comme une carte de crédit sur la nuque. Quand le garçon lui fit de nouveau face, il souriait toujours.

— Je m'appelle Simon. Simon Sachs.

Il tendit une main délicate que l'avocat hésita à serrer.

— Bon, et moi, c'est Robert Stern.

— Je sais. Carina m'a montré une photo de vous. Elle l'avait dans son sac à main. Elle dit que c'est vous le meilleur.

— Merci beaucoup, murmura maladroitement Stern. (D'aussi loin qu'il s'en souvînt, il n'avait jamais eu une conversation aussi longue avec un mineur.) Que puis-je pour toi ?

— J'ai besoin d'un avocat.

— Quoi de plus normal !

Stern lança par-dessus son épaule un regard intrigué à Carina qui, impassible, avalait la fumée de sa cigarette. Pourquoi lui jouait-elle un tour pareil ? Pourquoi lui donner rendez-vous sur une friche industrielle et le mettre en présence d'un gamin de dix ans, alors qu'elle savait combien il était peu à l'aise avec les enfants, et avec quel soin il les évitait depuis que la tragédie avait détruit son couple d'abord, et lui ensuite ?

— Et pourquoi penses-tu avoir besoin d'un avocat ?

Il eut du mal à contenir la colère qui montait en lui. Peut-être au moins cette situation grotesque pourrait-elle lui servir à meubler les conversations pendant les pauses au cabinet. Stern montra du doigt le sparadrap sur la nuque de Simon.

— C'est à cause de ça ? Quelqu'un t'a frappé dans la cour de l'école ?

— Non, ce n'est pas ça.

— Quoi alors ?

— J'ai tué quelqu'un.

— Pardon ?

Stern ne posa la question qu'après un silence, tellement il était convaincu que ces mots ne pouvaient pas sortir de la bouche d'un enfant de dix ans. Comme le spectateur d'un match de tennis, il tournait alternativement la tête vers Carina et vers le gamin. Jusqu'au moment où ce dernier articula à haute voix :

— J'ai besoin d'un avocat. Je suis un assassin.

Un chien aboya au loin, et son hurlement se mêla à l'incessant grondement de l'autoroute, mais Stern n'entendit ni l'un ni l'autre. Pas plus qu'il n'entendait le tambourinement irrégulier de la pluie sur le toit en tôle de l'ambulance.

— OK. Tu crois que tu as tué quelqu'un ? dit-il après un nouveau silence.

— Oui.

— Je peux te demander qui ?

— Je ne sais pas.

— Ah bon, tu ne sais pas. (Stern eut un bref éclat de rire.) Et tu ne sais pas non plus, sans doute, comment, pourquoi et où ça s'est passé, parce que tout ça, c'est une blague de petit con et que...

— Avec une hache, chuchota Simon.

On eut néanmoins un instant l'impression qu'il allait crier.

— Pardon ?

— Avec une hache. Sur la tête d'un homme. Je n'en sais pas beaucoup plus. Ça fait longtemps déjà.

Robert cligna nerveusement des yeux.

— Qu'entends-tu par longtemps ? C'était quand ?

— Le 28 octobre.

L'avocat regarda la date sur sa montre.

— C'est aujourd'hui, dit-il avec irritation. Mais tu viens de dire que ça faisait longtemps. Alors, quand était-ce ? Il faut que tu choisisses.

Stern se dit pendant un instant qu'il aurait voulu n'avoir affaire qu'à des témoins aussi peu retors lors des interrogatoires serrés. Des enfants qui s'empêtrent dans leurs contradictions dès la première minute de leur déposition. Mais son rêve ne dura pas.

— Vous ne me comprenez pas, constata Simon en hochant la tête avec tristesse. J'ai tué un homme. Ici, très exactement ici !

— Ici ? demanda Stern en écho.

Décontenancé, il vit Simon le repousser avec douceur, passer devant lui, descendre de l'ambulance et scruter les alentours. Stern eut l'impression que ses yeux s'étaient arrêtés sur une remise en ruine, à environ cent mètres de là, près d'un bosquet d'arbres.

— Ah, voilà, c'était ici, confirma Simon sur un ton satisfait en prenant Carina par la main. C'est là que j'ai tué un homme. Le 28 octobre. Il y a quinze ans.

2

Robert sortit à son tour de l'ambulance et pria Simon d'attendre un peu. Puis il attrapa rudement Carina par le poignet et l'entraîna à l'arrière de sa limousine. Si le crachin avait diminué, il faisait maintenant plus sombre et, le vent ayant forci, plus froid aussi. Ni Carina avec sa blouse d'infirmière ni lui dans son costume noir n'étaient correctement vêtus pour affronter ce temps de chien. Elle, pourtant, ne paraissait pas avoir froid.

— Petite question, chuchota-t-il, bien que Simon ne pût certainement pas l'entendre à cette distance, d'autant plus que le vent et le grondement de l'autoroute couvraient tous les autres bruits. Lequel de vous deux est le plus fêlé ?

— Simon est un patient de mon service, en neurologie, répondit-elle comme si cela pouvait expliquer quoi que ce soit.

— Il serait peut-être entre de meilleures mains en psychiatrie, siffla Stern. C'est quoi cette connerie de meurtre vieux de quinze ans ? Il ne sait pas compter ou bien il est schizo ?

Il ouvrit le coffre avec la télécommande de sa clé de voiture et alluma en même temps la lumière de l'habitacle afin d'y voir un peu mieux dans la pénombre de cette soirée pluvieuse.

— Il a une tumeur au cerveau, dit Carina en dessinant un cercle avec son pouce et son index pour en indiquer la taille. On lui donne à peine quelques semaines. Peut-être quelques jours seulement.

— Bon Dieu ! Et c'est ce truc qui a *ces* effets secondaires ?

Il sortit un parapluie du coffre.

— Non. Ça, c'est ma faute.

— Ta faute ?

Il leva les yeux vers elle, se désintéressant du parapluie tout neuf qu'il n'arrivait pas à ouvrir. Il ne trouvait même pas le poussoir.

— Oui, j'ai fait une connerie. Il faut que tu saches : cet enfant est extrêmement intelligent et incroyablement sensible et cultivé pour son âge, ce qui, pour moi, tient du miracle compte tenu de ses origines. À quatre ans, on l'a enlevé à sa mère, une marginale. On l'avait trouvé dans un appartement à l'abandon, à demi mort de faim dans la baignoire, à côté d'un rat crevé. On l'a alors placé dans un foyer où il n'est pas passé inaperçu, vu qu'il préférait consulter les dictionnaires à se bagarrer avec les gamins de son âge. Les éducateurs trouvaient normal qu'un enfant qui réfléchissait autant eût tout le temps mal à la tête. Mais on a ensuite découvert ce truc dans son cerveau et, depuis qu'il est dans mon service, plus personne ne se soucie de lui, à l'exception du personnel de l'hôpital. En fait, il n'a que moi.

Carina frissonnait de froid à présent ; ses lèvres s'étaient mises à trembler.

— Je ne vois pas où tu veux en venir.

— Avant-hier, Simon a fêté son anniversaire et j'ai voulu lui offrir un cadeau spécial. Je sais bien qu'il n'a que dix ans, mais ce qu'il a vécu et sa maladie l'ont rendu beaucoup plus mûr que les autres enfants de son âge. Alors, j'ai pensé qu'il n'était pas trop jeune pour ça.

— Pour quoi ? Qu'est-ce que tu lui as offert ?

Ayant fini par renoncer à ouvrir le parapluie, Stern le pointait, telle une baguette d'instituteur, contre la poitrine de Carina.

— Simon a peur de la mort, alors je lui ai organisé une régression.

— Une *quoi* ? demanda Robert, bien qu'ayant récemment vu à la télévision un documentaire sur le sujet.

C'était tout Carina, ça, de succomber à cette mode ésotérique ! Manifestement, l'idée d'avoir eu une existence antérieure fascinait des gens de tout âge. Cette aspiration au surnaturel offrait à des thérapeutes douteux un terrain d'action idéal. Aussi les voyait-on se répandre comme des champignons après la pluie ; ils proposaient, moyennant des honoraires substantiels, ce genre de « régression » qui consistait à faire une incursion dans son passé, un passé bien antérieur à sa naissance, pour apprendre, le plus souvent sous hypnose, qu'on avait brûlé sur un bûcher six cents ans plus tôt ou bien qu'on avait été roi de France !

— Ne me regarde pas comme ça ! Je sais ce que tu penses. Tu ne lis même pas ton horoscope.

— Comment as-tu pu soumettre ce gamin à une telle charlatanerie ?

Stern était sincèrement indigné. À la télévision, ils avaient mis en garde contre d'éventuels troubles psychiques : souvent les personnalités fragiles ne supportaient pas qu'on leur fourre dans la tête ces idées farfelues, qu'on les persuade qu'il existait un lien entre leurs problèmes psychologiques du moment et un conflit dans une existence antérieure qui n'aurait pas trouvé de solution.

— Je voulais juste montrer à Simon qu'après ce n'est pas fini. Après la mort. Qu'il ne doit pas être triste d'avoir une vie si courte, parce que ça continue éternellement.

— Dis, tu me charries, là ?

Elle fit non de la tête.

— Je l'ai emmené chez le Dr Tiefensee. C'est un psychologue qui donne des cours à l'université. Ce n'est donc pas un charlatan, contrairement à ce que tu crois certainement.

— Que s'est-il passé ?

— Il a hypnotisé Simon. Et, en fait, il ne s'est pas passé grand-chose. Sous hypnose, Simon n'a pour ainsi dire rien vu. Après, il a seulement dit qu'il était dans une cave sombre où il avait entendu des voix. Des voix horribles.

Stern fit une grimace. Le froid qui lui montait le long du dos était de seconde en seconde plus désagréable, mais ce n'était pas l'unique raison qui le poussait à vouloir quitter les lieux dans les plus brefs délais. Au loin, un train de marchandises se dirigeait vers la gare suivante, et maintenant, comme Stern au début de leur conversation, c'était Carina qui chuchotait.

— Quand Tiefensee a essayé de le faire sortir de son état d'hypnose, il n'y est pas arrivé. Simon était tombé dans un profond sommeil. À son réveil, il nous a dit ce qu'il vient de te raconter. Il croit qu'il a tué quelqu'un.

Stern se sentit les mains humides ; il voulut les essuyer sur ses épais cheveux bruns, mais eux aussi étaient trempés.

— Tout ça est pure folie, Carina. Et tu le sais aussi bien que moi. Ce que je me demande, c'est ce que j'ai à voir avec ça.

— Simon possède un sens incroyable de la justice et il veut absolument se rendre à la police.

— Exactement !

Robert et Carina se retournèrent brusquement vers le garçon qui s'était approché sans qu'ils s'en aperçoivent. Le vent faisait flotter ses cheveux ondulés, et Stern se demanda comment il pouvait encore en avoir, alors qu'il avait certainement subi une chimiothérapie.

— Je suis un assassin. Et ce n'est pas bien. Je veux me constituer prisonnier. Mais je ne parlerai plus qu'en présence de mon avocat !

Carina sourit, l'air triste.

— Il a pêché cette expression à la télévision. Et malheureusement tu es le seul avocat que je connaisse.

Stern évita de la regarder en face. Il préféra fixer le sol boueux, comme si ses mocassins cousus main pouvaient lui indiquer la bonne réaction à avoir face à une telle absurdité.

— Alors ? entendit-il Simon l'interroger.

— Alors quoi ? répliqua-t-il en le regardant droit dans les yeux, étonné de le voir sourire à nouveau.

— Êtes-vous maintenant mon avocat ? Je peux vous payer.

Simon extirpa un peu théâtralement de la poche de son pantalon un petit porte-monnaie.

— J'ai de l'argent.

Stern secoua la tête. D'abord imperceptiblement, puis avec de plus en plus de vigueur.

— Si, si. J'en ai, protesta Simon. C'est vrai.

— Non, dit Stern, mais sans le regarder, toisant en revanche Carina d'un air furibond. Il n'en est pas question, n'est-ce pas ? Tu ne m'as quand même pas convoqué ici en tant qu'avocat ?

C'était elle qui, à présent, gardait les yeux baissés.

Stern prit une profonde inspiration et jeta le parapluie inutile dans le coffre. Puis, déplaçant une serviette en cuir, il ôta un revêtement latéral en plastique et sortit une lampe torche posée à côté de la mallette de secours. Il vérifia la puissance du pinceau lumineux en le dirigeant vers la remise de guingois que Simon leur avait désignée peu avant.

— Bon, allez, finissons-en !

Il caressa la tête de Simon de sa main libre, et eut toutes les peines du monde à croire que c'était lui qui disait à un enfant de dix ans :

— Montre-moi donc exactement où tu as, paraît-il, tué un homme.

3

Simon les mena de l'autre côté de la remise. À cet endroit avait dû s'élever, des années auparavant, un bâtiment de chantier de deux étages. Puis il avait brûlé, et seuls quelques pans de mur calcinés se dressaient encore vers le ciel de plomb.

— Tu vois, il n'y a rien ici.

Stern balayait lentement les ruines avec sa lampe de poche.

— Il doit se trouver quelque part par là, répondit Simon comme s'il parlait d'un gant perdu et non d'un cadavre.

Il était équipé d'un minuscule stylet lumineux, une tige en plastique qui devenait fluorescente quand il la pliait.

— Il l'a pris dans sa mallette de magicien, expliqua Carina.

Outre la séance de « régression », il avait donc aussi reçu des cadeaux d'anniversaire plus adaptés à son âge.

— Je crois que c'est là-dessous, dit Simon, tout excité, en faisant un pas en avant.

Stern éclaira l'endroit que le garçon montrait de son bras tendu, découvrant un ancien escalier dont on ne voyait plus que la partie qui donnait accès à la cave.

— Mais on ne peut pas descendre, c'est trop dangereux.

— Comment ça ? s'étonna le gamin en grimpant sur un tas de briques instable.

— Reste ici. Tout peut s'écrouler, mon trésor.

La voix de Carina était inhabituellement soucieuse. Autrefois, en présence de Robert, elle avait toujours été la gaieté personnifiée. Un peu comme si elle avait voulu, par un excès de joie de vivre, compenser la mélancolie qui couvait en permanence en lui. Or elle donnait maintenant l'impression d'être terrorisée de voir Simon se comporter comme un jeune chien fou à qui l'on a ôté sa laisse. Celui-ci continua comme si de rien n'était.

— Regardez, on peut passer par ici ! cria-t-il soudain.

Et, tandis que les deux adultes protestaient, sa tête bouclée disparut derrière une poutrelle en béton armé.

— Simon ! cria Carina.

Stern, d'un pas mal assuré, se dépêcha de traverser les gravats pour rejoindre les deux autres. Dans l'obscurité, il se tordit le pied à plusieurs reprises, et son pantalon s'accrocha à un fil de fer rouillé. Quand il parvint enfin à l'entrée de la cave, où descendait un escalier de bois noir de suie, le gamin tournait déjà le coin, vingt marches au-dessous de lui.

— Sors immédiatement de là ! cria Stern dans la cage béante, se maudissant aussitôt d'avoir étourdiment employé ces mots-là.

Il avait instantanément compris que les souvenirs éveillés par cette expression étaient pires que tout ce qui pouvait lui arriver ici.

Sors de là, chérie, je t'en prie ! Je peux t'aider...

Ce n'était pas l'unique mensonge qu'il avait alors lancé à Sophie à travers la porte des toilettes fermée à clé. Sans succès. Pendant quatre ans, ils avaient l'un et l'autre tout tenté. Essayé toutes les techniques et tous les traitements, jusqu'au moment où ils avaient enfin reçu de la clinique l'appel tant désiré. Le test était positif. Elle était enceinte. Ce jour-là, presque dix ans plus tôt, il avait eu l'impression qu'une puissance supérieure avait réorienté la boussole de son existence. L'aiguille indiquait subitement le bonheur, un bonheur parfait. Elle n'était, hélas, restée en place que le temps de confectionner à l'aide d'autocollants lumineux un ciel semé d'étoiles au plafond de la chambre d'enfant et de choisir la layette en compagnie de Sophie. Felix ne l'avait jamais portée. On l'avait enterré dans la barboteuse dont les infirmières de la maternité l'avaient habillé.

— Simon ! cria l'avocat, si fort qu'il en fut arraché à ses sombres pensées.

Il sursauta quand Carina, à côté de lui, l'imita.

— Je crois que j'ai trouvé quelque chose !

La voix de l'enfant, assourdie, monta jusqu'à eux. Stern jura et du pied tâta la première marche.

— Inutile de crier. Il faut descendre là-dedans !

Ces mots lui rappelèrent à nouveau le moment le plus horrible de son existence. Quand Sophie s'était réfugiée dans les toilettes de l'hôpital, son bébé mort dans les bras, refusant de le rendre. « Mort subite du nourrisson », tel avait été le diagnostic. Elle ne l'avait pas accepté. C'était deux jours après l'accouchement.

— Je viens avec toi, déclara Carina.

— Pas question, dit Stern en posant prudemment un deuxième pied à côté du premier, afin de voir si l'escalier, qui avait supporté trente-cinq kilos, résisterait au double. Nous n'avons qu'une lampe et il faut que quelqu'un puisse aller chercher de l'aide si on n'est pas remontés dans deux minutes.

Le bois vermoulu craquait à chaque pas comme le gréement d'un voilier par faible houle. Stern ne savait pas si c'était son sens de l'équilibre qui lui jouait des tours ou bien si le branlement de la rampe augmentait effectivement à mesure qu'il descendait.

— Simon ! lança-t-il au moins pour la cinquième fois, mais, en guise de réponse, il n'entendit qu'un bruit métallique à quelque distance ; on aurait dit que le jeune garçon frappait avec un tournevis contre un tuyau de chauffage.

Peu après, parvenu au pied de l'escalier le cœur battant, il regarda autour de lui. L'obscurité dehors était maintenant si grande qu'il ne distinguait même plus la silhouette de Carina au-dessus de lui. Il éclaira la partie droite de la cave, là où elle se divisait en deux galeries recouvertes de cinq centimètres d'une eau boueuse peu ragoûtante.

C'est à peine croyable que ce gamin ose s'aventurer dans ce cloaque.

Stern choisit la galerie de gauche, car, dans l'autre, une boîte à fusibles renversée barrait le chemin au bout de quelques mètres.

— Où es-tu ? demanda-t-il, les chevilles plongées dans l'eau glaciale, comme prises dans un étau.

Simon ne répondit pas, mais il donna au moins signe de vie. Il toussa. À quelques pas seulement de lui, Robert ne parvint pourtant pas à le voir dans le faisceau de sa lampe.

Je vais attraper la crève, pensa-t-il en sentant l'humidité remonter le long de son pantalon, le tissu absorbant l'eau comme un buvard. Son téléphone portable se mit à sonner à l'instant où, environ dix mètres devant lui, il discernait une paroi de bois.

— Où est-il ? demanda Carina d'une voix qui frôlait l'hystérie.

— Aucune idée. Dans une galerie latérale, je crois.

— Qu'est-ce qu'il dit ?

— Rien. Il tousse.

— Oh, mon Dieu ! Sors-le de là ! hurla-t-elle d'une voix stridente.

— Que crois-tu que j'aie l'intention de faire ? lui rétorqua-t-il.

— Tu ne comprends pas. La tumeur. C'est ce qui arrive quand ça revient.

— Qu'est-ce que tu veux dire ? Il arrive quoi ?

Stern entendit tousser à nouveau. Cette fois plus près encore.

— Des spasmes bronchiques précèdent l'évanouissement. Il va bientôt perdre connaissance, hurla Carina si fort qu'il l'entendit dans le portable et hors du portable en même temps.

Et il va tomber la tête la première dans l'eau. Et mourir étouffé. Comme...

Stern fonça et, dans sa panique, ne vit pas une poutre noire qui lui barrait la route. Sa tête la heurta de plein fouet. Pourtant, il eut beaucoup plus peur que mal. Croyant être attaqué, il leva les deux bras dans un réflexe de défense. Quand il s'aperçut de son erreur, il était trop tard. La lumière de la lampe de poche tremblota encore deux secondes sous l'eau, puis elle s'éteignit là où il l'avait laissée tomber.

— Merde !

Il tendit les doigts vers la droite jusqu'à toucher le mur de la cave. Puis il avança à tâtons, pas à pas, soucieux de ne pas perdre l'orientation dans cette obscurité. Mais ce n'était pas sa plus grande préoccupation, car pour l'instant il avait avancé en ligne droite. Il était bien plus inquiet de ne plus entendre Simon tousser.

— Hé, tu es encore là ? lança-t-il.

Soudain, il y eut un craquement dans son oreille. Tel un passager d'avion au moment de l'atterrissage, il dut avaler sa salive à plusieurs reprises pour soulager ses tympans. Puis il entendit de nouveau un râle. Devant lui. Au-delà de la paroi en bois, à dix mètres à peu près, derrière un angle du mur. Il fallait qu'il arrive jusque-là. Jusqu'à Simon. Pataugeant dans l'eau, il voulut aller trop vite et provoqua une funeste réaction en chaîne.

— Simon, est-ce que tu peux me… Aaah !

Il bascula la tête la première. Son pied s'était pris dans un vieux câble de téléphone qui, à la manière d'un piège pour sangliers, avait formé un nœud coulant sous l'eau puante. Ses doigts essayèrent de trouver une prise dans le mortier humide du mur, mais il ne réussit qu'à se casser deux ongles avant de percuter quelque chose devant lui.

Au moment du choc, il eut le temps d'enregistrer qu'il était certainement arrivé au bout de la galerie, car il ne tomba pas dans l'eau. Ses mains, au contraire, trouvèrent appui contre une paroi de bois. Il y eut un craquement, un peu comme plus tôt sur la première marche de l'escalier, mais beaucoup plus fort, et son corps passa au travers d'un obstacle qui, au bruit, devait être un panneau de contreplaqué. Ou bien une porte. Dans sa terreur, il se vit tomber dans une galerie de mine non étayée ou dans un puits sans fond, mais sa chute fut stoppée net au bout de quelques centimètres. Il était sur un sol de terre battue. Le seul aspect positif dans cette nouvelle situation, c'est que l'eau n'était pas encore arrivée dans ce coin de cave. En revanche, des choses indéfinissables se détachaient du plafond et des murs et tombaient sur lui.

Oh mon Dieu !

Stern n'osait pas toucher l'objet rond, de taille moyenne, qui venait d'atterrir avec rudesse sur ses genoux, tant il était certain, prisonnier de son cauchemar, qu'il allait palper des lèvres bleuies et un visage boursouflé : le visage mort de Felix.

Puis, autour de lui, une faible clarté se fit. Clignant des yeux, il lui fallut un certain temps avant de comprendre d'où provenait cette lumière inattendue. C'est seulement à l'instant où elle fut en face de lui qu'il reconnut Carina. S'aidant de l'écran de son portable qui diffusait une lueur verdâtre, elle éclairait tant bien que mal le réduit dans lequel il était tombé.

Stern la vit hurler avant de l'entendre. L'espace d'une seconde, elle avait ouvert la bouche sans émettre un son, avant que les murs de béton ne répercutent son cri strident. Stern ferma les yeux.

Il finit néanmoins par prendre son courage à deux mains et les rouvrit.

Il crut alors qu'il allait vomir.

La tête, sur ses genoux, était rattachée au reste d'un cadavre en partie réduit à l'état de squelette. C'est avec un mélange d'incrédulité, de dégoût, d'horreur et de stupeur que Stern s'avisa de la fente béante que la hache avait laissée dans le crâne martyrisé.

4

Le policier avait beau cligner frénétiquement des yeux, ils se remplissaient aussitôt de larmes. Martin Engler gémit, la bouche fermée, rejeta la tête en arrière et, tâtonnant d'une main, à l'aveuglette, sur la table de la salle d'interrogatoire, finit par saisir ce qu'il cherchait. *In extremis*, il parvint à déchirer l'emballage, extirpant un mouchoir qu'il se plaça devant le nez.

Atchoooummm…
— Pardon.

Le commissaire de la brigade criminelle se moucha, et Stern se demanda si Engler, en même temps qu'il éternuait, n'avait pas proféré un « idiot » à peine perceptible.

Cela n'aurait rien eu d'étonnant. L'avocat, qui avait obtenu l'acquittement de plusieurs personnes qu'il avait arrêtées lui-même, ne figurait pas au nombre de ses amis intimes.

L'homme assis à côté d'Engler se racla la gorge. Stern se tourna un bref instant vers ce flic obèse dont le double menton n'arrivait pas à cacher une pomme d'Adam impressionnante. En entrant dans la salle d'interrogatoire aveugle, il s'était présenté sous le nom de Thomas Brandmann. Sans préciser son grade ou sa fonction. Et, à l'exception des grognements que depuis cet instant son larynx émettait toutes les cinq minutes, il n'avait pas prononcé un mot. Stern ne savait qu'en penser. S'il connaissait bien Engler depuis plus de vingt ans, il n'avait encore jamais vu ce colosse. Son peu de goût pour la communication pouvait signifier que c'était lui qui dirigeait l'enquête. Ou bien exactement le contraire.

— Vous en voulez ? proposa Engler en brandissant un tube d'aspirine. Vous avez une tête à en avoir besoin.

— Non, merci, dit Stern en secouant la tête.

Il tâta sur son front la bosse où le sang battait douloureusement. Son crâne résonnait encore de la chute dans le souterrain, et il était furieux de voir que le commissaire, malgré ses yeux rougis et son nez qui coulait, donnait finalement l'impression d'une plus grande vitalité que lui. Des séances de solarium et des joggings matinaux avaient à l'évidence des effets autrement spectaculaires que de longues nuits passées dans son bureau, devant un ordinateur.

— Bien, alors je résume, déclara le policier en prenant son bloc-notes.

Stern ne put réprimer un sourire ironique quand Brandmann s'éclaircit une nouvelle fois la voix alors qu'il n'avait toujours rien dit.

— Vous avez trouvé le cadavre cet après-midi, vers 17 h 30. C'est un jeune garçon, Simon Sachs, qui vous a conduits, vous et l'infirmière Carina Freitag, sur le lieu de la découverte. Ledit Simon a dix ans, souffre d'une tumeur cérébrale et suit présentement un traitement... (Engler tourna une page) ... dans le service de neurologie de l'hôpital Seehaus, à Westend[1]. Il affirme avoir lui-même assassiné la victime dans une vie antérieure.

— Il y a quinze ans, oui, confirma Stern. Si je ne me trompe pas, c'est bien la huitième fois que je vous le dis.

— Oui, effectivement, mais...

Engler s'interrompit au beau milieu de sa phrase et, au grand étonnement de Stern, rejeta une nouvelle fois la tête en arrière, comprimant du pouce et de l'index les ailes de son nez.

— Ne faites pas attention, dit-il d'une voix nasillarde qui faisait penser à celle d'un personnage de dessin animé. Putain de saignement de nez ! Ça m'arrive chaque fois que je suis enrhumé.

---

1. Banlieue résidentielle à l'ouest de Berlin. *(Toutes les notes sont du traducteur.)*

— Dans ce cas, vous devriez arrêter de prendre de l'aspirine.

— Ça fluidifie le sang, je sais. Mais où en étions-nous ?

Engler s'adressait toujours au plafond gris de la pièce.

— Ah oui, huit fois. Exact. C'est bien le nombre de fois où vous m'avez servi cette histoire de fous. Et je me suis chaque fois demandé si je ne devais pas vous soumettre à un toxicotest.

— Ne vous gênez surtout pas. Si vous souhaitez violer encore un peu plus mes droits, allez-y, railla Stern en présentant au commissaire, d'un air engageant, les paumes de ses mains qui semblaient ainsi porter un plateau. Je n'ai certes plus guère l'occasion de m'amuser dans la vie, mais porter plainte contre vous et votre institution serait à coup sûr une distraction fort plaisante.

— Gardez votre calme, s'il vous plaît, monsieur Stern.

Robert sursauta.

Un miracle, pensa-t-il. *Le tas de viande assis à côté d'Engler est doté de la parole.*

— Vous n'êtes pas ici en tant que suspect, déclara Brandmann.

Stern se demanda s'il n'avait pas entendu un « encore » se glisser entre les lignes.

— À seule fin de dissiper d'emblée tous les doutes, reprit-il en résistant à la tentation de se racler la gorge lui aussi, je précise que je suis avocat, mais pas cinglé. Je ne crois pas à la métempsycose, à la réincarnation et à toutes ces conneries ésotériques. Je ne gaspille pas non plus mon temps libre à déterrer des squelettes. Interrogez le gamin, mais pas moi.

— Nous le ferons dès qu'il sera réveillé, acquiesça Brandmann.

Carina et Stern avaient trouvé Simon inconscient dans la galerie suivante. Par chance, la perte de connaissance n'avait pas été aussi brutale que lors de la crise initiale, deux ans plus tôt. Ce jour-là, Simon s'était écroulé dans sa classe, alors qu'il allait au tableau, et s'était ouvert le front contre le pupitre du maître. Aujourd'hui, il avait eu le temps de trouver un appui, si bien qu'avant de s'évanouir il avait pu s'asseoir dans la galerie inondée, le dos contre la paroi. Bien que plongé dans un profond sommeil, il paraissait aller bien.

Carina l'avait ramené le plus vite possible à l'hôpital, et Stern était donc seul sur les lieux quand Engler était arrivé avec ses hommes et l'équipe de la police scientifique.

— Vous feriez mieux de vous occuper du thérapeute, conseilla Stern. Qui sait ce que ce Tiefensee a fait croire à Simon sous hypnose ?

— Hé, mais c'est que c'est une bonne idée. Le psychologue ! Mon vieux, jamais je n'y aurais pensé tout seul !

Engler eut un sourire ironique. Il ne saignait plus du nez et fixait de nouveau Stern dans les yeux.

— Vous dites que le type assassiné se trouvait là-bas depuis quinze ans.

Stern poussa un gémissement.

— Non. Ce n'est pas moi qui dis ça, c'est Simon. Mais il a vraisemblablement raison sur ce point.

— Pourquoi ?

— Eh bien, je ne suis pas un spécialiste en anatomo-pathologie, mais la cave était humide et le cadavre se trouvait dans un réduit en bois sans lumière, comme enfermé dans un cercueil, sans oxygénation directe. Et pourtant il avait sur certaines parties du corps des phénomènes de putréfaction presque totale. Malheureusement aussi sur la tête que j'ai eu le loisir de tenir entre mes mains. Et ça signifie…

— … que ce n'est pas hier qu'on s'est débarrassé du cadavre. Exact !

Stern, étonné, se retourna pour regarder derrière lui. Il n'avait pas entendu entrer l'homme qui, dans une pose volontairement décontractée, s'appuyait au chambranle de la porte. Avec ses cheveux poivre et sel et ses lunettes teintées à bordure dorée, Christian Hertzlich avait plus l'air d'un entraîneur de tennis vieillissant que du chef d'un service de la police judiciaire. Stern se demanda depuis combien de temps le supérieur direct d'Engler assistait à leur explication tumultueuse.

— Grâce aux méthodes modernes de la médecine légale, nous saurons très vite la date exacte de la mort, dit Hertzlich. Mais peu importe qu'elle remonte à cinq, quinze ou cinquante ans… (Il fit un pas en avant) … il y a en tout cas une chose certaine, c'est que Simon n'y est pour rien.

— C'est exactement comme ça que je vois aussi les choses. Ce sera tout ?

Stern se leva et retroussa, avec un air excédé, la manche de sa chemise à manchettes pour regarder ostensiblement la montre à son poignet. Il était près de 22 h 30.

— Mais bien sûr, vous pouvez partir. J'ai de toute façon à discuter d'une urgence avec ces deux messieurs.

Hertzlich prit en main une chemise en carton qu'il tenait jusque-là roulée sous le bras et la tendit à ses collaborateurs comme un trophée.

— Il y a des développements nouveaux, très surprenants.

5

Martin Engler attendit que l'avocat eût refermé la porte derrière lui. Incapable de contenir plus longtemps sa colère, il se leva alors si brusquement que sa chaise de bois se renversa.

— Qu'est-ce que c'était que ce bordel ?

Brandmann s'éclaircit la voix et sembla vouloir dire quelque chose. Mais c'est Hertzlich qui cette fois lui coupa la parole en posant la chemise sur la table, le verso tourné vers le haut.

— Comment ça ? Ça a pourtant marché de manière absolument fantastique.

— Foutaises ! Ce n'est pas comme ça qu'on mène un interrogatoire, rétorqua Engler à son supérieur. Plus jamais je ne participerai à une pareille connerie.

— Pourquoi vous vous énervez comme ça ?

— Parce que je viens de me ridiculiser. Il n'y a plus un seul abruti pour se laisser prendre à ce numéro « du bon et du mauvais flic ». Et surtout pas un type du calibre de Robert Stern.

Hertzlich jeta un coup d'œil sur ses chaussures en cuir, non cirées comme toujours et aux lacets désespérément emmêlés. Puis il hocha la tête d'un air étonné.

— Je pensais que vous aviez pigé la méthodologie, Engler.

La méthodologie ! Quelle ânerie ! Engler écumait de rage.

Depuis que Brandmann avait rejoint le service, il ne s'était pas passé une semaine sans qu'il fût contraint de participer à au moins un séminaire sur la conduite psychologique des débats. Il y avait vingt jours que, dans le cadre d'un programme de perfectionnement, ce poupon géant avait été mis à leur disposition provisoire par le BKA, la direction générale de la police judiciaire, où il travaillait comme profileur particulièrement versé dans le domaine de la psychologie. Officiellement, il n'avait été affecté à l'équipe d'Engler qu'en qualité de conseiller, mais tout semblait indiquer que son statut venait d'être revu à la hausse, faisant de lui un « enquêteur extraordinaire ». En tout cas, Engler devait se le coltiner en permanence, même pendant les interrogatoires.

— Je dois donner raison au commissaire principal Hertzlich, lança avec affabilité le psychologue, insensible à la tension ambiante. En fait, tout a marché comme ça ne se passe généralement qu'en théorie. (Il s'éclaircit la voix.) L'attente a d'abord mis Stern sur les nerfs. Ensuite, à cause de mon silence, il n'a pas pu me ranger dans un camp concret. C'est là d'ailleurs, monsieur Engler, que réside la différence avec la tactique dépassée de l'interrogatoire telle que vous venez de la décrire.

Brandmann observa une pause calculée, et Martin se demanda pourquoi ce type se sentait obligé de le regarder avec un sourire stupide. Comme si se voir infliger pareil camouflet ne suffisait pas !

— C'est justement parce que je n'ai *pas* joué les « bons flics » que la nervosité de Stern s'est transformée en désarroi. Il a cherché à créer avec vous une connivence. Ayant échoué, il a fini par exploser.

Et puis nous avions besoin de connaître sa fluctuation émotive pour exploiter son analyse du réflexe de clignement.

Analyse du réflexe de clignement, eye-tracking, oculométrie, pupillométrie. Toutes ces conneries à la mode ! Depuis une semaine, la morne salle des interrogatoires où ils s'étripaient était bourrée de câbles. L'une des trois caméras cachées était braquée sur les yeux de la personne interrogée. En théorie, un coupable se trahissait par un clignement renforcé des yeux, des contractions de l'iris et des modifications de l'angle visuel en fonction des questions posées. Engler n'y voyait pas d'objections de principe, mais il estimait qu'un enquêteur expérimenté n'avait pas besoin de tous ces gadgets techniques pour déceler un mensonge.

— Espérons seulement que Stern ne va pas découvrir que nous l'avons filmé en cachette, dit-il en montrant le mur derrière lui. Ce type est l'un des avocats les plus redoutables de la ville.

— Et, éventuellement, un assassin, ajouta Hertzlich.

— Vous n'y croyez pas vous-même !

Engler avala sa salive, se demandant un bref instant s'il passerait devant une pharmacie de garde en rentrant chez lui. Il avait un besoin urgent d'un anesthésique local à se pulvériser dans la gorge.

— Ce mec a un QI plus élevé que l'Everest. Il ne serait pas con au point de nous mener jusqu'au cadavre d'un homme qu'il a tué de ses mains.

— Ce serait là justement l'habileté de la manœuvre.

Le chef releva un peu ses lourdes lunettes pour frotter les marques qu'elles avaient laissées sur son nez. Engler ne se rappelait pas avoir jamais réussi à regarder son chef les yeux dans les yeux. Au poste, certains pariaient même qu'il ne quittait pas ces monstruosités quand il se mettait au lit.

— Peut-être aussi qu'il a pété les plombs, réfléchit à haute voix Hertzlich en se tournant vers Brandmann. Cette histoire du garçon et de sa deuxième existence n'est pas très nette, pour moi en tout cas.

— Ce type donne l'impression d'être psychologiquement instable, approuva le profileur.

Engler roula des yeux incrédules.

— Je vous le répète : nous perdons notre temps et nous nous trompons de bonhomme.

Hertzlich se tourna vers lui d'un air étonné.

— Je croyais que vous ne pouviez pas le sentir ?

— Oui, Stern est un trou du cul. Mais pas un assassin.

— Et qu'est-ce qui vous fait dire ça ?

— Vingt-trois ans d'expérience. J'ai le pif pour ce genre de choses.

— En effet, nous entendons tous comme il fonctionne à merveille aujourd'hui !

Hertzlich fut le seul à rire de sa plaisanterie, et Engler dut verser au crédit de Brandmann qu'il n'en était manifestement pas encore à lui lécher les bottes jusque sous les semelles. Il n'eut malheureusement pas le temps d'expliquer pourquoi il considérait Stern comme incapable de tuer un homme à coups de hache. Son nez se mit soudain à couler comme une fontaine. La cellulose de son mouchoir se colorant de rouge, il fut obligé de rejeter à nouveau la tête en arrière.

— Ah non, ça ne va pas recommencer...

Hertzlich le toisa d'un air soupçonneux.

— J'ai d'abord cru que vos saignements de nez faisaient partie du show. Êtes-vous vraiment en mesure de diriger l'enquête ?

— Oui, ce n'est qu'un petit rhume. Pas de problème.

Arrachant au mouchoir deux morceaux encore secs, il les roula en mèches et les enfonça dans ses narines.

— C'est fini.

— Bien, très bien. Alors réunissez l'équipe et soyez dans mon bureau dans dix minutes.

Engler, soupirant intérieurement, regarda sa montre. Il était 22 h 45. Il n'y avait pas que son rhume, il fallait aussi qu'il aille promener Charlie. Le pauvre chien l'attendait depuis déjà plus de dix heures, seul dans le petit appartement.

— Ne faites pas une gueule pareille, Engler. Ça ne durera pas longtemps. Lisez ce dossier. Vous comprendrez pourquoi je tiens à ce que vous ne lâchiez pas Stern et que vous le travailliez au corps.

Engler prit la chemise sur la table.

— Comment ça ? Qu'est-ce qu'il y a là-dedans ? lança-t-il en direction de Hertzlich qui sortait de la pièce.

— Le nom d'une vieille connaissance.

Hertzlich se retourna.

— Nous savons maintenant qui est le mort.

6

De retour dans sa villa le lendemain peu après 23 heures, Stern fut tiré de ses pensées par la voix triste qui sortait de sa boîte vocale. Pendant vingt-quatre heures, Carina avait tenté de le joindre à plusieurs reprises, mais lui avait laissé un seul message. Entre-temps, elle avait elle-même été interrogée et, ce matin, son directeur l'avait suspendue de ses fonctions.

— Simon va bien. Il demande de tes nouvelles. Mais j'ai bien peur que tu aies à présent deux clients au lieu d'un, essaya-t-elle de plaisanter d'un ton las. Est-ce qu'ils peuvent vraiment me coller sur le dos un rapt d'enfant pour avoir sorti Simon de l'hôpital ?

Elle eut un rire nerveux avant de raccrocher.

Stern appuya deux fois sur le sept pour effacer le message. Il la rappellerait demain samedi. S'il la rappelait. En réalité, il ne voulait plus entendre parler de cette affaire. Il avait assez de problèmes comme ça.

Sans ôter son manteau, il passa dans le salon, son courrier sous le bras. La lumière du plafonnier révéla une pièce quasi vide, comme si une bande organisée avait emporté le mobilier de valeur et tous les objets précieux. Il resta un instant immobile puis éteignit, car ce spectacle lui rappelait fâcheusement la pièce nue où Engler et Brandmann l'avaient interrogé la veille. Après les événements de la semaine, la pénombre l'aidait à supporter l'état de désolation de son domicile.

Les murs nus répercutaient le bruit de ses pas sur le parquet en cerisier. Il se dirigea vers le canapé, évitant une chaise de jardin renversée et ignorant une plante d'appartement desséchée. Il n'y avait ni étagères ni rideaux et pas plus d'armoires que de tapis. Seul un lampadaire gris argenté, sans abat-jour, était posé de guingois à côté de la banquette. Même allumé, il n'aurait pu éclairer la vaste pièce car il lui manquait trois ampoules sur quatre. L'antique téléviseur à tubes, posé directement par terre, deux mètres en avant de la cheminée vide, était donc généralement l'unique source lumineuse de la salle de séjour.

Stern s'assit sur le canapé, actionna la télécommande et ferma les yeux quand l'écran se mit à scintiller et à bourdonner.

Dix ans, se dit-il en laissant sa main glisser sur l'emplacement libre à côté de lui. Caressant le cuir rugueux, il toucha du doigt la trace de brûlure laissée par le cierge magique que Sophie, dans un accès de rire, avait laissé échapper lors du réveillon de la Saint-Sylvestre. Il y avait dix ans de cela. Elle avait deux semaines de retard dans ses règles.

Après la mort de Felix, Sophie, contrairement à lui, avait réussi à fuir le passé. Elle avait choisi de se réfugier dans un second mariage. Deux enfants étaient nés de cette union, des jumelles. C'était sans aucun doute grâce à ces fillettes que Sophie n'avait pas sombré dans la dépression.

Ce qui n'est pas mon cas.

Stern rouvrit les yeux pour couper le fil des souvenirs. Puis il enleva le bouchon de la bouteille à moitié vide qui, depuis plusieurs jours, était posée à même le sol. Ce vin était infect, mais il remplissait sa fonction. N'attendant jamais de visites, Stern n'avait de toute façon rien d'autre dans son frigidaire : même si l'un de ses collègues s'était égaré jusque chez lui – ce qui n'était encore jamais arrivé –, il ne l'aurait pas laissé entrer.

Ce n'était pas pour rien qu'il chargeait tous les ans une société de sécurité d'équiper ses fenêtres et ses portes des systèmes les plus sophistiqués. La maison ne renfermant aucun objet de valeur, il n'ignorait pas, bien sûr, que les techniciens le prenaient pour un fou.

Mais ce n'était pas un cambriolage que Stern redoutait. Il craignait d'être percé à jour par des gens curieux de savoir ce qui se cachait derrière la façade qu'il s'était fabriquée. Il y avait mis le prix : costumes onéreux, voitures de fonction étincelantes, bureaux impeccablement rangés, avec vue sur la porte de Brandebourg... Il ne fallait pas que ces gens découvrent le vide qui habitait Robert Stern.

Il but une nouvelle gorgée au goulot, laissant maladroitement tomber un peu de vin rouge sur sa chemise blanche. Le souvenir de la tache de vin lui traversa brutalement l'esprit quand il contempla les dégâts. C'était Sophie qui l'avait découverte la première à l'instant où elle avait pris Felix dans ses bras. On venait de laver le nourrisson et de lui ôter la couverture qui l'enveloppait. Les parents avaient d'abord craint qu'il ne s'agît d'une altération cutanée maligne sur son épaule, mais les médecins les avaient rassurés.

— On dirait la carte de l'Italie, avait ri Sophie tout en l'enduisant d'huile pour bébé.

Ils avaient ensuite solennellement décidé de passer leurs premières vacances familiales à Venise. Mais, en définitive, ils n'étaient pas allés plus loin que le cimetière.

Stern écarta la bouteille de ses lèvres et parcourut son courrier. Deux lettres « valeur déclarée », une contravention et le relevé hebdomadaire de son compte en banque. Le plus personnel, dans tout ça, était le dernier DVD loué par Internet. Depuis qu'on pouvait se faire envoyer des films par la poste, il n'allait même plus à la vidéothèque le week-end. Il ouvrit le petit emballage en carton sans prêter attention au titre du film. Il l'avait sans doute déjà vu. Il commandait par principe uniquement des films ne mettant pas d'enfants en scène et très peu de séquences d'amour. Le choix était donc assez limité.

Après avoir introduit le DVD dans le lecteur, il retira sa veste et la jeta distraitement par terre avant de se laisser retomber dans les coussins. Il était vanné et ne tarderait pas à s'endormir sur le canapé, comme si souvent le week-end. Heureusement que personne ne risquait de le surprendre là le lendemain matin ! Pas de famille. Pas d'amis. Pas même une femme de ménage.

L'avocat appuya sur la touche « play », s'attendant à voir paraître l'une de ces ridicules mises en garde que l'on ne peut passer et qui menacent de prison quiconque s'aviserait de copier illégalement le film.

Au lieu de quoi l'image tressauta à plusieurs reprises comme s'il s'agissait d'une vidéo amateur. Stern fronça les sourcils et se redressa. Il venait de reconnaître le décor et cela l'avait tiré de son demi-sommeil. D'une seconde à l'autre, tout ce qui l'entourait disparut de son champ de vision. Il ne sentit pas la bouteille lui glisser des mains ni son contenu se répandre sur lui. Tous les stimuli externes disjonctèrent : il n'y avait plus que lui et le téléviseur. Et ce dernier s'était lui aussi métamorphosé. Stern n'avait plus l'impression de regarder un écran, mais une fenêtre poussiéreuse donnant sur une pièce dans laquelle il n'avait plus jamais voulu entrer de sa vie. Quand la caméra se rapprocha en zoomant, il eut peur d'avoir perdu la raison. Une fraction de seconde plus tard, il en était certain.

7

L'image verdâtre de la maternité se figea quand une voix contrefaite prononça une première phrase :

— Croyez-vous à une vie après la mort, monsieur Stern ?

Les mots sortant des enceintes, malgré leur sonorité métallique, avaient une telle présence que Robert fut tenté de se retourner pour vérifier s'ils n'étaient pas prononcés par un être en chair et en os, juste derrière lui.

Au bout d'un instant de stupeur, il glissa du canapé et s'avança lentement sur les genoux vers le téléviseur. Incrédule, il toucha la surface de verre chargée d'électricité statique et appuya le doigt, comme si c'était du braille, sur la date en écriture digitale.

Pourtant, même sans cela, il savait parfaitement où et quand cette bande avait été enregistrée : dix ans auparavant, à l'hôpital où Felix, avec ses magnifiques joues rouges, avait découvert le monde que, vingt-huit heures plus tard, il devait quitter, les lèvres bleues par la mort.

Les doigts de Stern tâtonnèrent jusqu'au centre de l'écran, là où son fils était couché dans une espèce de baquet en plexiglas, au milieu de nombreux autres berceaux. Felix vivant ! Il remuait ses petits bras comme pour toucher les minuscules balles en coton du mobile au-dessus de lui. C'étaient Sophie et lui qui l'avaient confectionné longtemps avant sa naissance, et l'avaient fixé au cadre métallique du lit.

— Croyez-vous à la métempsycose, à la réincarnation ?

Robert eut un sursaut de recul, comme si c'était l'esprit de son fils en personne qui l'avait interrogé. L'image floue de l'enfant dans sa grenouillère bleu clair sollicitait ses sens au point qu'il en avait presque oublié la voix métallique.

— Vous n'avez pas la moindre idée de ce qui vous tombe dessus, n'est-ce pas ?

Stern, en état de transe, fit non de la tête, comme s'il pouvait effectivement communiquer avec l'interlocuteur anonyme dont l'intonation évoquait celle d'un cancéreux obligé de recourir à un laryngophone.

— Je ne peux malheureusement pas vous révéler mon identité, pour des raisons que vous allez comprendre très vite. Il m'a donc paru plus judicieux de vous contacter par ce moyen. Vous avez transformé votre maison en forteresse, monsieur Stern. À une exception près : votre boîte aux lettres. J'espère que vous ne m'en voudrez pas d'avoir, par cet échange de DVD, quelque peu perturbé votre distraction rituelle du vendredi. Mais, croyez-moi, ce que je vais vous montrer sera pour vous beaucoup plus captivant que le documentaire animalier que vous aviez commandé.

Une larme tomba des yeux de Stern qui n'avait pas quitté Felix du regard.

— Je vais à présent vous demander une concentration toute particulière.

Quand le cadrage de l'image se réduisit, faisant du même coup grandir le visage de Felix, Stern eut l'impression de recevoir un coup de pied dans l'estomac.

Qui a filmé ça ? Et pourquoi ?

Une seconde plus tard, il était hors d'état de formuler d'autres questions, même en pensée. Il voulut se détourner, courir aux toilettes et vomir, avec son maigre déjeuner, tous ses souvenirs, mais un étau invisible l'obligea à regarder droit devant lui. Aussi lui fallut-il se résoudre à contempler les images de son fils, qui se mit soudain à écarquiller les yeux. Des yeux immenses, pleins d'étonnement. Incrédules. Comme si le bébé devinait que son corps minuscule allait bientôt perdre toutes ses fonctions vitales. Felix se mit à respirer avec difficulté et à trembler, à bleuir comme s'il venait d'avaler de travers une grosse arête.

Stern ne put se retenir plus longtemps. Il vomit sur le parquet. Quand, quelques secondes plus tard, pantelant, la main devant la bouche, il regarda à nouveau l'écran, tout était terminé. Son fils, qui respirait encore à l'instant, avait à présent la bouche entrouverte et fixait d'un œil vide la caméra dont le champ embrassait de nouveau la maternité dans sa totalité : quatre lits, tous occupés. Mais dans l'un d'eux régnait un calme insupportable.

— Je suis navré. Je sais que ces ultimes images de Felix sont certainement très douloureuses pour vous.

Les mots, grinçants, étaient aussi coupants que des lames de rasoir.

— Mais c'était nécessaire, monsieur Stern. J'ai quelque chose d'important à vous dire. Je veux que vous me preniez au sérieux. Je pense maintenant disposer de votre pleine et entière attention.

8

Robert Stern eut l'impression que jamais plus il n'aurait les idées claires. Il lui fallut un petit moment avant de prendre conscience que le voile de brume devant ses yeux était dû aux larmes, ce que la voix impitoyable avait manifestement prévu.

Est-ce vrai ? Ai-je réellement assisté aux dernières secondes de vie de mon fils ?

Il eut envie de se lever, d'arracher le DVD du lecteur, de balancer le téléviseur par la fenêtre d'un coup de pied, mais il se savait dans un tel état de choc qu'il n'aurait pas été en mesure de lever la main. Le seul geste dont son corps était encore capable était indépendant de sa volonté : ses jambes étaient agitées d'un tremblement incontrôlé.

Qui m'inflige ça ? Et pourquoi ?

Les images changèrent. Son angoisse augmenta.

La maternité fit place à une vue extérieure de la friche industrielle où il avait attendu Carina la veille. Les photos devaient être un peu plus anciennes. Elles avaient été prises par une journée ensoleillée de printemps ou d'été.

— Hier, vous avez trouvé un cadavre sur ce terrain d'une ancienne fabrique de peintures.

La voix fit une nouvelle pause. Stern cligna des yeux et reconnut la remise à outils.

— Nous avons très longtemps attendu que cela arrive. Quinze ans, pour être précis. Sur ce point, le garçon dit effectivement la vérité. Au bout d'un tel délai, nous imaginions que ce serait plutôt un vagabond ou un chien qui découvrirait par hasard le cadavre. Et c'est vous qui êtes venu ! Avec un esprit de détermination. Accompagné. Vous voilà donc désormais impliqué, monsieur Stern. Que vous le vouliez ou non.

La caméra décrivit un cercle de trois cent soixante degrés et montra brièvement, à côté du bâtiment délabré, une camionnette sans raison sociale, puis elle s'immobilisa, se focalisant sur la bâtisse incendiée où quelques heures plus tôt Robert avait suivi Simon.

— Je voudrais apprendre de vous qui a assassiné l'homme que vous avez trouvé hier dans cette cave.

Stern hocha la tête avec stupéfaction.

Qu'est-ce que ça veut dire ? Qu'est-ce que tout ça a à voir avec Felix ?

— Qui a tué cet homme ? Pour moi, la réponse à cette question est d'une urgence extrême.

Stern fixait l'annonce digitale bleuâtre du lecteur de DVD comme si le boîtier métallique argenté était à l'origine de ses tourments psychiques.

— Je veux que vous vous occupiez du cas de Simon. Si vous saviez qui je suis, vous comprendriez pourquoi je ne peux m'en charger moi-même. C'est pourquoi il faut que ce soit *vous*, vous qui êtes son avocat. Découvrez comment il a appris l'existence de ce cadavre.

La voix eut un léger rire.

— Mais comme je sais que les avocats ne travaillent pas sans contrepartie, voici ma proposition. Votre éventuelle acceptation dépend entièrement de votre réponse à ma première question, monsieur Stern : croyez-vous qu'il soit possible de ressusciter ?

Il se mit à neiger sur l'écran comme s'il s'agissait d'un antique téléviseur en noir et blanc dont l'antenne intérieure aurait été mal orientée. Puis la qualité de l'image s'améliora subitement. L'usine en ruine avait disparu. À en croire les chiffres incrustés, ces nouvelles prises de vue en couleurs dataient d'à peine quelques semaines. Stern eut de nouveau envie de vomir. Le chiffre de l'année mis à part, la date indiquée était exactement celle de la naissance de son fils.

9

— Alors, vous le reconnaissez ?

Le garçon, bronzé et dont les cheveux légèrement bouclés tombaient sur les épaules, était torse nu, à l'exception d'un collier de corail noir. Il savait qu'on le filmait et fixait la caméra d'un air plein d'attente. Il se leva brusquement de sa chaise et s'en alla. Le cœur de Stern s'arrêta de battre quand il aperçut la tache dans son dos. Il avait une envie d'un violet foncé sur l'épaule gauche, en forme de petite botte.

Ce n'est pas vrai. Ce n'est pas possible !

Les joues de Robert le brûlaient comme si on venait de le gifler. Le gamin aux traits à la fois inconnus et douloureusement familiers reparut, un couteau à la main. Quelqu'un, hors cadre, sembla lui crier quelque chose. Il sourit, confus, aspira profondément et ses lèvres pleines firent la moue. La caméra descendit alors d'une vingtaine de centimètres, et le gâteau d'anniversaire posé sur une table entra dans le champ. Une forêt-noire. L'enfant dut s'y prendre à deux fois pour souffler les dix bougies fichées dans la crème.

— Regardez bien, monsieur Stern. Songez aux images de Felix que vous venez de voir. Souvenez-vous du petit cercueil que vous avez vous-même porté en terre. Et répondez ensuite à une question toute simple : croyez-vous à une vie après la mort ?

Robert leva les mains et, un bref instant, fut tenté d'appuyer les doigts sur le verre dépoli. Tandis qu'il perdait peu à peu le contrôle de sa respiration et de son cœur, il fut submergé par une impression d'une totale irréalité : celle de regarder dans un miroir rajeunissant.

Est-ce... Ce n'est pas possible. Felix est mort. Il était froid quand je l'ai enlevé des bras de Sophie. Je l'ai enterré moi-même et...

— On pourrait se mettre à douter en voyant ces images, n'est-ce pas ?

... je viens de le voir mourir. À l'instant même !

Stern, suffoquant, toussa. Dans sa terreur, il avait retenu sa respiration, mais ses poumons avaient maintenant besoin d'oxygène. Les images incroyables continuaient à défiler impitoyablement. Le garçon, sur l'écran, découpait le gâteau.

Mais ce ne peut être que... C'est forcément une coïncidence.

Le gamin de dix ans était gaucher. Comme Robert.

Stern se mit à trembler de tout son corps. Il croyait voir son double. Gamin, il en était la copie conforme. Tout concordait. Les cheveux, les yeux un peu trop écartés, le menton légèrement proéminent, la fossette se creusant sur la joue droite quand il souriait. En fouillant les caisses du déménagement dans la cave, il aurait sûrement pu trouver une photo jaunie où il fixait l'appareil de la même façon.

Et il a la tache de vin.

Bien entendu, elle était maintenant plus grande. Mais sa forme correspondait exactement à la tache que Sophie avait découverte quand elle avait pour la première fois tenu Felix nu dans ses bras.

— Voici le marché que je vous propose.

La voix, plus inhumaine encore, exigeait de nouveau l'attention de Stern.

— J'échangerai une réponse contre une autre. Dites-moi qui a tué l'homme à coups de hache il y a quinze ans, et je vous dévoilerai s'il y a une vie après la mort.

Sur ces mots, l'enfant disparut de l'écran et Robert se retrouva précipité dix ans en arrière, dans la pièce de la maternité. Deux arrêts sur image se succédèrent à un rythme atroce. Felix dans son lit. Vivant, puis mort.

— Trouvez l'assassin, et je vous ferai parvenir le nom et l'adresse du garçon que vous venez de voir.

Vivant. Mort. Vivant...

Stern tenta de se lever pour hurler sa douleur, mais il avait perdu toute force.

Mort.

— Une réponse contre une réponse. Occupez-vous de Simon. Nous nous chargeons du thérapeute. Vous avez cinq jours devant vous. Pas une heure de plus. Si vous laissez passer ce délai, vous n'entendrez plus jamais parler de moi et vous ne saurez jamais la vérité. Ah oui, autre chose.

La voix paraissait à présent celle de quelqu'un qui s'ennuie. Celle qui, à la fin d'un spot pour des produits pharmaceutiques, met en garde contre les risques et les effets secondaires.

— N'allez pas prévenir la police. Sinon, je tuerai les jumelles.

Puis l'écran devint tout noir.

10

— Tu as bu ?

Sophie était pieds nus dans le couloir, devant la chambre à coucher d'où elle était sortie le téléphone en main pour ne pas réveiller son mari. Patrick devait partir dans quelques heures en voyage d'affaires au

Japon et il avait besoin de dormir. Il était un peu plus de minuit et demi, et elle aurait eu le plus grand mal à lui expliquer, s'il le lui avait demandé, pourquoi son ex lui téléphonait en pleine nuit, alors qu'il ne l'avait pas fait depuis plusieurs années, même pas pour son anniversaire.

— Je suis navré de te déranger. Je sais, les enfants dorment. Elles vont bien ?

Bien qu'il eût ignoré sa question, sa voix lui fournit la réponse. Une voix épouvantable.

— Oui, évidemment qu'elles vont bien. Elles dorment. Profondément, comme tout être normal à une heure pareille. Qu'est-ce que tu me veux ?

— Aujourd'hui j'ai... (Il s'interrompit et reprit :) Je suis navré, mais il faut que je te demande quelque chose.

— Maintenant ? Ça ne peut pas attendre jusqu'à demain matin ?

— Ça attend depuis bien trop longtemps.

Se dirigeant vers le salon, Sophie s'immobilisa sur le tapis de sisal.

— De quoi tu parles ?

L'heure, sa voix, les allusions, en un mot tout dans son coup de téléphone l'inquiétait, et qu'elle frissonne n'avait donc rien d'étonnant. D'autant moins qu'elle n'avait mis, à son habitude, qu'un T-shirt et un slip pour aller au lit.

— À l'époque, est-ce que tu t'es demandé si...

Sophie ferma les yeux tandis qu'il poursuivait. Aucun autre mot que ce « à l'époque » ne pouvait susciter en elle autant de sentiments négatifs. Surtout sortant de la bouche de l'homme qui lui avait enlevé Felix des bras.

— Je veux dire qu'en fait il n'y avait aucune raison pour que...

— Où veux-tu en venir ?

La colère commençait à la gagner.

— Tu n'as pas fumé pendant la grossesse, Felix n'était pas trop vêtu et il était dans une grenouillère l'empêchant de se tourner sur le ventre.

— Je préfère raccrocher.

Sophie ne comprenait pas pourquoi Robert la tirait du lit pour lui énumérer les facteurs de risque concernant la mort subite du nourrisson. Ce mystérieux terme générique avait beau désigner environ quarante pour cent des cas de mortalité postnatale, les causes du phénomène restaient largement inconnues. Ce chiffre n'avait pas de quoi surprendre en réalité puisque l'on rangeait dans cette horrible catégorie tous les décès restés inexpliqués d'enfants apparemment en bonne santé.

— Attends encore un peu, je t'en prie ! Ne réponds qu'à cette seule question.

— Laquelle ?

S'apercevant dans la glace de la garde-robe, Sophie fut effrayée par l'expression de son visage où se lisait un mélange de tristesse, de désespoir et de lassitude.

— Je sais que tu me détestes depuis ce qui s'est passé.

— As-tu de la fièvre ? demanda Sophie, car Robert, loin de seulement bégayer, semblait également très enrhumé.

— Non, je n'ai besoin de rien, que d'une réponse.

— Mais je ne comprends pas ce que tu cherches.

Ayant commencé sa phrase à haute voix tellement elle était furieuse, elle s'efforça ensuite, à chaque mot, de baisser le ton afin de ne réveiller ni Patrick ni les jumelles.

— Il ne respirait plus, il était déjà un peu rigide quand tu as ouvert la porte de la salle de bains.

Il y eut un bruit de fond pendant que Robert observait un bref silence.

— Voici ma question : pourquoi n'étais-tu malgré tout pas certaine ? Pourquoi, en dépit de tout, as-tu pensé que Felix vivait encore ?

Sophie interrompit la conversation d'une pression du doigt et, privée de toute force, l'écouteur à la main, laissa retomber le bras. Sa lassitude avait cédé la place à un état d'hébétude que seuls lui procuraient d'ordinaire les somnifères. Elle avait en même temps l'impression qu'elle venait de surprendre un cambrioleur en train de farfouiller dans ses sous-vêtements. *Et c'est exactement ce qui s'est passé,* se dit-elle en se dirigeant lentement vers la chambre des enfants. Avec son appel, Robert était entré par effraction dans son monde et avait ouvert un compartiment de sa psyché, tiroir qu'au prix d'un pénible travail de plusieurs années, avec l'aide de son nouveau mari, des merveilleuses jumelles et d'un psychanalyste, elle était parvenue à clouer et à barricader.

Elle ouvrit la porte et retint sa respiration. Frida, en gigotant, avait repoussé sa couverture au pied du lit et rêvait paisiblement, entourant d'un bras un pingouin en tissu. Le petit torse de Natalie aussi se soulevait et s'abaissait à intervalles réguliers. Durant l'année critique qui avait suivi leur naissance, Sophie avait fait sonner le réveil toutes les deux heures pour jeter un œil sur elles. À présent, elle vérifiait que tout allait bien uniquement quand elle se réveillait pour aller aux toilettes. Et la peur oppressante qui, autrefois, ne la quittait pas s'était muée en une routine affectueuse. Jusqu'à cet instant. Jusqu'au coup de fil de Robert.

Pourquoi as-tu pensé que Felix vivait encore ?

Le matelas moelleux céda sous son poids quand Sophie s'assit sur le lit de Natalie pour lui ôter du front les cheveux mouillés de sueur.

— Parfois je le pense toujours, chuchota-t-elle.

Puis elle embrassa tendrement sa fille sur le front et se mit à pleurer sans bruit.

LA RECHERCHE

« De même que, dans notre vie présente, nous vivons des milliers de rêves, cette vie présente n'est que l'une des milliers dans lesquelles nous sommes entrés, venant d'une autre vie, plus réelle encore, et vers laquelle nous retournerons après la mort. »
Léon TOLSTOÏ

« Chaque être humain représente quelque chose de nouveau dans le monde, quelque chose qui n'a encore jamais existé, quelque chose d'inédit et d'unique. »
Martin BUBER

« Les cicatrices de naissance et les envies sont les preuves des existences terrestres successives de l'homme. »
Ian STEVENSON

1

Ce fut peut-être la conséquence de son épuisement. Sans doute la bousculade se produisit-elle parce que, au lieu de regarder devant lui, il dévidait en pensée le DVD.

La veille, il n'avait pas eu le courage de le regarder à nouveau. Tout du moins, pas entièrement. Il ne voulait pas revoir l'agonie de Felix. Aussi avait-il sauté le début pour aller directement au passage de l'anniversaire. Il l'avait fait passer et repasser, ne quittant pas des yeux le jeune garçon sans nom. Au ralenti, avec arrêts sur image et en avance rapide. Quand il l'eut revu dix fois, il avait les yeux si irrités qu'il crut apercevoir sur le DVD le rouge des signes d'usure.

Après une nuit blanche, Stern s'était senti ce matin aussi désemparé et anéanti que le jour de l'enterrement de Felix. Il avait perdu tout point d'ancrage dans le réel. Son cerveau rationnel de juriste était habitué à toujours considérer les problèmes sous deux aspects : ou bien un client était coupable, ou bien il ne l'était pas. De ce point de vue, le cauchemar où il avait été précipité la veille n'était pas différent des tragédies qu'il lui fallait assumer sur le plan professionnel. Là aussi, il n'existait que deux possibilités : Felix était mort ou vivant. La première était la plus vraisemblable. La ressemblance frappante entre le gamin à la tache de vin et Stern était loin de constituer une preuve.

Une preuve de quoi ? se demanda-t-il en sortant de l'ascenseur de l'hôpital. Chaque fois qu'il réfléchissait à un problème complexe, se dressait devant lui, en pensée, un mur blanc et nu sur lequel il fixait des « Post-it » imaginaires portant ses principales hypothèses. Il y avait dans son cerveau une sorte de case, à l'écart, qu'il réservait aux cas difficiles et utilisait chaque fois qu'il voulait faire un tri dans ses idées. « FELIX VIT » : l'inscription en majuscules sur le plus grand des bouts de papier attirait l'attention.

Mais comment serait-ce possible ?

Bien sûr, longtemps après l'enterrement, il s'était souvent demandé s'il n'y avait pas eu, par hasard, un échange de bébés. Mais Felix était à ce moment-là le seul garçon à la maternité. Les trois autres mères avaient accouché d'une fille. Toute confusion était donc exclue. Et puis il s'était assuré, avant l'autopsie, que c'était bien leur garçon qu'ils pleuraient. Aujourd'hui encore il se souvenait de ce qu'il avait ressenti quand il avait soulevé le petit corps de la table métallique afin de caresser du bout des doigts, en guise d'adieu, la tache de vin.

Alors renaissance, réincarnation ?

Stern déchira le bout de papier avant d'avoir eu le temps de vraiment le fixer. Il était avocat. Pour résoudre des problèmes, il avait recours à des articles de loi, non à la parapsychologie. Aussi douloureux que cela fût, il resta ferme sur sa position. « FELIX = MORT », écrivit-il sur un troisième Post-it, et il s'apprêtait à le fixer mentalement quand ses pensées basculèrent à nouveau.

Mais pourquoi quelqu'un jette-t-il le doute sur sa mort ? Et que vient faire Simon dans cette histoire ? Où diable ce gamin avait-il appris l'existence de ce cadavre dans le sous-sol d'une usine ?

Stern se demanda ce que pouvait révéler de sa santé mentale sa venue à l'hôpital Seehaus, un samedi matin, pour répondre à cette dernière question. Plongé dans ses pensées, il n'entendit pas arriver le soignant qui conduisait un vieil homme en chaise roulante à la physiothérapie. Tous deux fredonnaient en chœur le refrain de « Money, Money, Money », du groupe Abba, lorsque, tournant au coin du couloir, Stern leur rentra dedans sans crier gare.

Il percuta le côté du fauteuil métallique et, perdant l'équilibre, chercha désespérément à se rattraper. Une de ses mains ayant glissé sur la manche du garde-malade, il n'eut d'autre recours que de prendre appui sur la tête du patient, puis, finalement, d'agripper le poignet de ce dernier pour ralentir sa chute. Si bien que, avant de s'effondrer sur le linoléum couleur menthe, il lui arracha le cathéter de sa perfusion.

2

— Mon Dieu, monsieur Losensky ?

Inquiet, le soignant barbu s'agenouilla devant le patient, mais celui-ci, paraissant presque s'amuser, fit signe que ce n'était pas grave.

— Ce n'est rien, ce n'est rien ! De toute façon, j'ai un ange gardien ! dit le vieil homme en tirant de sous son T-shirt un collier avec une croix en argent. Occupez-vous plutôt de notre ami qui est par terre.

Stern se frotta les paumes des mains qu'il s'était écorchées contre le revêtement de sol rugueux. Il ignora les élancements douloureux de ses genoux pour ne pas donner de lui une image encore plus pitoyable.

— Je suis absolument désolé, s'excusa-t-il une fois debout. Ça va ?

— Si on veut, grommela le soignant en relevant avec précaution la manche du patient jusqu'à la saignée du bras. Il va falloir lui reposer le cathéter, murmura-t-il en inspectant le dos de la main constellé de taches de vieillesse.

Il pria Losensky de tenir un bout de coton pressé contre l'endroit de la piqûre, puis tâta le bras décharné à la recherche d'une ecchymose ou d'un hématome. Bien que doté de mains de boxeur, il avait des gestes très doux, presque tendres.

— Vous êtes en cavale ou quoi ? Pourquoi foncer comme ça dans un service de neurologie ?

Stern fut soulagé de constater que l'homme n'avait rien trouvé de grave.

— Mon nom est Robert Stern, je vous prie de m'excuser mille fois, monsieur...

Il ne parvint pas à déchiffrer le badge rayé fixé sur la blouse.

— Franz Marc. Comme le peintre. Mais tout le monde m'appelle Picasso, parce que je préfère sa peinture.

— Je comprends. Encore une fois, je suis navré. J'étais dans la lune.

62

— Ce n'est pas l'impression qu'on a eue, n'est-ce pas, Losensky ?

D'épais favoris ressemblant à des bandes velcro descendaient le long des joues de Picasso avant de se perdre dans un bouc châtain. Le sourire du soignant découvrit à cet instant une puissante denture. Il avait tout d'un casse-noix géant.

— Je paierai bien entendu tous les dégâts que j'ai occasionnés.

Stern sortit son portefeuille de la poche intérieure de son costume.

— Non, non, non… ce n'est pas comme ça que ça marche ici, protesta Picasso.

— Vous vous trompez. Je voulais seulement vous donner ma carte de visite.

— Vous pouvez la laisser où elle est, n'est-ce pas, Losensky ?

Le vieux approuva de la tête dans son fauteuil roulant, tout en tortillant d'un air réjoui un de ses sourcils broussailleux. Contrastant avec ses cheveux clairsemés, ils évoquaient, au-dessus des orbites enfoncées, deux énormes touffes de paille de fer.

— Je crains de ne pas comprendre.

— Vous nous avez flanqué une sacrée frousse. Et, depuis son deuxième infarctus, Frederick n'est plus ce qu'il était, n'est-ce pas ?

Le vieil homme opina.

— Alors, au cas où vous désireriez partir d'ici sans vous faire remarquer, quelques billets ne suffiraient certainement pas.

— Quoi alors ?

Stern grimaça nerveusement, se demandant s'il avait affaire à deux fous.

— Nous voudrions vous voir plier l'échine.

Robert se disposait à se toucher le front du doigt et à s'en aller quand il comprit la plaisanterie. Il sourit, se baissa et rendit au malade la casquette de base-ball noire qu'il avait dû faire tomber.

— Parfait. Nous voilà quittes.

Picasso se mit à rire, tandis que son vieux protégé gloussait comme un petit écolier.

— Vous êtes un fan ? s'enquit Stern tandis que le vieux rajustait sa casquette des deux mains, très soigneusement.

Sur la visière s'étalait en lettres d'or l'inscription ABBA.

— Évidemment. Leur musique est divine. Lequel de leurs tubes préférez-vous ?

Le vieil homme souleva un bref instant la visière pour faire rentrer sous le couvre-chef une mèche de cheveux d'un blanc de neige.

— Je ne sais pas, répondit Stern, un peu dépassé.

Il était venu rendre visite à Simon pour parler des événements de la veille. Il n'était pas dans de bonnes dispositions pour entreprendre un brin de causette sur la musique pop des années soixante-dix.

— Moi non plus, ricana Losensky. Ils sont tous excellents. Autant les uns que les autres.

Les pneus flambant neufs glissèrent avec un léger sifflement sur le sol luisant quand Picasso se remit à pousser le fauteuil.

— Qui voulez-vous voir exactement ? demanda le soignant en se retournant.

— Je cherche la chambre 217.

— Simon ?

— Oui, vous le connaissez ?

Stern revint vers eux.

— Simon Sachs, notre orphelin, dit le soignant qui, au bout de quelques pas, s'immobilisa devant une porte gris foncé portant un panneau « Physiothérapie ». Bien sûr que je le connais.

— Qui ne le connaît pas ? murmura le vieil homme tandis qu'on le faisait entrer dans une pièce claire, au sol recouvert de plusieurs nattes isolantes, équipée d'espaliers et de nombreux appareils de gymnastique. On aurait dit qu'il était vexé que la conversation ne tournât plus seulement autour de lui.

— C'est notre rayon de soleil, s'enthousiasma Picasso en arrêtant le fauteuil devant un banc de massage. Un sale truc, ce qu'il a. D'abord, il a fallu que l'État assume le droit de garde car son asociale de mère le laissait quasiment mourir de faim, et voilà que, par-dessus le marché, on lui trouve une tumeur dans la tête. Bénigne, disent les médecins, sous prétexte qu'elle ne fait pas de métastases. Peuh !

Stern crut un instant que le soignant allait cracher par terre.

— Je ne pige pas ce qu'il peut y avoir là-dedans de bénin, vu que le machin n'arrête pas de grossir et qu'il va finir par lui coincer le cerveau.

La porte communiquant avec un bureau voisin s'ouvrit, livrant passage à une Asiatique en kimono, chaussée de minuscules chaussures orthopédiques. À l'évidence, elle plut à Losensky, qui se remit à siffloter l'air d'Abba. Mais cette fois on aurait dit, à le voir siffler son « Money, Money, Money », un maçon dévorant des yeux une blonde à la poitrine généreuse passant devant son échafaudage.

Revenu dans le couloir qui s'était entre-temps un peu animé, Picasso tendit le bras pour désigner la deuxième porte à gauche, à côté de la salle des infirmières.

— Au fait, c'est là-bas.
— Quoi ?
— Eh bien, la 217. La chambre de Simon. Mais vous ne pouvez pas entrer comme ça.
— Et pourquoi ?
— Vous n'avez pas de cadeau.
— Pardon ?
— Quand on vient en visite, on apporte soit des fleurs, soit des chocolats. Pour un enfant de dix ans, une revue musicale ou un truc du même genre peut faire l'affaire, à la rigueur. Mais vous ne pouvez pas arriver les mains vides devant un enfant qui ne sera peut-être plus en vie la semaine prochaine...

Picasso n'eut pas le temps de finir sa phrase. Stern, du coin de l'œil, s'était rendu compte d'un phénomène anormal. Il se tourna vers la gauche pour localiser précisément le signal d'alarme. Quand il découvrit la lampe rouge clignotant au-dessus d'une porte, il suivit en toute hâte le soignant qui se dirigeait déjà vers l'urgence. Il le rattrapa peu avant la chambre 217.

3

Il s'était réveillé une première fois peu avant 4 heures et avait sonné pour appeler l'infirmière. Carina n'était pas venue, ce qui l'avait contrarié beaucoup plus qu'une sourde envie de vomir. Le matin, il sentait ça quelque part dans son œsophage, plus exactement entre le larynx et l'estomac, et l'on en venait généralement à bout grâce à quarante gouttes d'une solution de métoclopramide. Mais quand il se réveillait trop tard et que les maux de tête avaient déjà resserré leur étau sur ses tempes, il lui fallait parfois plusieurs jours pour revenir à un « quatre » sur l'échelle des douleurs.

C'était ainsi que Carina appréciait son état général. Tous les matins, elle commençait par lui demander d'énoncer un chiffre, « un » signifiant absence de douleur et « dix » représentant l'intolérable.

Simon ne se rappelait pas quand il avait eu moins de « trois » pour la dernière fois. Mais peut-être cela se produirait-il aujourd'hui si l'homme triste restait encore un peu près de son lit. Il était heureux de revoir son visage.

— Je regrette de vous avoir fait peur. Je voulais seulement allumer la télévision.

— C'est bon.

L'émotion avait cédé la place à un grand soulagement quand il était apparu que Simon avait actionné l'appel d'urgence par inadvertance. Après s'être assuré que tout allait bien pour l'enfant, Picasso l'avait laissé seul avec cet avocat un peu excité.

— Carina vous aime bien, commença Simon. Et moi, j'aime bien Carina. Donc je vous trouve sympa.

Le gamin ramena les jambes vers sa poitrine, dessinant un V à l'envers sous la couverture.

— Elle a congé aujourd'hui ?

— Euh, non. C'est-à-dire que je n'en sais rien.

Avec une application exagérée, Stern rapprocha une chaise du lit et s'assit. Simon remarqua qu'il portait presque les mêmes vêtements que l'avant-veille, quand ils s'étaient rencontrés devant l'usine. Il avait manifestement dans son armoire plusieurs exemplaires semblables de ce complet sombre.

— Vous n'allez pas bien ? demanda l'enfant.

— Comment ça ?

— Carina dirait que vous n'avez pas l'air dans votre assiette.

— J'ai mal dormi.

— Ce n'est pas une raison pour faire la tête.

— Parfois, si !

— Ah, je sais ce qui vous dérange. Excusez-moi.

Simon sortit sa perruque en cheveux naturels du casier de sa table de nuit.

— Vous ne vous étiez aperçu de rien avant-hier, hein ? Ce sont d'ailleurs mes propres cheveux. On me les a coupés avant que le professeur Müller ne commence à me soigner avec son effaceur.

— Un effaceur ?

Simon coiffa sa perruque d'un geste habile. Elle cacha le léger duvet de son crâne.

— Oui, ils me traitent parfois comme un petit enfant, ici. Je sais bien entendu ce qu'est une chimiothérapie, mais le médecin-chef me l'a expliqué comme à un bébé. Il m'a dit que j'avais dans la tête une grande tache foncée et que les cachets effaceraient cette tache. Comme un effaceur, quoi !

Simon observa l'avocat fouiller du regard la surface de rangement près du lit.

— Je ne prends plus d'interféron. Le médecin a pensé que je pouvais m'en passer maintenant. Mais Carina m'a dit la vérité.

— Et c'est ?

— Les effets secondaires sont trop néfastes, expliqua Simon avec un petit sourire amer tout en soulevant sa perruque. Ils ne peuvent pas effacer le truc sans me tuer du même coup. Il y a un mois, j'ai même attrapé une pneumonie et on a dû me conduire en réanimation. Après, on a arrêté la chimio et la radiothérapie.

— Je suis désolé.

— Pas moi. Au moins je ne saigne plus du nez maintenant, et je n'ai envie de vomir que le matin.

Il se redressa dans son lit et se coinça un coussin gonflable dans le dos.

— Mais à vous maintenant, dit-il en s'efforçant de prendre le ton d'un adulte de série policière. Vous vous occupez de mon affaire ?

L'avocat se mit à rire et eut pour la première fois l'air d'une personne qu'on pouvait aimer.

— Je ne sais pas encore.

— C'est que voilà, j'ai peur d'avoir mal agi. Je ne veux pas...

... *mourir avant de savoir si je suis réellement responsable,* voulait-il dire. Mais les adultes réagissaient de manière toujours si bizarre quand il parlait de la mort. Ils devenaient tristes et lui mettaient la main sur la bouche ou bien changeaient subitement de sujet. Simon se tut, estimant que l'avocat l'avait de toute façon compris.

— Je suis venu te poser quelques questions, dit alors ce dernier.

— Allez-y.

— Eh bien, j'aimerais savoir ce que tu as fait exactement le jour de ton anniversaire.

— Vous voulez parler de la régression chez le Dr Tiefensee ?

— Oui, c'est ça.

L'avocat ouvrit un carnet relié en cuir et prit des notes à l'aide d'un petit stylo-bille.

— Je voudrais tout savoir à ce sujet. Ce que tu as vécu alors et également tout ce que tu sais sur le cadavre.

— Quel cadavre ?

Simon cessa de sourire quand la stupeur envahit le visage de Robert Stern.

— Eh bien, l'homme que nous avons trouvé. Celui que tu as, euh...

— Ah bon, vous voulez dire le type que j'ai tué à coups de hache, dit Simon, soulagé que le malentendu soit levé.

Son avocat, en revanche, paraissait toujours un peu perplexe. Aussi Simon essaya-t-il de lui répondre, et il ferma les yeux. C'était comme cela qu'il réussissait le mieux à se concentrer sur les voix dans sa tête et sur les images horribles qui devenaient nettes après chaque perte de connaissance.

L'homme étouffé par un sac en plastique dans un garage.

L'enfant qui hurlait sur la plaque chauffante.

Le sang sur les parois du camping-car.

Il ne supportait ces scènes que parce qu'elles remontaient très loin en arrière. Des dizaines d'années.

Dans une autre vie.

— C'est qu'il n'y a pas qu'*un* cadavre, dit-il à voix basse en rouvrant les yeux. J'ai tué beaucoup de gens.

4

— Attends un peu. Pas si vite, très lentement au contraire, et dans l'ordre.

Stern alla à la fenêtre et toucha du doigt un dessin collé sur la vitre. À l'aide de crayons en cire, Simon avait dessiné, avec beaucoup de relief, une église devant laquelle s'étendait une pelouse à l'herbe grasse et très verte. Pour une raison quelconque, il avait signé son dessin du nom de « Pluto ».

Stern se retourna vers lui.

— Est-ce que tu as déjà eu, avant, ces... euh... ces mauvais souvenirs ? demanda-t-il sans trouver de meilleure expression.

Il se demanda comment il pourrait expliquer cette conversation à une tierce personne. À l'évidence, Simon croyait non seulement à la possibilité de renaître, mais également au fait qu'il avait été un tueur en série.

— Non, c'est seulement depuis mon anniversaire.

Le gamin prit sur sa table de nuit une brique de jus de pomme et enfonça la paille dans l'ouverture prévue à cet effet.

— C'est la première fois que je subissais une régression.

— Raconte un peu comment ça s'est passé.

— J'ai trouvé ça marrant. Le seul truc embêtant, c'est que j'ai dû enlever mes baskets toutes neuves.

Stern sourit à Simon dans l'espoir de détourner son flot de paroles vers des aspects plus intéressants.

— Le docteur travaille dans un immeuble génial. Il m'a dit que la tour de télévision était tout à côté, mais je ne l'ai pas vue pendant qu'on était là-bas.

— Il t'a donné quelque chose quand tu étais dans son cabinet ?

Des médicaments quelconques ? Des drogues ? Des psychotropes ?

— Oui. Du lait chaud avec du miel. Ça aussi, c'était super. Ensuite, j'ai dû m'allonger sur un matelas bleu posé par terre. Carina était avec moi et m'a emmitouflé dans deux couvertures. J'étais bien au chaud et c'était confortable. Il n'y avait que ma tête qui dépassait.

— Qu'a fait ensuite le docteur ?

Stern eut une hésitation au moment de recourir au titre universitaire, tant il était persuadé que Tiefensee l'avait soit usurpé, soit acheté.

— En fait, rien du tout. Je ne l'ai d'ailleurs plus vu.

— Mais il était encore dans la pièce ?

— Oui, bien sûr. Il parlait. Il a parlé incroyablement longtemps. Il avait une voix très douce et très belle. Comme le type de mes pièces radiophoniques, tu vois ?

Stern nota que Simon venait de le tutoyer pour la première fois et il fut heureux de cette marque de confiance.

— Qu'est-ce que M. Tiefensee racontait ?

— Il a dit : « Normalement je n'opère pas avec des enfants de ton âge. »

Tu parles d'une consolation, se dit Stern avec dérision. *Ce requin n'escroque que des adultes.*

— Mais, à cause de ma maladie et de Carina, il a fait une exception.

Carina. Stern écrivit le nom sur son bloc-notes et remplit au stylo-bille les vides des lettres. Il décida de l'interroger, immédiatement après cette conversation, sur les rapports qu'elle entretenait avec un tel charlatan. Il était certain qu'elle n'avait pas choisi ce Tiefensee au hasard.

— Il m'a posé beaucoup de questions. Il a voulu savoir quel était mon meilleur souvenir. Où jamais être.

En vacances, chez des amis ou à la fête foraine. Puis j'ai dû ne plus penser qu'à l'endroit du monde le plus chouette et fermer les yeux.

Plonger le sujet de l'expérience dans un état de somnambulisme. Stern opina inconsciemment du chef quand, tout en écoutant le récit de Simon, il se souvint du cliché auquel, la nuit dernière, il n'avait cessé de se heurter sur Internet. Après son coup de fil irréfléchi à Sophie, il s'était assis devant son ordinateur. Dès sa première demande de recherche, il était tombé sur des milliers de pages Web écrites par des cinglés de la parapsychologie et des accros de l'ésotérisme. Ensuite pourtant, il avait trouvé des sources traitant de manière sérieuse le sujet de la régression. La plupart signalaient les dangers de l'entreprise. De manière étonnante, nombre d'entre elles ne mettaient pas en doute la possibilité d'une réincarnation en tant que telle, mais mettaient en garde contre les conséquences, contre d'éventuelles perturbations psychiques, par exemple si l'un des candidats à la régression revivait pendant la séance un fort traumatisme de son passé.

— J'ai pensé à une belle plage où je ferais la fête avec mes amis, dit Simon. On mangerait tous des glaces.

— Et qu'est-ce qu'il s'est passé ensuite ?

— J'ai été très fatigué. Et, à un moment, le docteur m'a demandé si je voyais un grand interrupteur.

Simon se mit à battre des yeux, et Stern eut peur que, sous le seul effet de son récit, le jeune garçon reperde connaissance. Mais il n'avait pas encore toussé. Stern savait par Carina que, depuis la pneumonie de Simon, il y avait toujours un signe précurseur d'une crise d'épilepsie ou d'un évanouissement. Comme l'avant-veille, dans la cave.

— J'ai cherché un interrupteur dans ma tête. Comme ceux avec lesquels on allume ou on éteint la lumière.

— Tu l'as trouvé ?

— Oui. Ça a pris un peu de temps, mais il a fini par arriver. C'était un peu flippant, parce que j'avais tout de même les yeux fermés.

Stern savait ce qui allait suivre. Afin de pouvoir manipuler les patients, le thérapeute devait désactiver leur conscience. Mettre la raison hors circuit en suscitant l'image d'un interrupteur imaginaire était, à cet effet, une méthode très en vogue. Le parapsychologue pouvait ensuite tranquillement persuader son patient de n'importe quoi. La seule chose qu'ignorait Stern, c'étaient les raisons qui avaient pu pousser Tiefensee à agir ainsi. Pourquoi Simon ? Pourquoi s'en prendre à un gamin à l'article de la mort, affligé d'une tumeur cérébrale inopérable ? Et pourquoi Carina s'était-elle laissé avoir ? Elle était peut-être un peu toquée de croire aux phénomènes surnaturels, mais jamais elle n'aurait accepté qu'un enfant soit utilisé à des fins dégueulasses. Et surtout pas un enfant dont elle était professionnellement responsable.

— D'abord, je n'y suis pas arrivé. Je ne réussissais pas à actionner l'interrupteur, poursuivit Simon d'une voix paisible. Il n'arrêtait pas de revenir en arrière. C'était marrant, mais le Dr Tiefensee m'a donné un bout de scotch.

— Du scotch ?

— Oui. Mais pas en vrai. Seulement dans mon imagination. Il fallait que, dans ma tête, je colle l'interrupteur avec de la bande adhésive. Et ça a marché ! L'interrupteur est resté en place et je suis entré dans un ascenseur.

Stern garda le silence pour ne pas distraire le garçonnet en cet instant décisif. Car commençait maintenant la régression proprement dite. Le voyage dans le subconscient.

5

— Dans l'ascenseur, il y avait une plaque en cuivre jaune avec beaucoup de boutons. J'ai eu le droit d'en choisir un et j'ai appuyé sur le onze. Il y a eu alors des secousses et on a commencé à descendre. Ça a duré très longtemps. Quand les portes se sont enfin ouvertes, j'ai fait un pas en avant. Je suis sorti et j'ai vu...

... *le monde avant ma naissance*, compléta Stern en pensée, très surpris d'entendre Simon la terminer tout autrement.

— ... qu'il n'y avait rien. Je ne voyais rien du tout. Tout était noir autour de moi.

Simon avait retrouvé un regard très clair. Il but encore une gorgée de jus de pomme. Quand il reposa la brique sur la table de nuit, son T-shirt se releva, et Stern tressaillit intérieurement. Une fraction de seconde il avait vu luire au-dessus de l'os iliaque de Simon une envie oblongue.

La cicatrice des réincarnés ! pensa-t-il malgré lui. L'altération cutanée ne présentait aucune ressemblance avec celle de Felix. Ni avec celle du garçon du DVD. Mais elle lui remit invinciblement en mémoire l'article sur Ian Stevenson qu'il avait lu le matin même. Le professeur et éminent psychiatre de l'université de Virginie, mort entre-temps, avait été l'un des rares chercheurs s'intéressant à la réincarnation dont des scientifiques reconnus aient accepté de discuter des travaux, des études de cas pour l'essentiel. Stevenson pensait que les cicatrices et les envies étaient des sortes d'atlas psychiques, révélant les blessures subies par les êtres humains au cours de leurs existences antérieures. Ayant rassemblé des centaines de dossiers médicaux et de rapports d'autopsie concernant des enfants prétendument réincarnés, le Canadien y avait trouvé des concordances frappantes entre leurs récits et les altérations cutanées qu'ils présentaient.

— Il y a une chose que je ne comprends pas, intervint Stern, qui essayait de se concentrer à nouveau pleinement sur ce que disait Simon. Comment as-tu pu avoir connaissance de ce cadavre si tu ne l'as pas vu chez le Dr Tiefensee ?

— Ben, j'ai bien vu quelque chose. Mais seulement quand je me suis réveillé. Carina a dit que j'avais dormi plus de deux heures. Je me rappelle comme j'ai été triste. C'était mon anniversaire et, d'un coup, il faisait nuit dehors.

— Et c'est à ton réveil que ces mauvais souvenirs te sont revenus ?

— Pas tout de suite. C'était dans l'auto, quand Carina m'a demandé comment ça s'était passé. Je lui ai parlé de ça. Des images.

— Quelles sortes d'images ?

— Celles qui sont dans ma tête. Elles sont toutes floues. Dans l'obscurité. Comme lorsque je rêve et que je vais me réveiller. Tu connais ça ?

— Oui, peut-être.

Stern savait de quoi Simon parlait, mais ses rêves éveillés étaient loin d'être aussi macabres. Sauf s'il pensait à Felix.

Simon tourna la tête vers la fenêtre et regarda dehors d'un air pensif. Stern crut d'abord qu'il ne s'intéressait plus à leur conversation et allait bientôt prendre un jeu vidéo dans sa table de nuit. Mais il vit ses lèvres bouger sans émettre un son. Simon cherchait à l'évidence à trouver les mots qu'il fallait pour mieux lui expliquer ses impressions.

— Un jour, au foyer, il a fallu que je change l'ampoule de la cave, commença-t-il à voix basse. Aucun de nous ne voulait le faire. Nous avions tous peur de descendre. Alors nous avons tiré à la courte paille et c'est tombé sur moi. C'était vraiment sinistre. L'ampoule était nue et suspendue au plafond par un fil. Elle ressemblait à une balle de tennis. Jaunâtre, recouverte d'une véritable fourrure de toiles d'araignée et de poussière. Et elle faisait des bruits. Comme Jonas. C'est un ami à moi. Il sait faire craquer très fort les jointures de ses doigts. C'était exactement le même bruit. La lampe s'allumait et s'éteignait, et chaque fois ça claquait comme lorsque Jonas se tire sur les doigts. Jusqu'au jour où un adulte a parlé de goutte et de rhumatisme et qu'il a dû cesser.

Stern se garda de l'interrompre, se contentant de regarder ses propres mains dont les doigts s'étaient croisés inconsciemment, comme pour prier.

— Quand je suis allé dans la buanderie, les craquements étaient très forts, et la lampe tremblotait. Allumée, éteinte. Parfois il y avait, pas longtemps, un peu de clarté, puis c'était la nuit. Mais même quand il y avait de la lumière, je n'arrivais pas à bien voir. L'ampoule était trop sale de toute façon. Et puis aussi, comme elle tremblotait, tout bougeait. Je savais bien sûr que les draps étaient suspendus d'un côté pour qu'ils sèchent, avec les serviettes. Et que, de l'autre côté, étaient rangées les corbeilles avec nos pantalons et nos T-shirts. Mais la lumière tremblait encore plus fort que moi, et j'avais peur qu'un homme soit caché derrière les draps et qu'il m'emporte. J'étais à cette époque beaucoup plus petit qu'à présent et j'ai failli faire pipi dans ma culotte.

Stern haussa les sourcils tout en approuvant de la tête. Il pouvait s'imaginer la trouille du gamin, mais il comprenait aussi peu à peu ce qu'il essayait de lui expliquer par là.

— Et maintenant, c'est de nouveau comme ça ? Quand tu vois ces images ?

— Oui. Quand je me rappelle ma première vie, ça fait comme ce jour-là, au foyer. Je suis de nouveau dans la cave, et la lampe sale tremblote.

Crac, crac.

— C'est pour ça que je ne vois que des silhouettes, des ombres. C'est flou... Mais je crois que la lumière devient plus forte chaque nuit.

— Tu veux dire que tu te souviens de mieux en mieux à chaque réveil, le matin ?

— Oui, hier par exemple je n'étais plus très sûr d'avoir vraiment tué l'homme. Avec la hache. Mais ce matin c'était très net. Exactement comme ce chiffre.

Crac.

— Quel chiffre ?

— Le six. Il est juste peint.

— Où ?

Crac. Crac.

— Sur une porte. En métal. Près de l'eau.

Stern eut soudain besoin de boire quelque chose. Il avait sur la langue un goût désagréable qu'il lui fallait chasser. Exactement comme l'horrible pressentiment montant en lui au récit de Simon.

— Que s'est-il passé ? demanda-t-il, bien qu'il eût préféré ne pas le savoir.

Que s'est-il passé derrière la porte ? La porte avec le numéro six ?

Dehors, dans le couloir, un homme se mit à siffler, et l'on entendit des pas s'éloignant, mais le cerveau de Stern filtra toutes les diversions acoustiques jusqu'à ne laisser passer que les phrases du garçon. Des phrases décrivant l'agonie d'un homme que Simon prétendait avoir assassiné douze ans plus tôt.

Deux ans avant sa naissance.

Stern espérait ardemment que quelqu'un vînt les déranger afin de ne pas avoir à entendre tous les détails. Par exemple le couteau à dents de scie avec lequel la victime avait réussi à blesser son agresseur avant de mourir. À peu près là où Simon avait aujourd'hui une envie couleur café au lait.

Robert regarda d'un air désemparé vers la porte, mais elle demeura fermée. Pas un médecin, pas une infirmière pour interrompre les descriptions épouvantables que faisait Simon, d'un ton frôlant l'indifférence. Il avait à nouveau fermé les yeux.

— Connais-tu l'adresse ? demanda Robert d'une voix haletante quand le garçon eut terminé.

Le sang bourdonnait si fort dans ses oreilles qu'il s'entendit à peine parler.

— Je ne pense pas. Si. Peut-être.

Simon ne prononça qu'un seul mot, mais il suffit à donner la chair de poule à Stern des pieds à la tête. Il connaissait l'endroit. Il y était allé autrefois se promener. Avec Sophie. Quand elle était enceinte.

6

— Non, je n'ai pas de mandat de perquisition. D'ailleurs je ne suis pas de la police.

Stern se demanda si le type au piercing dans le nez et aux cheveux sales était jamais allé à l'école. Sa lèvre supérieure, très retroussée, découvrait la gencive, ce qui, s'ajoutant à une forte proéminence de la mâchoire supérieure, donnait l'impression qu'il ricanait continuellement.

— Alors, pas question, bredouilla Sly en allongeant les jambes sur le bureau.

Le type s'était présenté sous ce pseudonyme prétentieux et ridicule, quand Stern était entré dans la petite pièce au rez-de-chaussée de l'entreprise de transport.

— Vous cherchez quoi au juste dans le six ? Je crois que nous ne louons plus les garages à un seul chiffre.

À l'hôpital, un peu plus tôt, Simon ne s'était souvenu de l'adresse que de manière fragmentaire. Mais le nom de « Garages de la Spree » avait amplement suffi. Stern connaissait les entrepôts vétustes au bord du canal, à Moabit. La vieille firme berlinoise avait son siège dans un bâtiment en briques, couleur sable, directement au bord de l'eau. Un peu en arrière se trouvaient les remises que quelques clients utilisaient pour entreposer provisoirement des meubles, des appareils électriques ou tout autre bric-à-brac. Comme les affaires périclitaient depuis que des manœuvres étrangers transportaient des machines à laver pour 2,50 euros de l'heure, le propriétaire avait cessé de rénover son bien ces dernières années. Il régnait dans le bureau crasseux une odeur de fumée et de toilettes, ce qui était certainement dû à la présence d'un désodorisant pendentif que Sly avait accroché à la lampe du plafond pour se dispenser d'aérer régulièrement. Rien d'étonnant donc à ce que les bandes de moisissure, sur les stores vénitiens fermés, montent jusqu'au plafond. Stern n'arrivait pas à s'expliquer pourquoi, par une journée d'automne aussi pluvieuse et sombre, quelqu'un pouvait éprouver le besoin de préserver sa pièce du peu de lumière du jour qui subsistait.

— Je suis exécuteur testamentaire et à la recherche des héritiers d'une fortune qui pourrait être considérable, dit Stern, débitant l'histoire qu'il avait bricolée durant le trajet depuis l'hôpital. Nous pensons trouver dans le garage six des indices qui pourraient nous être utiles.

Tout en continuant à parler, il ouvrit son portefeuille et en sortit deux billets. Sly enleva les pieds de la table et son sourire niais s'élargit.

— Je ne vais tout de même pas risquer de perdre mon job pour cent tickets, protesta-t-il avec une indignation feinte.

— Si, justement.

Stern se retourna vers l'homme hors d'haleine qui venait d'entrer bruyamment dans le bureau et remit les billets dans son portefeuille.

— Putain, mais ça pue là-dedans comme dans un sauna pour rats, jura le chauve en sueur dont l'aspect évoquait la silhouette d'un bouddha ayant oublié de s'asseoir.

Les épaules d'Andi Borchert étaient si larges que l'on aurait facilement pu y poser un téléviseur grand écran.

— Qui êtes-vous ? demanda Sly en sautant sur ses pieds.

On aurait dit que son sourire avait été effacé au fer à repasser.

— Te dérange pas, tu peux rester assis tranquillement.

Borchert se contenta de repousser le loubard sur sa chaise et alla au tableau des clés accroché au mur à côté d'une carte de Berlin aussi grande qu'une affiche.

— De quel garage il s'agit, Robert ?

— Le six.

Stern commença à douter qu'il ait été judicieux de sa part de donner un coup de fil à son ancien client pour lui demander son aide. Il connaissait les méthodes très personnelles auxquelles recourait Andreas Borchert pour résoudre un problème, des méthodes qui, deux ans plus tôt, avaient failli l'envoyer en prison. À l'époque, Borchert était encore producteur de « films pour adultes » bon marché. Des pornos hard et dégueulasses grâce auxquels il avait amassé une petite fortune, jusqu'au jour où une actrice avait été sauvagement violée sur un plateau. Tout portait à croire que l'auteur du viol était Borchert, jusqu'à ce que, au cours d'un procès qui avait défrayé la chronique, Stern réussisse à persuader le tribunal du contraire. Acquitté, Andi avait ensuite découvert et tabassé le coupable au point de le mettre dans l'incapacité de déposer. Un second procès avait eu lieu, au cours duquel Stern, manœuvrant habilement, était parvenu à faire considérablement réduire la peine encourue par Borchert, si bien que ce dernier s'en était tiré avec du sursis et que les deux hommes s'étaient retrouvés à tu et à toi.

— Si tu appelles les flics, n'oublie pas que nous avons rendez-vous avec toi, lança Andi, toujours haletant, à l'attention de Sly, en même temps qu'il prenait au tableau la clé voulue. Un rendez-vous chez toi, c'est clair ?

Stern ne put réprimer un sourire quand son ex-client sortit du bureau sans autre forme de procès, sans même attendre le hochement de tête résigné de l'employé de la maison de transport.

Stern le rejoignit et le suivit sur le mauvais chemin de cailloux menant aux garages.

— Bon, eh bien maintenant, en deux mots mets au parfum quelqu'un qu'a pas le bac.

Borchert semblait ne prêter aucune attention au fait qu'il maculait ses bottes blanches dans une flaque d'eau tous les deux pas. Des gouttes de sueur coulaient sur ses tempes. Il avait la particularité de se mettre à suer au moindre effort, ce qui lui avait valu des tas de surnoms : Rubens, le Sumo, la Glande... Il les connaissait tous, bien que personne ne se fût jamais risqué à en prononcer un en sa présence.

— Tout ce que j'ai compris au téléphone, c'est que tu as besoin d'aide parce qu'un gamin de dix ans a tué un homme.

— Plusieurs, pour être exact.

Tout en avançant, Stern lui raconta l'histoire insensée, son débit s'accélérant à mesure que l'incrédulité se peignait sur les traits de son ancien client. Ils s'immobilisèrent finalement à hauteur d'un conteneur couleur rouille destiné à recueillir les déchets. Un chat noir était en train de l'escalader.

— Il les a tués ? Il y a quinze ans, dans une vie antérieure ? Tu te fous de ma gueule ou quoi ?

— Crois-tu que je ferais appel à toi si j'avais le choix ?

Stern se passa la main sur les cheveux et fit signe à Borchert de le suivre.

— Depuis que j'ai trouvé ce cadavre avant-hier, Martin Engler est sur l'affaire. Le commissaire qui voulait ta peau à l'époque.

— Je me souviens de cette ordure.

— Et lui n'a pas oublié comment j'ai foutu son enquête en l'air.

Lors de ses investigations, Engler avait négligé de jeter un œil dans les dossiers médicaux de Borchert. Depuis sa jeunesse, ce dernier souffrait de dysfonction érectile partielle. Énoncé de manière plus simple, cela voulait dire qu'il était pratiquement impuissant et qu'il n'obtenait d'érection, s'il en obtenait une, qu'après de longs préliminaires et dans un cadre familier. Andi ne pouvait donc pas avoir violé la jeune fille.

Borchert vouait à Stern une reconnaissance éternelle d'avoir obtenu non seulement son acquittement, mais de surcroît une audience à huis clos. Un producteur de films porno incapable de bander – il serait devenu la risée du milieu ! Bien que, grâce à Stern, rien n'eût filtré de ce détail savoureux, Borchert tourna le dos au monde du film X après le procès, et il était actuellement à la tête de plusieurs discothèques florissantes à Berlin et dans les environs.

— Il aurait le plus grand plaisir à me coller quelque chose sur le dos.

— Je veux bien t'aider, mais je ne pige rien. Pourquoi tu te laisses embarquer là-dedans ? s'étonna Borchert en donnant un coup de pied dans une canette de bière vide devant lui.

— J'ai pris en charge l'affaire de ce garçon, OK ? éluda Stern.

Il n'avait pas encore l'intention de parler du DVD à Borchert, bien que cela eût aussitôt expliqué pourquoi il avait besoin d'un protecteur à ses côtés. Andi était le seul parmi ses connaissances à avoir assez peu de scrupules pour accepter de se rouler dans la merde pour lui sans exiger de trop longues explications. À vrai dire, il craignait que son ancien client ne le prît pour un fou s'il lui avouait la raison exacte qui le poussait à suivre le sentier prétendument emprunté par Simon dans une existence antérieure.

Et peut-être que je le suis ? se dit-il. Il était devenu fou. Il y avait d'un côté cette vidéo de deux minutes et, d'un autre, les lois de la nature qui s'inscrivaient toutes en faux contre l'idée que Felix fût encore vivant. Mais elles s'inscrivaient aussi en faux contre le fait que Simon se souvînt d'assassinats intervenus longtemps avant sa naissance.

— Bien. Pas d'autre question, monsieur le juge, rigola Borchert en levant les mains comme si Stern pointait sur lui un revolver. Mais ne viens pas me dire que nous cherchons ici un autre cadavre.

— Si. J'étais auprès de Simon à l'hôpital tout à l'heure, et il m'a donné cette adresse.

La bruine avait un peu diminué et Stern pouvait de nouveau regarder devant lui sans devoir constamment cligner des yeux. La porte métallique du garage, à cinquante mètres d'eux tout au plus, appartenait à un bloc d'appentis ne payant pas de mine, à un jet de pierre de la Spree.

— Simon dit qu'il lui a scié les deux jambes pour le faire tenir dans le frigo.

7

Stern n'avait pas une idée précise du spectacle qui s'offrirait à lui quand il ouvrirait la porte. Peut-être un amas de rats rongeant un bras sur le dallage, ou bien un essaim bourdonnant de grosses mouches, nuage noir agité de soubresauts au-dessus d'un réfrigérateur entrouvert. Mais il s'était préparé intérieurement à tout signe annonciateur de mort, et c'est pourquoi ce qu'il vit le plongea dans une tristesse indicible.

Pourtant, la vue du garage vide aurait dû le soulager. Pas un meuble. Pas un appareil électrique. Pas un livre. Une ampoule couverte de poussière n'éclairait que deux petites caisses pleines de vieille vaisselle et une chaise de bureau râpée. Rien d'autre. Stern sentit s'ouvrir en lui une valve laissant échapper ses espoirs. Il se rendit douloureusement compte de la violence irrationnelle avec laquelle il avait souhaité trouver quelque chose de macabre dans ce garage. Plus les souvenirs de Simon se seraient, de manière inexplicable, concrétisés dans la réalité et plus il aurait eu de raisons de croire en l'existence d'un rapport entre Felix et un garçon de dix ans avec une tache de vin sur l'épaule.

Stern avait du mal à concevoir que son subconscient ait pu effectivement poser une telle équation.

— Et au temps pour ton bordel de feng shui ! ronchonna Borchert.

Robert ne se donna pas la peine de lui expliquer que la philosophie chinoise de l'organisation des bâtiments et des garages n'avait rien à voir avec la métempsycose ou la réincarnation. Pour le propriétaire de discothèques, tout ce qu'il ne pouvait pas toucher du doigt n'était que débilité psycho machin-chose, inventée par des gens n'ayant rien de mieux à faire.

C'était justement cette conception simpliste de la vie qui l'avait jusqu'ici rendu sympathique aux yeux de Stern.

— Bon alors, qu'est-ce qu'on va encore faire maintenant ? s'inquiéta Borchert en voyant Stern se mettre à quatre pattes pour inspecter le sol du garage.

Celui-ci ne lui répondit pas sur-le-champ, continuant à chercher à tâtons des rainures dans la poussière. Il prit conscience de la vanité de son entreprise avant d'y mettre fin.

— Bide intégral, finit-il par déclarer en se relevant et en tapotant son manteau en poil de chameau pour en faire tomber la poussière. Pas de faux plancher. Rien.

— C'est bizarre. Ton histoire paraissait si sensée jusqu'ici, se moqua Borchert.

Pour une raison inconnue, des gouttes de sueur se formèrent à nouveau sur son front, bien qu'il n'eût pas bougé d'un iota durant la minute écoulée.

En sortant, Stern jeta un dernier regard songeur derrière lui, puis il éteignit la lumière, laissant à son accompagnateur le soin de fermer l'énorme porte.

— Je me demande, murmura-t-il, parlant dans sa barbe. Il y a quelque chose qui cloche.

— Maintenant que tu le dis, moi aussi ça me frappe, répliqua Borchert en retirant la clé de la serrure et en regardant Stern avec un sourire narquois. Peut-être que c'est d'être là, sous la bruine, à chercher un cadavre dans un garage ?

— Non, ce n'est pas ce que je veux dire. Si tu avais été là-bas avant-hier, tu me comprendrais. Je veux dire que ce garçon n'a été qu'à l'hôpital ces derniers mois et avant il était dans un foyer. Comment pouvait-il être au courant de la présence d'un mort au fond d'une cave d'usine ? Il connaissait même la date approximative du décès.

— Ça a été confirmé ?

— Oui, fit Stern sans indiquer par qui. Pour l'instant, il était obligé de se fier à la voix du DVD.

— Alors, il faut qu'il le tienne de quelqu'un.

— C'est aussi ce que je pense, mais néanmoins tout ne colle pas.

Borchert haussa les épaules.

— J'ai entendu dire que des petits enfants ont des amis invisibles avec qui ils parlent.

— Peut-être quand ils ont quatre ans. Simon n'est pas schizophrène, si c'est ce que tu crois. Il n'a pas de fantasmes. Le type au crâne fendu était on ne peut plus réel. C'est moi-même qui l'ai trouvé. Et ici. Ce numéro six, ajouta Stern en montrant, sur la porte, le chiffre à la peinture très écaillée. Il est exactement tel que Simon l'a décrit.

— Alors, c'est qu'il est venu ici un jour et qu'il l'a vu.

— Il était placé en foyer. À Karlshorst. À près d'une heure en voiture. C'est tout à fait invraisemblable. Et quand bien même. Cela n'aurait aucun sens. Comment Simon peut-il croire être un assassin si quelqu'un s'est contenté de lui en parler ?

— À quoi on joue là ? C'est un quiz ou quoi ? Qu'est-ce que tu veux que j'en sache ? renâcla Borchert.

Mais Stern n'y prêta pas attention. Il posait ces questions davantage pour mettre de l'ordre dans ses idées que dans l'attente de réponses pertinentes.

— OK. Admettons que quelqu'un utilise Simon... Mais alors pourquoi l'assassin est-il allé chercher un petit garçon pour nous conduire jusqu'au cadavre ? Pourquoi se donner tant de peine ? Alors qu'il n'a qu'à décrocher et appeler la police ?

— Hé, vous là-bas ! entendirent-ils soudain brailler de l'entrée du bâtiment principal.

Un petit homme en bleu de travail se dirigeait vers eux, traversant le terrain détrempé en se dandinant, le corps légèrement de travers.

— C'est le vieux. C'est à lui qu'appartient la société de transport, expliqua Borchert. Faut pas faire attention, il a transbahuté trop de caisses et, depuis sa hernie discale, il marche un peu de traviole.

— Qu'est-ce que vous foutez sur mon terrain, tas d'emmerdeurs ? cria-t-il en gesticulant, tandis que Stern se préparait à l'inévitable explication qui allait suivre.

C'est alors que le patron s'immobilisa soudain, partant d'un rire guttural.

— Ah, c'est toi, Borchert ! Je comprends à présent pourquoi mon bon à rien de neveu a chié dans son froc.

— Tu n'étais pas là, et nous étions pressés, Giesbach.

— C'est bon, c'est bon. Tu aurais aussi pu téléphoner.

Le vieux prit la clé des mains de Borchert et regarda Stern.

— Numéro six, hein ?

Robert aurait aimé pouvoir étudier plus à fond le visage tanné du patron, mais il fut obligé de détourner la tête en apercevant les épais filets de salive que les lèvres de Giesbach aspiraient à chaque mot. On aurait dit qu'il était en train de sucer un morceau de pizza au fromage.

— Qu'est-ce que vous cherchiez là-dedans ?

— Mon pote cherche un deux pièces, ricana Borchert.

— Je m'interroge seulement. Pourquoi justement le six ?

— Comment ça *justement* ? s'étonna Stern.

— C'était la seule remise louée à demeure.

— À qui ?

— Eh, petit, tu crois que je m'intéresse à ça, quand un type me paye en liquide ? Dix ans d'avance ?

— Mais pourquoi louer un garage vide ?

— Vide ?

À l'instant où retentit le rire moqueur du vieil homme, il revint à l'esprit de Stern ce qui lui avait échappé dans le garage. *Les traces. Dans la poussière.*

— C'était plein jusqu'au plafond. On l'a débarrassé la semaine dernière, à la fin du contrat.

— Hein ? s'exclamèrent Borchert et Stern d'une seule voix. Où avez-vous mis les meubles ?

— À leur place. Avec les encombrants.

Stern sentit son cœur s'arrêter le temps de deux battements en voyant où se dirigeait le regard du transporteur. D'un seul coup, il était de nouveau là, l'espoir !

— Ça faisait déjà deux ans que nous aurions dû le faire. Déblayer tout ça. On ne s'était pas aperçu que le contrat était périmé parce que les garages à un chiffre ne se louaient plus, en fait. Il vaudrait mieux les abattre.

Robert fit demi-tour et se dirigea lentement, comme au ralenti, vers le conteneur devant lequel ils étaient passés tout à l'heure. Quand il fut assez près pour regarder à l'intérieur, il vit que le chat noir était toujours là. Assis sur un tas de vieux journaux, devant un grand cube métallique dont le blanc avait passé, il était manifestement fasciné par un liquide jaune pâle qui suintait d'une fuite de l'appareil. En tout cas, il ignora Stern quand celui-ci grimpa dans le conteneur, continuant de lécher comme si de rien n'était le joint en caoutchouc de l'antique réfrigérateur, un modèle qui était sans nul doute retiré du marché depuis douze ans.

8

— Comment vois-tu les choses ?

Carina referma la portière du pied et, son portable à l'oreille, grimpa en courant la rampe d'accès à l'hôpital. Elle avait été obligée de garer sa voiture à l'extérieur, car les places du parking réservé étaient occupées par des véhicules vraisemblablement en stationnement irrégulier. En fait, pour être exact, elle n'avait aucun droit de se garer aux emplacements officiels. En principe mise en congé, elle pouvait officieusement se mettre en quête d'un nouvel emploi.

— L'hôpital n'est tout de même pas un quartier de haute sécurité ! entendit-elle Stern objecter.

Sa voix hachée était par moments recouverte par le bruit de la circulation à l'arrière-plan.

— Il doit bien y avoir un moyen d'en faire sortir Simon.

La conversation prenait un tour désagréable. Durant deux jours, elle avait attendu en vain que Robert lui donnât signe de vie. Et voilà qu'au lieu de discuter calmement avec elle de ces événements inexplicables, il s'était manifestement mis en tête de rendre encore plus pénible la situation difficile où elle se trouvait.

— Qu'est-ce que tu comptes faire avec Simon ?
— Ce que tu m'as demandé. Je vérifie ses dires.

Tout simplement merveilleux !

C'était sa faute maintenant ! Certes, c'était elle qui les avait mis en relation et qui avait voulu qu'il s'occupât du gamin.

Mais pas comme ça !

Pas pour lui servir d'avocat. En réalité, elle avait succombé à un rêve des plus naïfs quand elle avait arrangé cette rencontre. Bien sûr, elle avait d'abord eu en vue d'aider Simon. Après sa stupide idée de régression, des inquiétudes plus grandes encore étaient venues se greffer chez lui sur sa peur de la mort. Il croyait être un assassin, et elle était contrainte de le sortir de ce mauvais pas.

Elle n'aurait pourtant pas eu besoin de Robert pour descendre dans cette cave. Picasso aurait sans doute été plus utile en pareille circonstance. Non, c'est à Robert qu'elle avait voulu présenter Simon, dans le réel espoir qu'ils noueraient une relation permettant à l'avocat d'apaiser les inquiétudes de l'enfant et d'en être récompensé par le fendillement progressif de sa cuirasse affective. Simon possédait en effet une faculté véritablement inexplicable : en dépit de sa maladie, par sa seule présence, il parvenait, à l'hôpital, à faire éclore un sourire sur les lèvres des personnes les plus tristes et à dissiper un peu le voile de brume dont leur dépression et leur mélancolie les entouraient.

Eh oui, je suis assez bête pour ça, se dit-elle. *Une gaffe à chaque pas.*

Regardant sa montre, Carina se demanda s'il n'y avait vraiment que quarante-deux heures que cette folie avait commencé. Il était peu avant 11 heures, et elle ne se souvenait pas de s'être jamais trouvée à l'hôpital si tôt.

— Qu'est-ce que tu veux qu'il te raconte encore ? chuchota-t-elle d'une voix éraillée, le portable à l'oreille.

D'un bref geste de la main tenant son sac de sport vide, elle salua une collègue qui passait. Carina n'était revenue que pour récupérer ses effets personnels dans son placard et prendre congé de ses collègues. Ce que Stern réclamait d'elle maintenant n'entrait certainement pas dans son programme de la journée.

— Je suis passé le voir ce matin, et il m'a livré un nouvel indice. Tu ne vas pas le croire : nous en avons effectivement trouvé un autre.

— Un autre *quoi* ?

Carina monta jusqu'à l'accueil le plan incliné pour les fauteuils roulants. Une rafale de vent lui rabattit les cheveux sur le front et, ayant l'impression que quelqu'un lui soufflait de l'air humide sur la nuque à l'aide d'un brin de paille, elle frissonna.

— Un cadavre. Il était enfermé dans un frigo. Étouffé dans un sac plastique, exactement comme Simon l'avait indiqué.

Le sourire forcé que Carina s'apprêtait à adresser au portier s'effaça de son visage et elle pressa le pas en direction des ascenseurs.

La tête lui tournait. Elle avait toujours pressenti que sa relation avec Robert Stern la plongerait un jour ou l'autre dans de sérieuses difficultés. Depuis trois ans, elle ne tenait aucun compte des voix qui, en elle-même ou venant de connaissances, la mettaient en garde contre le risque de contagion psychique. La mélancolie de cet homme agissait à la manière d'un rayonnement radioactif, invisible mais provoquant les effets secondaires les plus néfastes chez ceux qui y étaient exposés. Bien que redoutant de subir une surdose d'énergie négative si elle s'engageait trop avant avec lui, elle s'obstinait à rechercher sa présence, sans tenue de protection. Cette fois pourtant, elle semblait avoir joué avec le feu. Leurs aventures communes avaient dépassé de loin le stade où elles ne menaçaient que le psychisme.

— Et nous avons trouvé autre chose près du cadavre.

Nous ? pensa-t-elle, mais elle posa la question qui s'imposait :

— Quoi ?

Quand elle appuya sur le bouton d'appel de l'ascenseur, son doigt y laissa une empreinte humide.

— Un bout de papier. Il était près du mort. Plus exactement, celui-ci le tenait entre ses doigts putréfiés.

— Qu'est-ce qu'il y a dessus ? demanda-t-elle alors qu'elle aurait préféré ne pas le savoir.

— Tu l'as déjà vu.

— Hein ?

— Chez Simon. Dans sa chambre.

— C'est une blague.

La porte de l'ascenseur s'ouvrit comme au ralenti, et Carina se mit à tambouriner nerveusement du bout des doigts contre la paroi d'aluminium. Elle aurait voulu disparaître le plus vite possible dans le cocon de la cabine.

— C'est un dessin d'enfant. Une prairie avec une petite église.

Ce n'est pas possible.

Carina appuya sur le bouton de l'étage de la neurologie et ferma les yeux.

Le dessin sur la fenêtre de Simon. Il l'avait peint il y a trois jours seulement. Après la régression.

— Tu comprends maintenant pourquoi je dois le voir ?

— Oui, chuchota Carina, alors qu'en réalité elle ne comprenait plus rien du tout.

Elle se sentait dans le même état que trois ans plus tôt, le jour de leur rupture. Le jour où Stern avait actionné le frein de secours parce que tout était allé trop vite.

— S'il te plaît, emmène Simon au zoo, dit Stern. Nous nous retrouverons dans une heure et demie à la porte des éléphants. Avec un enfant, nous passerons inaperçus.

— Pourquoi tant de complications ? Pourquoi tu ne viens pas le voir à l'hôpital ?

— Il y a maintenant deux cadavres et chaque fois je suis le premier sur les lieux de la découverte. Tu peux t'imaginer quel rang j'occupe pour Engler sur la liste des suspects.

— Je comprends, souffla Carina.

Les portes s'ouvrirent et Carina dut faire un effort pour ne pas redescendre purement et simplement au rez-de-chaussée. Pour l'instant, elle n'avait qu'un désir : disparaître.

— J'ai donc mis les voiles avant l'arrivée de la police. Mais ce n'est qu'une question d'heures avant qu'ils ne découvrent que je suis de nouveau à l'origine de la découverte macabre. Je n'ai qu'une petite avance, mais je veux la mettre à profit.

— Pour faire quoi ?

Il prit une profonde inspiration avant de répondre et Carina crut percevoir un soupçon de méfiance dans sa voix tandis qu'elle ouvrait la porte de la chambre 217.

— J'ai encore un rendez-vous. Avec un de tes amis.

Normalement, elle aurait dû lui demander ce qu'il voulait dire. Mais les mots lui manquèrent. Elle savait que Simon regardait toujours la rediffusion de son feuilleton policier préféré à cette heure-ci. Mais, pour l'instant, il n'y avait que le téléviseur allumé dans la chambre.

Le lit était vide.

9

— Vous voulez donc le soumettre à un interrogatoire ?

Le professeur H. J. Müller griffonna une signature illisible sur une lettre adressée à un collègue de Mayence et referma la chemise du courrier, puis, à l'aide d'un coupe-papier, il enleva une peluche bleuâtre sous l'ongle de son pouce.

— Interrogatoire n'est certainement pas le mot qui convient en l'occurrence, énonça avec un raclement de gorge le policier qui avait pris place en face de lui. Nous voulons seulement lui poser quelques questions.

Tu parles, pensa Müller en examinant l'homme qui s'était présenté comme le commissaire Brandmann. Les chances d'en rester à une séance de questions normales étaient minces.

— Je ne sais vraiment pas si je peux approuver ce genre de méthode. Est-ce même autorisé ?

— Oui, bien entendu.

Réellement ? Müller avait peine à imaginer que l'on n'eût pas besoin, pour cela, d'autorisations extraordinaires. Accordées par un haut responsable de la police ou au moins par un procureur.

— Au fait, où est votre équipier ? s'inquiéta Müller en consultant son planning de bureau devant lui. Ma secrétaire n'avait-elle pas annoncé un M. Dengler ?

— Engler, corrigea Brandmann. Mon collègue vous prie de l'excuser. On a eu besoin de lui sur un autre crime qui semble directement lié à notre affaire.

— Je comprends, opina le médecin-chef avec la grimace accompagnant chez lui un examen médical.

Un bref instant, l'obèse assis devant son bureau perdit sa qualité de policier pour n'être plus qu'un patient à qui, outre un régime, il aurait conseillé, compte tenu de sa pomme d'Adam proéminente, un examen de la thyroïde. Il hocha la tête et posa le coupe-papier sur son bloc d'ordonnances.

— Non. Ma réponse est non. Je ne veux pas exposer le gamin à un stress inutile. Je suppose que vous connaissez le diagnostic le concernant ? répondit Müller en joignant ses mains fines. Simon Sachs souffre d'un S-PNET, une tumeur neuroectodermique primitive au niveau supratentoriel du cerveau. Elle grossit lentement, depuis la partie cervicale droite jusqu'à la gauche. En d'autres termes, elle a déjà atteint le corps calleux. C'est moi-même qui ai effectué la biopsie et constaté, après trépanation, que la tumeur n'était pas opérable.

Le médecin-chef s'efforça visiblement de sourire avec courtoisie avant de poursuivre :

— Autrement dit, si vous me permettez de m'exprimer de manière un peu plus compréhensible pour le profane que vous êtes : Simon est gravement malade.

— C'est justement pour cela que nous voudrions réaliser ce test aussi vite que possible. Cela lui épargnerait beaucoup de questions fatigantes et, pour nous, ce serait un gain de temps considérable. J'ai entendu dire que ce garçon a déjà failli mourir d'une pneumonie.

Tiens, tiens, voilà d'où souffle le vent.

L'enfant était leur témoin principal. Ils voulaient l'interroger tant que cela leur était possible.

La chimiothérapie et la radiothérapie ayant provoqué une pneumonie très dangereuse, le professeur Müller, contre l'avis de ses collègues, avait décidé d'interrompre ce traitement agressif. Une mesure qui ne prolongerait certes pas la vie du patient, mais qui allégeait ses souffrances.

— C'est exact, répondit le professeur. Actuellement, Simon ne prend que de la cortisone contre l'œdème cérébral et de la carbamazépine contre ses crises. Je l'ai convoqué pour un nouvel examen de contrôle, afin de voir si nous pourrions éventuellement reprendre les irradiations, mais les chances sont extrêmement faibles.

Se levant de son bureau, le neurologue se dirigea vers un pupitre imposant, près de la fenêtre.

— Où en êtes-vous par ailleurs de vos autres investigations ? Savez-vous qui est l'individu assassiné que vous avez trouvé hier grâce à Simon ?

— Permettez que je formule ainsi les choses…, commença Brandmann en tournant, telle une tortue, son cou plein de bourrelets en direction du professeur. Si Simon est réellement un personnage réincarné, il nous a rendu un grand service dans son existence antérieure.

— Vous voulez dire que le mort était un criminel ?

— Oui. Et de la pire espèce ! Harald Zucker a disparu de la circulation sans crier gare il y a quinze ans. Depuis cette date, Interpol le soupçonnait d'être mêlé à des crimes et à des tortures atroces en Amérique du Sud. En fait, il semble bien qu'il n'avait pas quitté le territoire.

— Zucker ? répéta Müller en feuilletant d'un air distrait des notes manuscrites destinées à une conférence posées sur le pupitre.

On frappa à la porte. Elle s'ouvrit avant qu'il ait le temps de dire d'entrer. Il aperçut le soignant que tout le monde, dans la maison, appelait Picasso, mais, pour sa part, il n'avait jamais rien décelé qui lui fasse penser à un artiste chez cet homme à l'apparence grossière. La main droite de Picasso était posée sur l'épaule d'un petit garçon, comme pour le faire entrer dans le bureau en le poussant délicatement.

— Hello, Simon.

Brandmann, ayant réussi à s'extraire de sa chaise, accueillit le gamin avec la familiarité d'une vieille connaissance. Simon se contenta de hocher timidement la tête. Il portait un jean bleu clair avec des poches plaquées, une veste en velours côtelé et des tennis flambant neuves. Les écouteurs d'un lecteur MP3 se balançaient autour de son cou.

— Comment vas-tu aujourd'hui ? s'enquit le médecin-chef en sortant de derrière son pupitre.

Le garçonnet avait bonne mine, mais c'était peut-être sa perruque qui faisait oublier sa pâleur.

— Tout est OK. Je suis juste un peu fatigué.

— Parfait, approuva Müller, qui s'étirait tout en lui parlant, essayant manifestement par ce geste de combler son déficit de taille par rapport au commissaire.

— Ce monsieur est de la police judiciaire et il aimerait te poser des questions sur les événements d'hier. Plus exactement, il voudrait te soumettre à un test, mais je me demande si je peux t'imposer ça.

— Quelle sorte de test ?

Brandmann se racla la gorge et fit un effort pour décocher au gamin un sourire engageant.

— Simon, sais-tu ce qu'est un détecteur de mensonge ?

10

Vers le Hackescher Markt[1], il n'y a que dans les mauvais films que l'on trouve des places pour se garer quand on en a besoin. Aussi Borchert, au volant de son 4 × 4, resta-t-il en double file quand ils arrivèrent devant le cabinet de la Rosenthaler Straße. Stern avait profité du trajet entre Moabit et le centre-ville pour donner

---

1. Anciennement à Berlin-Est, c'est actuellement le quartier branché de la capitale.

des coups de fil, notamment pour interroger les renseignements téléphoniques qui lui proposèrent immédiatement plusieurs numéros et adresses pour un Dr Johann Tiefensee. À sa grande surprise, l'homme n'était pas que psychologue, il était aussi psychiatre – il avait donc fait des études de médecine – et chargé de cours sur l'hypnose médicale à l'université Humboldt.

— Un instant, Robert.

La main de Borchert se resserra comme un étau sur le poignet de Stern, tandis que celui-ci détachait sa ceinture.

— Tu peux peut-être rouler cette Carina dans la merde, mais moi je ne tomberai pas dans le panneau.

— Je ne te comprends pas.

Stern essaya vainement de libérer sa main.

— Pourquoi tu joues les fossoyeurs ? L'avocat que je connais quitte sa villa uniquement quand il peut le facturer à quelqu'un. Il ne travaille en aucun cas pour des enfants à l'esprit dérangé. Arrête, laisse-moi finir !

Stern sentait son bras s'engourdir sous la poigne de fer d'Andi. Ce dernier ne prêtait pas la moindre attention aux coups de klaxon des voitures qui les doublaient.

— Je ne suis pas idiot. Des avocats comme toi ne fuient pas la police sans raison. Tu vas donc me dire pourquoi nous n'avons pas attendu chez le transporteur.

— Je voulais simplement ne pas avoir d'ennuis avec Engler.

— Conneries. Des ennuis, tu en auras deux ou trois fois plus si le vieux Giesbach l'ouvre. Alors, qu'est-ce qu'il se passe ?

Par la vitre teintée du siège passager, Stern laissa son regard parcourir le large trottoir de cette rue animée.

On n'était qu'à la fin octobre, mais il y avait déjà un arbre de Noël dans la vitrine du café à l'angle.

— Tu as raison, finit-il par soupirer.

Les doigts gourds, il ouvrit sa veste après avoir retrouvé l'usage de sa main. Borchert haussa les sourcils quand il lui mit le DVD sous le nez.

— J'ai trouvé ça dans ma boîte aux lettres hier.

— Qu'est-ce qu'il y a dessus ?

Sans répondre, Robert glissa le CD dans la fente du lecteur et le petit écran du système de navigation s'alluma.

— Regarde par toi-même.

Fermant les yeux, il attendit que la voix sinistre se répande comme du gaz toxique dans l'habitacle. Mais il n'entendit qu'un craquement, puis plus rien.

— Tu te fous de ma gueule, Robert ?

Stern, déconcerté, ouvrit les yeux et regarda l'écran plein de taches rouges.

— Je ne comprends pas.

Il appuya sur une touche, retira vivement le DVD du lecteur et chercha sur les deux faces s'il y avait des éraflures.

— Il doit être foutu ! Hier tout était encore dessus.

Ou bien les signes d'usure n'étaient pas une illusion d'optique ?

— Tout ? C'est quoi, tout ?

— Eh bien, tout. La voix, la maternité… (Stern, sentant monter la panique en lui, était pris de fébrilité) … les images de la mort de Felix. Et un jeune garçon qui paraît être mon fils.

Voyant l'air ahuri d'Andi, il reprit depuis le début et lui expliqua de son mieux le choc qu'il avait eu la veille en voyant ces images.

— Voilà pourquoi je ne peux pas aller voir la police. Il tuerait les jumelles. Il faut donc que je découvre seul comment Simon est au courant de ces assassinats. Il me reste quatre jours, conclut-il en se trouvant tout à coup absolument ridicule. Si, deux jours plus tôt, quelqu'un lui avait raconté une histoire aussi farfelue, il se serait moqué de lui et l'aurait envoyé au diable.

Sans commentaire, Andi lui prit le DVD des mains et éclaira l'habitacle. Dehors, en raison de la bruine incessante, l'obscurité était aussi grande que dans un bain de vapeur turc.

— Qu'est-ce que tu en penses ? demanda Robert avec prudence, Borchert n'ayant toujours rien dit au bout d'une minute.

— Je te crois, finit-il par déclarer en lui rendant le disque argenté.

— Vraiment ?

— Je veux dire que je te crois quand tu dis qu'il y avait quelque chose là-dessus hier encore. Ce truc est un EZ-D.

— Un quoi ?

— Un disque jetable. Quand j'étais encore dans le film business, ça n'existait que sous forme de prototype. Ça a une couche spéciale de polycarbonate qui réagit à l'oxygène. Quand on le sort du magnétoscope après usage, il devient inutilisable sous l'effet de la lumière et de l'oxygène. En fait, il a été fabriqué pour les vidéothèques afin d'éviter aux gens de devoir rapporter le film après l'avoir loué.

— D'accord, c'est donc une preuve. Qu'ai-je à faire d'un DVD jetable ? Il y avait là-dessus des informations qu'on ne voulait pas me voir transmettre.

— Robert, ne m'en veux pas, mais… d'abord nous trouvons ce cadavre, et ensuite il y a un inconnu qui te fait chanter et qui prétend que ton fils est vivant, objecta Borchert en grattant son occiput dénudé. Et si par hasard cette voix n'existait que dans ta tête ?

Stern considéra le visage de Borchert, ses joues rouges, et comprit que la question était totalement justifiée.

Peut-être la disparition de son fils lui avait-elle dérangé le cerveau avec dix ans de retard ? Ce devait être ça. Tous les faits objectifs prouvaient sans ambiguïté que Felix était mort. Mais la voix cruelle du DVD et les souvenirs de Simon avaient mis au jour au fond de lui-même quelque chose dont il n'avait jamais soupçonné l'existence. Une fibre manifestement réceptive aux phénomènes surnaturels. Sous le choc de cette révélation, Stern dut s'avouer que l'absence de toute explication rationnelle lui aurait été indifférente si une puissance supérieure lui avait permis de revoir son fils. Borchert avait raison.

Il était effectivement sur le point de disjoncter. Ses yeux s'emplirent de larmes tandis qu'il posait la main sur l'épaule d'Andi.

— Je ne l'ai tenu que trois fois dans mes bras, tu comprends ?

Stern ne savait lui-même pas pourquoi il venait de dire cela.

— Et une de ces trois fois, il était mort.

Les mots jaillissaient sans contrôle.

— Parfois je me réveille la nuit. Cette nuit encore. Et je la sens toujours. Son odeur. Le petit corps de Felix était déjà froid quand Sophie a enfin accepté d'en détacher ses doigts. Mais il avait conservé l'odeur qu'il avait le matin où je l'avais porté pour la première fois et enduit de lotion pour bébé.

— Et tu veux à présent sérieusement découvrir s'il...

Stern entendait combien Borchert avait de la peine à continuer.

— ... s'il *vit à nouveau* ?

— Oui. Non, dit Robert en reniflant. Je ne sais pas, Andi. Mais je dois avouer que je n'arrive pas à m'expliquer rationnellement une telle ressemblance.

Il évoqua la tache de vin du garçon qui soufflait les bougies de son gâteau d'anniversaire.

— Elle est exactement à l'endroit où Felix en avait une. Sur l'épaule. Et c'est très rare, généralement on les a sur la figure ou sur la nuque. Elle est bien sûr beaucoup plus grande, mais le plus incroyable, c'est sa forme. Elle ressemble à une botte.

— Et Felix..., fit Borchert en hésitant, je veux dire le bébé que vous avez enterré, est-ce qu'il avait lui aussi cette tache de vin ?

— Oui, je l'ai vue de mes propres yeux. Avant et après sa mort.

Stern ferma les yeux comme pour faire disparaître le mur des souvenirs contre lequel il se cognait. Il ne parvint pas à chasser l'image de la chambre de malade et de la table d'autopsie sur laquelle reposait son fils.

— Je suis navré.

Stern se passa nerveusement la main sur le front, hésita un bref instant, puis descendit de voiture.

— Je peux comprendre que tu ne me croies pas et que tu ne veuilles plus entendre parler de cette histoire de fou.

Il claqua la portière et se dirigea vers l'entrée de l'immeuble sans attendre la réaction de Borchert.

Un coup d'œil sur la plaque discrète fixée sur la porte d'entrée en fer lui confirma qu'il était à la bonne adresse. Cinquième étage gauche. Stern s'apprêtait à sonner, quand il remarqua la cale empêchant la porte de se refermer. Ne sachant si, comme dans de nombreux immeubles locatifs de Berlin, il fallait une clé pour faire marcher l'ascenseur, il prit les escaliers et il lui fallut donc un petit moment avant d'atteindre l'étage mansardé. Hors d'haleine, il s'appuya sur la rampe usée et, effrayé, s'immobilisa. Ce n'était pas sa mauvaise condition physique qui le tracassait, mais la porte du cabinet.

Elle était grande ouverte.

11

— Ça va, Simon ? demanda le professeur Müller tout en tenant enfoncée la touche de conversation.

À travers la vitre épaisse, il pouvait voir la pièce voisine et un appareil blanc comme la neige, un appareil à RMN. Vêtu d'un T-shirt et d'un boxer-short, Simon était allongé dans l'espèce de tunnel où, quelques minutes plus tôt, on l'avait littéralement enfourné. C'était la cinquième fois en deux ans qu'il devait subir cet examen d'une demi-heure. Ses IRM n'avaient malheureusement montré jusqu'ici qu'un développement anarchique des cellules de son cerveau. Aujourd'hui, exceptionnellement, sa tumeur n'était pas l'objet de l'examen.

— Oui, tout est OK.

La voix de Simon, sortant du haut-parleur, était claire et distincte.

— Et ça fonctionne vraiment ?

Müller avait relâché la touche du micro afin que le jeune garçon n'entende pas leur conversation dans l'autre pièce. C'était uniquement parce qu'il était curieux de vivre personnellement une expérience neuroradiologique dont il ne connaissait que ce qu'il en avait lu que Simon avait accepté de se soumettre au test. Outre lui et le commissaire, il y avait aussi dans la salle informatique une blonde androgyne. On la lui avait présentée comme une spécialiste des interrogatoires, ayant reçu une formation médicale et travaillant pour le compte de la police judiciaire du Land. Elle était en train de s'affairer à ses pieds, sous la table supportant le moniteur.

— Oui, cette méthode est même beaucoup plus précise qu'un test effectué à l'aide des polygraphes traditionnels. De plus, vous n'auriez certainement pas permis que Simon quitte l'hôpital dans l'état où il se trouve. C'est pourquoi nous avons recours au détecteur de mensonges appartenant à l'hôpital, expliqua Brandmann dans un éclat de rire. Vous ignoriez que votre établissement possédait une pareille merveille, n'est-ce pas ?

— Professeur Müller ? appela Simon par l'interphone.

— Oui.

— Ça chatouille.

— Ne t'inquiète pas. Tu peux encore bouger.

— Il parle de quoi ? s'enquit Brandmann.

— La protection antibruit dans son oreille. Ça démange toujours quand les trucs en mousse s'échauffent au bout d'un moment.

— OK, je pense être prête.

La blonde, qui mâchait un chewing-gum, s'extirpa à quatre pattes de sous le pupitre, ayant à l'évidence réussi à connecter son ordinateur avec celui de l'hôpital. Tirant à elle une chaise de bureau, elle s'assit devant la table roulante supportant un petit moniteur gris, puis appuya sur le bouton de l'interphone.

— Hello, Simon, je m'appelle Laura.

Elle avait, contre toute attente, une voix agréable.

— Hello.

— Je vais tout de suite te poser quelques questions. La plupart du temps, tu ne devras répondre que par oui ou par non, d'accord ?

— C'était déjà la première question ?

Les adultes ne purent s'empêcher de sourire.

— Bien, nous nous comprenons. Alors, on peut y aller. Un dernier point : quoi qu'il arrive, tu ne dois en aucun cas ouvrir les yeux.

— C'est bon.

— Messieurs, invita Laura, joignant le geste à la parole.

D'une main experte, Müller mit en route le système électronique de l'appareil RMN, et l'examen commença, avec les bruits de choc monotones évoquant des coups de masse sur un pieu. Bien que la porte antibruit fût fermée, ils pouvaient, de l'antichambre, non seulement entendre mais aussi sentir ce martèlement qui, au bout de quelques minutes, céda la place à des basses provoquant des élancements dans l'estomac.

— Commence par me dire ton nom et ton prénom, s'il te plaît, demanda Laura.

— Simon Sachs.

— Quel âge as-tu ?

— Dix ans.

— Comment s'appelle ta mère ?
— Sandra.
— Et ton père ?
— Je ne sais pas.

Laura regarda Müller qui haussa laconiquement les épaules.

— C'est un enfant de l'Assistance. Sa mère l'a abandonné. Il n'a pas connu son père.

La criminaliste posa encore dix questions appelant des réponses par oui ou par non, avant de passer à la seconde partie du test.

— Bon ! Simon, voilà que commencent les choses sérieuses. Je voudrais à présent que tu me dises un mensonge.
— Pourquoi ?
— Tu as déjà vu les images informatiques de ton cerveau ? demanda-t-elle en retour.
— Oui. On dirait des noix coupées en deux.

La policière se mit à rire.

— Exactement. Pour le moment, nous faisons de nouveau ce genre de photos de noix. Après, tu pourras les regarder en film vidéo. Et si tu me dis maintenant un mensonge, tu pourras alors y voir quelque chose de super.
— Très bien.

Laura jeta un bref regard à Brandmann et au professeur, puis elle continua à poser ses questions.

— As-tu le permis de conduire ?
— Oui.

Absolument fasciné, Müller avait les yeux rivés sur les images 3D haute définition. Lors des réponses précédentes, il ne s'était rien passé. Et là, soudain, il y avait eu une altération rouge au niveau du néocortex antérieur.

— Qu'est-ce que tu as comme voiture ?
— Une Ferrari.
— Et où habites-tu ?
— En Afrique.
— Vous voyez ? chuchota Laura à l'adresse de Müller. Activité cérébrale accrue au niveau du thalamus et des amygdales. Observez également les valeurs d'autres zones responsables des émotions de Simon, de sa régulation des conflits, du contrôle de ses pensées.

Elle effleura de la pointe de son stylo à bille tout rongé une autre tache rouge qui battait sur l'écran.

— C'est tout à fait typique. Quand quelqu'un dit la vérité, il ne se passe rien à ce niveau. Mais, quand il ment, le sujet est obligé de faire un effort d'imagination et donc de se concentrer plus fortement. Notre logiciel colore en rouge ces flux cérébraux et les rend ainsi visibles en tant que mensonges.

— C'est fantastique ! ne put s'empêcher de s'écrier Müller.

Ce nouveau système était de loin supérieur aux détecteurs de mensonges traditionnels, et ce n'était pas étonnant. Un polygraphe normal se contentait de mesurer les variations du pouls, de la pression artérielle, de la respiration et de la sudation. Des sujets bien entraînés parvenaient à maîtriser certains de ces réflexes. Mais personne n'était en mesure de contrôler les processus biochimiques de sa propre activité cérébrale. En tout cas, pas sans une préparation de plusieurs années.

Laura avala son chewing-gum et réactiva l'interphone.

— Très bien, tu fais ça à merveille, Simon. Maintenant viennent les dernières questions, et puis ce sera terminé. Mais il faut de nouveau dire la vérité, d'accord ?

— Pas de problème.

— Qu'as-tu eu comme cadeaux pour ton anniversaire ?

— Des baskets.

— Quoi encore ?

— Une régression.

— Chez le Dr Tiefensee ?

— Oui.

— C'est Carina qui te l'a offerte ?

— Oui.

— Tu as été hypnotisé ?

— Je ne sais pas. Je crois que je me suis endormi avant.

— Qui te l'a dit ?

— Carina et le docteur. Mais vous pouvez le vérifier vous-même.

— Comment donc ?

Laura avait à présent l'air ébahie, tout comme le commissaire Brandmann. Ils ne s'attendaient pas à cette réponse.

— Le Dr Tiefensee a enregistré toute la séance sur vidéo. Vous pouvez la regarder.

— OK, merci pour cette indication. Et qu'est-ce qui s'est passé quand tu t'es réveillé ?

— J'avais ce souvenir dans ma tête.

— Lequel ?

— Celui du cadavre. Dans la cave.

— Tu avais déjà eu ce souvenir avant ?

— Non.

— Est-ce que quelqu'un a un jour prononcé en ta présence le nom de Harald Zucker ?

— Non.

— Qui t'a dit d'aller à l'usine ?

— Personne. J'ai demandé à Carina si elle pouvait me trouver un avocat.

Müller jeta un coup d'œil à Brandmann qui n'arrivait pas à détacher le regard du moniteur. Jusqu'ici, il n'y avait pas eu la moindre altération.

— Pourquoi voulais-tu un avocat ?

— Je veux aller voir la police. J'ai fait quelque chose de mal. Il faut bien que je le dise à quelqu'un. Mais, dans les films, ils commencent toujours par demander à avoir un avocat.

— Bien, nous en avons presque fini. Maintenant, ma question la plus importante, Simon : as-tu assassiné un homme ?

— Oui.

— Quand est-ce arrivé ?

— Le premier, il y a quinze ans, l'autre trois ans plus tard.

Müller avança d'un pas en direction de l'écran, comme s'il était subitement devenu myope.

— Simon, je te demande maintenant de penser à toutes les personnes avec qui tu as parlé ces dernières semaines et ces derniers mois. Que ce soit ici à l'hôpital ou à l'extérieur. Pense à Robert Stern, à Carina Freitag, au Dr Tiefensee, à tes médecins, à qui tu voudras. Une de ces personnes t'a-t-elle dit que tu devais nous raconter cette histoire ?

— Non. Je sais, vous pensez que je raconte des bobards, dit Simon d'une voix marquée par la fatigue et qui trahissait plus de tristesse que d'indignation. Que je veux faire le malin ou je ne sais quoi. Que je ne fais que répéter comme un perroquet ce qu'un autre me souffle.

Laura et Brandmann se surprirent réciproquement à approuver de la tête.

— Mais ce n'est pas ça, poursuivit Simon de plus en plus fort. C'était moi. C'est moi qui ai tué. La première fois, il y a quinze ans. Le premier, je l'ai tué à coups de hache, et l'autre, je l'ai étouffé. Et puis après, il y en a eu quelques autres, mais je ne sais plus très bien combien.

Décontenancée, Laura se tourna vers Brandmann et Müller en hochant la tête.

Ce qui se déroulait sur son écran était proprement inconcevable.

12

Une entrée d'immeuble non fermée n'a rien d'inhabituel à Berlin quand cet immeuble abrite un cabinet médical. Un accueil désert et une salle d'attente vide, en revanche, sont une vision plus insolite. Stern dut refouler son instinct de conservation pour entrer dans les salles de soins en prononçant à haute voix le nom du psychiatre.

— Docteur Tiefensee ? Êtes-vous là ?

Si, dès l'entrée, la plaque en verre du cabinet et sa lumière douce tranchaient avec la manière dont les professionnels de la santé attirent généralement l'attention d'éventuels patients, l'aménagement intérieur, d'un confort douillet, était lui aussi fort différent des cabinets que Stern avait fréquentés jusqu'ici. Cela était sensible dès le hall d'accueil, où les patients pouvaient s'installer à leur aise dans des fauteuils à oreilles dignes d'une maison de campagne anglaise.

Stern composa sur son portable le numéro que les renseignements lui avaient donné. Quelques secondes plus tard, une sonnerie retentit dans l'une des pièces du fond. Il laissa sonner dix coups jusqu'au déclenchement du répondeur automatique. Il entendit alors la voix grave du psychiatre à la fois dans son écouteur et, avec un infime décalage, à une vingtaine de pas de lui.

À peu près en son milieu, le couloir tournait à gauche. L'angle une fois dépassé, l'annonce de Tiefensee devint plus nettement audible. Le médecin était en train d'indiquer ses heures de consultation. Aujourd'hui, un samedi, il ne recevait que sur rendez-vous.

Peut-être est-il en réunion ? Est-ce pour cela qu'il laisse sonner ?

Stern frappa à la première porte fermée, pensant que s'y trouvait le répondeur automatique qui entretemps s'était tu. Personne ne se manifestant, il entra et reconnut la pièce décrite par Simon le matin même. Il y avait par terre le tapis de sport bleu clair. Tout était méticuleusement rangé et nettoyé. En dépit de la lumière d'automne qui avait peine à se frayer un passage à travers les fenêtres, il régnait dans cette pièce une atmosphère d'agréable convivialité.

— Il y a quelqu'un ? tenta à nouveau Stern.

Puis il tourna sur lui-même en entendant un craquement sourd dans la pièce voisine.

Qu'est-ce que ça peut être ?

Le bruit recommença. Un bruit sec, un peu comme si un os était tombé sur le parquet. Stern regagna le couloir en toute hâte et s'immobilisa devant la porte d'à côté. Il appuya sur la poignée en laiton. En vain. La pièce était fermée.

— Docteur Tiefensee ?

Fléchissant les jambes, il regarda par le trou de la serrure. Il fallut un instant à ses yeux pour s'habituer au contraste de luminosité, car la lampe de bureau du psychiatre l'aveuglait. Il cligna des yeux, ce qui lui permit de mieux voir. Une chaise. Renversée, le dossier contre le sol. Une fraction de seconde, il hésita à reconnaître d'où provenait l'ombre qui allait et venait par terre, pareille à un rideau se balançant au vent. Mais, quand il entendit le râle, il ne perdit pas une seconde de plus. Il secoua la poignée de toutes ses forces. En vain. Il se jeta contre la porte. Une fois. Puis une seconde fois en prenant de l'élan. La porte de pin vernie trembla et les charnières gémirent, mais elle ne céda qu'à la quatrième tentative.

Stern entendit un fort craquement, puis son veston s'accrocha à un long éclat de bois quand, suivant la porte dans sa chute, il s'effondra dans le cabinet de consultation.

13

Ah non, ça ne va pas recommencer !

Figé, la main devant la bouche pour ne pas crier, Stern ne pouvait détacher son regard des jambes de Tiefensee. Dans un pantalon de flanelle fraîchement repassé, elles étaient agitées de spasmes, un mètre au-dessus du sol. Puis il réussit à lever les yeux mais fut tenté de les détourner aussitôt, incapable de supporter la vue des yeux exorbités qui soudain le fixèrent avec désespoir. Mais ce qui devait à l'avenir hanter ses pires cauchemars, ce furent les mains du psychiatre. Les doigts de Tiefensee ne cessaient de glisser sur le nœud coulant profondément enfoncé dans la chair de son cou.

Le crochet fixé au plafond en stuc pour l'accrochage d'un lustre, habituel dans ces immeubles anciens, supportait sans problème le poids du médecin, malgré sa forte carrure.

Stern perdit de précieuses secondes à relever la chaise. Pour une raison mystérieuse, le psychiatre était pendu trop haut. Ses pieds ne touchaient pas le siège d'où il avait sauté.

Ou bien d'où on l'avait poussé ?

Il voulut lui attraper les jambes, mais elles s'agitaient spasmodiquement. Il ne parvint pas non plus à les poser sur ses épaules pour les soulever ensuite.

Merde, merde, merde...

— Tenez bon, cria-t-il à Tiefensee en tirant le lourd bureau Biedermeier pour le glisser sous l'agonisant qui râlait de plus en plus faiblement.

Quelques secondes supplémentaires s'écoulèrent et Stern ne se détourna du bureau que lorsque les mouvements désespérés du psychiatre se ralentirent. Il grimpa alors sur la chaise, entoura de ses bras les jambes de Tiefensee au niveau des genoux et hissa le corps.

— Trop tard.

La voix déformée sortant du téléphone surprit Stern au point qu'il faillit lâcher prise.

— Qui est là ? demanda-t-il en toussant, incapable, dans sa position, de se retourner.

— Vous ne me reconnaissez pas ?

Bien sûr que si. Même si je le voulais, je ne pourrais jamais plus oublier ta voix.

— Où êtes-vous ?

— Ici. Juste à côté de vous.

Stern fixa, au-dessous de lui, le bureau qu'il n'avait pas réussi à déplacer l'instant d'avant. La webcam du moniteur était dirigée sur lui. Le tueur conversait avec lui via Internet !

— Qu'est-ce que ça signifie ? demanda Stern hors d'haleine.

Tiefensee pesait de plus en plus lourd et il ne savait pas combien de temps il tiendrait encore.

— Je crois que vous pouvez lâcher maintenant, conseilla la voix.

Stern leva les yeux. La tête de Tiefensee, inerte, pendait dans sa direction, la bouche ouverte pour un ultime cri. Toute vie s'était éteinte dans son regard. Robert refusa pourtant de le lâcher. Abandonner maintenant aurait été comme une trahison.

— Mais que veut dire tout ça ? hurla-t-il, désespéré.

— La question est plutôt de savoir ce que vous cherchez ici. Nous avions pourtant passé un accord. Vous vous occupiez du garçon et nous du thérapeute.

— Pourquoi l'avez-vous tué ?

— Je ne l'ai pas tué. Je lui ai loyalement laissé sa chance. S'il m'avait livré le nom de l'assassin, il serait encore en vie.

— Espèce de salopard !

— Je vous en prie. Ne nous laissons pas emporter par nos émotions ! Nous nous sommes entretenus très amicalement avec cet homme.

Les bras de Stern le brûlaient comme s'il les avait appliqués contre une plaque chauffante. N'en pouvant plus, il abandonna Tiefensee. Sous le poids, le crochet fit entendre un grincement.

— Tiefensee aurait pu très simplement mettre un terme à son martyre. Mais il est resté inébranlable. Mes collaborateurs l'ont donc installé sur le dossier de la chaise, ce qui m'a permis d'observer tranquillement de chez moi combien de temps il garderait l'équilibre sur la pointe des pieds. Ça a duré douze minutes et quarante-quatre secondes. Pas mal pour un homme de son âge.

— Vous êtes un pervers. Complètement taré.

Stern alla vers l'ordinateur en titubant.

— Comment ça ? En réalité, vous devriez être content. Croyez-moi, si Tiefensee avait su comment Simon avait appris où étaient cachés les cadavres, il me l'aurait dit. Au plus tard quand il a commencé à se balancer.

Le portable de Stern vibra dans la poche de son pantalon, mais il l'ignora.

— Pour vous, c'est un suspect de moins. À vrai dire, vous devriez mieux utiliser votre temps.

— Qui êtes-vous ?

Robert se saisit de la souris, et l'économiseur d'écran disparut du moniteur. Mais il ne put rien distinguer en dehors d'une interface utilisateur normal. Il allait vérifier le navigateur quand la diode électroluminescente de la webcam s'éteignit. La « voix » avait coupé la liaison. En même temps, un programme externe avait effacé les enregistrements du navigateur et stoppé l'ordinateur. La « voix » supprimait ses traces digitales.

Bordel de merde.

Stern, trempé de sueur, se laissa choir sur le siège du bureau et regarda fixement le corps inanimé du psychiatre qui, figure de l'horreur, pendait du plafond.

C'est seulement quelques secondes plus tard qu'il s'aperçut qu'une ligne du téléphone devant lui était toujours occupée.

— Vous êtes encore là ? demanda-t-il.

— Bien sûr, répondit la voix. Mais il vaudrait mieux pour vous que vous raccrochiez.

— Pourquoi ?

— Vous n'entendez pas ?

Stern se leva, s'écarta du bureau d'un pas et se tourna vers la porte.

Effectivement. On entendait dans la cage d'escalier comme un bruit de métal qu'on étire.

L'ascenseur.

— Vous avez de la visite. Jetez donc un œil sur l'agenda devant vous.

Les pupilles de Stern se dilatèrent quand il lut l'inscription soulignée en rouge : INTERROG. POL. — COMM. MARTIN ENGLER.

Il regarda sa montre. La voix se mit à rire.

— Je pense qu'il sera ici dans environ trente secondes.

Putain. Pourquoi Borchert ne m'a-t-il pas prévenu ? Stern sortit son portable. Il se sentit mal quand il vit les nombreux appels en absence. Il avait dû le couper par inadvertance.

À l'instant même, il se remit à clignoter. Puis il sonna. Beaucoup plus fort que jamais auparavant. L'alarme stridente remplit non seulement la pièce mais aussi toutes celles du cabinet, couloir et hall d'accueil compris. Stern, sous le choc, eut besoin d'une seconde avant de comprendre que ce n'était pas son portable qui était à l'origine de ce bruit, mais la sonnette de la porte d'entrée. Engler était déjà là.

14

— Hello ? Docteur Tiefensee ?

La voix du commissaire se répercuta tout au long du couloir, jusqu'à la salle de soins. Son rhume avait nettement empiré depuis l'avant-veille et il avait gagné les bronches. Enroué, il avait manifestement de la peine à élever la voix pour appeler le psychiatre.

— Et maintenant ? chuchota Stern dans l'écouteur.

Il avait débranché son haut-parleur pour ne pas attirer l'attention du policier. Le commissaire était toujours dans le hall d'accueil. Mais il n'allait pas tarder à suivre le couloir, tourner l'angle et apercevoir la porte enfoncée. *Et alors...*

— Il y a quelqu'un ? cria à nouveau Engler, avant de se mettre à tousser.

Une poignée de porte mal graissée grinça légèrement. Stern pressa l'écouteur encore plus fort contre son oreille. La panique faisait battre le sang avec tant de force dans ses conduits auditifs qu'il avait du mal à entendre la voix contrefaite.

— Et c'est moi qui dois vous venir en aide ? rit le maître chanteur. Justement moi ?

— Si vous ne voulez pas que je parle à la police, vous avez intérêt à me tirer de là, siffla Stern furieux. Existe-t-il une sortie à l'arrière ?

— Non. Et n'essayez pas de passer par les fenêtres. Elles sont à bascule.

— Comment faire alors ?

Engler devait porter des bottes cloutées à en juger par la manière dont le parquet craquait sous ses pas. À l'évidence, il était déjà dans le couloir. Stern entendit un claquement sourd de porte.

— Allez jusqu'à la porte et placez-vous juste à côté de l'armoire à médicaments.

Bon, d'accord.

Robert traversa la pièce en faisant attention à ne pas faire de bruit. Il faillit glisser sur un classeur tombé par terre. Ne réussissant à reprendre son équilibre que de justesse, il heurta le corps de Tiefensee. Le crochet du plafond crissa de manière menaçante quand le cadavre reprit son balancement.

— Et maintenant ? demanda-t-il quand, ayant atteint la porte, il se retrouva, le souffle court, entre le chambranle et une armoire blanche aux vitres en biseau.

— Ouvrez l'armoire.

Stern obéit. Trois pièces plus loin, une autre poignée fut actionnée. Engler procédait donc de manière systématique. Une pièce du cabinet après l'autre. Cette porte fut elle aussi refermée avec un claquement de dépit.

— Vous voyez les ciseaux courbes dans le deuxième casier à partir du bas ?

— Oui.

Stern se saisit de l'outil brillant et froid.

— Bien. Prenez-le et attendez qu'Engler arrive près de vous. (La voix, à présent, chuchotait elle aussi.) Attendez le moment où il verra le cadavre afin de profiter de l'effet de surprise.

— Et alors ?

— Alors, enfoncez-lui les ciseaux dans le cœur.

— Vous êtes fou ou quoi ?

D'un seul coup, le métal lui brûla la main comme s'il était incandescent. Était-ce un rêve ou la réalité ? Était-il réellement une arme à la main en pleine conversation avec un psychopathe, dans une pièce où un cadavre se balançait, accroché au plafond ?

— Vous avez mieux à proposer ?
— Non, mais je ne tuerai pas quelqu'un !
— C'est parfois la meilleure solution.

Il y eut un nouveau craquement dans le couloir. Engler inspectait une autre pièce.

La voix déformée partit d'un rire froid.

— Bon, je vois. Alors il va falloir que je vous donne un petit coup de main.

Stern sentit un courant d'air sur son visage en sueur comme si on avait ouvert une fenêtre quelque part. Ce ne pouvait pas être Engler car il était en train de suivre le couloir. Deux pas encore. Trois tout au plus. Alors il tournerait à l'angle et remarquerait les éclats de bois sur le parquet. Stern s'attendait à tout instant à voir apparaître sur le seuil les bouts de chaussure du policier.

— Hello ? entendit-il soudain.

Son cœur parut s'arrêter de battre, son sang s'était figé dans ses veines.

Ce n'est pas vrai !

La « voix ». Elle avait tout le temps été là. À une pièce de distance seulement. Contrairement à celles d'Engler, les semelles de caoutchouc de l'assassin étaient quasiment silencieuses sur le plancher.

— Vous me cherchez ?

Stern retint sa respiration, contracté au point que ses oreilles craquaient. Soudain, il entendit beaucoup plus nettement les bruits autour de lui. Il ne réussit toutefois pas à attribuer un visage connu à cette voix nouvelle.

— Excusez mon accoutrement, je suis en pleine expérience, dit l'homme sans contrefaire cette fois sa voix.

Mais elle était assourdie, comme s'il parlait au travers d'un mouchoir.

— Vous êtes le Dr Tiefensee ? demanda avec méfiance le commissaire dans le couloir.

— Non, le docteur vient juste de partir manger un morceau. Mais stop, qu'est-ce que je raconte ? Vous avez de la chance. Le voilà.

— Où ? fit Engler, et ce fut le dernier son que Stern lui entendit prononcer.

Ensuite, il y eut un bref cri étouffé, aussitôt interrompu par un claquement électrostatique. On aurait dit une ampoule électrique qui grille, mais en plus fort.

Un électrochoqueur, se dit Robert, tandis que tout en lui le poussait à courir jusqu'à la porte afin de se faire une idée de ce qui se passait dans le couloir. Mais il avait trop peur. Pas d'Engler. Pas d'être arrêté. Il avait peur du dément dont il venait pour la première fois d'entendre la véritable voix.

Il écarta de son visage la main dont il ignorait comment elle était venue se plaquer sur sa bouche. Puis il entendit des pas. Des semelles de caoutchouc s'éloignant avec des flops légers pareils à ceux d'un ballon qui rebondit.

Prudemment, Stern détacha son dos du mur et se glissa dans le couloir, les jambes tremblantes. Assez vite pour distinguer la silhouette d'un homme aux cheveux longs qui faisait claquer derrière lui la lourde porte d'entrée. Stern tressaillit et baissa les yeux sur Engler. Comme il s'y attendait, l'enquêteur était allongé, immobile, dans une position peu naturelle, comme s'il avait été éjecté d'un véhicule roulant à pleine allure.

Stern se pencha pour lui prendre le pouls. Soulagé de constater qu'il était vivant, il se faufila prudemment jusqu'à l'entrée. Une fois la porte franchie, il accéléra un peu le pas. Il se mit à courir au niveau du troisième étage, se tenant à la rampe. Mais quand il déboucha dans la rue animée, il s'aperçut qu'il était trop tard. L'homme aux cheveux longs et en blouse blanche qui avait assassiné Tiefensee et venait de mettre Engler hors de combat avait depuis longtemps disparu dans la foule de touristes, d'hommes d'affaires et de passants. Et, avec lui, la vérité sur Felix.

15

Les installations destinées aux animaux nocturnes se trouvaient au sous-sol de la ménagerie. L'obscurité diffuse qui les accueillit rappela à Stern ce que l'on ressent au cinéma quand, arrivé après le début du film, on doit trouver sa place pendant qu'une scène particulièrement sombre passe à l'écran. Son nez, en revanche, capta les émanations humides et chaudes qui assaillent un visiteur dans une ménagerie surchauffée.

— C'est super !

Simon l'entraîna en direction d'une vitre épaisse derrière laquelle plusieurs boules de fourrure s'affairaient, les yeux écarquillés. Pour on ne sait quelle raison, les gens parlaient généralement à voix basse dès qu'ils pénétraient dans un lieu obscur, et le jeune garçon chuchotait lui aussi :

— Ils ont l'air forts !

« Loris paresseux pygmées », lut Stern sur le tableau d'affichage faiblement lumineux, sans même accorder un regard aux minuscules primates. Il était encore sous le choc. Après sa fuite du cabinet médical, Borchert l'avait conduit ici pour y rencontrer Carina comme convenu. Il se trouvait à présent dans le bâtiment des animaux nocturnes du zoo de Berlin. Son cerveau était hors d'état d'assimiler des impressions nouvelles. Comme en circuit fermé, c'étaient toujours les mêmes questions sans réponse qui tournaient dans sa tête :

Qui est la « voix » ? D'où Simon connaît-il l'existence de ces cadavres ? Qui a assassiné tous ces hommes dans le passé ? Et pourquoi quelqu'un assassine-t-il à présent pour découvrir ce meurtrier ?

Stern dut s'avouer avec surprise que ces questions l'intéressaient pour une unique raison : les réponses pouvaient lui ramener son fils. Il ferma les yeux.

Quelle absurdité !

Entre-temps, il s'était mis à espérer pour de bon que les souvenirs de Simon pouvaient être la preuve de sa renaissance. Et donc la preuve que Felix était vivant. Contre toute réalité objective.

— Excuse-moi, que disais-tu ?

Stern se pencha vers Simon qui le tirait par la manche. Les paroles du gamin s'étaient perdues quelque part dans l'obscurité avant d'atteindre ses oreilles.

— Est-ce que Carina va bientôt nous rejoindre ? répéta Simon.

Robert fit signe que oui. Pour l'instant, elle s'était réfugiée aux toilettes pour pouvoir pleurer à son aise.

Quand ils s'étaient retrouvés tout à l'heure à la porte des éléphants, elle avait été furieuse contre lui comme elle l'avait rarement été jusque-là. Elle n'avait réussi à faire sortir en douce Simon de l'hôpital qu'avec l'aide d'un soignant de ses amis. Aussi avait-elle exigé qu'il lui explique sur-le-champ pourquoi il lui avait fait courir un tel risque. Pendant qu'ils traversaient le zoo au milieu de la foule, il lui avait tout raconté, en chuchotant afin que Simon n'entende pas : le DVD, le garçon à la tache de vin et la sinistre mission que la « voix » lui avait imposée. Contrairement à Borchert, Carina sembla le croire aussitôt. Stern sentit qu'elle s'ouvrait à la possibilité d'une réincarnation de Felix beaucoup plus rapidement qu'il n'y avait été lui-même disposé.

Mais elle comprit le danger auquel ils étaient exposés en apprenant la fin épouvantable de Tiefensee. Carina n'avait certes pas perdu contenance quand elle s'était arrachée à ses bras. Il savait pourtant ce qu'elle ressentait. Et que cela aurait été une erreur de chercher à la rattraper alors qu'elle voulait être seule.

— Oui, elle va bientôt nous rejoindre, murmura Robert tandis qu'ils se dirigeaient vers une autre enceinte.

— Bien, répondit Simon. Picasso a dit que nous devions être rentrés avant quatre heures. Sinon, il nous cafardera.

Picasso ? Il fallut une seconde à Stern pour que lui apparaisse l'image du soignant barbu. Il l'avait télescopé pas plus tard que ce matin, lui et son vieux fan du groupe Abba, et la scène lui semblait pourtant s'être passée dans une autre existence. De ce point de vue, il avait quelque chose en commun avec Simon.

— Ne te fais pas de soucis, dit-il en passant la main sur la perruque du jeune garçon. Et ne t'en fais pas non plus à cause du détecteur de mensonge.

« J'ai réussi le test », lui avait dit Simon en l'accueillant d'un air triste peu de temps auparavant.

Stern savait ce que le petit éprouvait. Le résultat le lavait certes du soupçon d'avoir menti, mais faisait en même temps de lui un assassin. Simon disait la vérité. Robert eut presque un peu honte de se réjouir à cette nouvelle. Mais plus le mystère de Simon devenait opaque, plus grandissait son espoir de revoir Felix.

— Il ne faut vraiment pas te faire de soucis, répéta Robert en même temps qu'ils faisaient halte devant un terrarium abritant des dègues, si semblables à des rats.

— Pourquoi je m'en ferais ? Ils sont enfermés.

— Je ne parle pas d'eux. Je parle de tes mauvais souvenirs. Ils ne te font pas peur ?

— Si, bien sûr, mais...

— Mais quoi ?

— Peut-être que c'est pour me punir.

— De quoi ?

— Peut-être que c'est à cause de cela que je suis malade. Parce que j'ai fait des choses aussi graves autrefois.

— Il ne faut pas penser cela, tu m'entends ? rétorqua Stern en empoignant le petit par les épaulettes de sa veste de velours. Je ne sais pas qui a tué ces hommes, mais le Simon Sachs que j'ai là devant moi n'en est pas responsable.

— Mais c'est qui alors ?

— C'est ce que j'essaye de découvrir. Et, pour ça, j'ai besoin de ton aide.

Stern était heureux que le pavillon des animaux nocturnes fût encore moins fréquenté que le reste du zoo, car au moins personne ne surprenait leur conversation grotesque. Il décida de se prêter un instant aux élucubrations « transmigratoires » de Simon.

— Est-ce que tu t'appelais autrement dans le temps, je veux dire il y a quinze ans ?

— Je ne sais pas.

— Tu avais une autre apparence ?

— Aucune idée.

Il laissa Simon tranquille. Le gamin tapa de la jointure de l'index contre la vitre d'un petit terrarium où l'on ne voyait qu'une butte et diverses plantes désertiques, mais pas d'animal.

Carina les avait rejoints et se tenait un peu en retrait comme pour ne pas déranger leur conversation. L'idée traversa l'esprit de Stern que ce n'était probablement pas un hasard s'ils parlaient de perceptions inexplicables devant l'enceinte des chauves-souris. Les prétendus vampires volants qui végétaient là ne « voyaient » leur réalité qu'en captant la réflexion d'ultrasons qu'ils émettaient.

— Sais-tu pourquoi tu as tué ces hommes ?

Un passant qui aurait entendu par hasard cette question aurait à coup sûr alerté le service de sécurité.

— Je ne sais pas. Je crois qu'ils étaient méchants.

Clac ! Clac !

Stern ne put s'empêcher de penser à la lampe de la cave que Simon lui avait décrite le matin même.

Allumée. Éteinte.

Avant qu'il ait pu lui demander s'il se souvenait de quelque chose, Simon toussa une fois. Stern, effrayé, regarda Carina à qui cette toux sèche n'avait pas échappé. Elle se précipita vers eux.

— Tout va bien ? demanda-t-elle, inquiète, en touchant le front du garçon pour voir s'il avait de la fièvre.

Puis elle l'emmena près d'un grand tableau d'affichage au milieu du hall, où les visiteurs pouvaient avoir une vue d'ensemble des animaux que l'on montrait ici. C'était l'endroit le mieux éclairé de ce souterrain. Lisant le soulagement sur la figure de Carina, Stern se détendit lui aussi. Simon souriait. Il avait seulement avalé de travers.

Robert profita de l'occasion pour sortir de la poche de son manteau une feuille de papier. Bien que restée plus de dix ans dans la main d'un mort, elle était en relativement bon état.

— Simon, regarde un peu ça. Tu reconnais ?

Carina fut obligée de faire un pas de côté pour ne pas projeter d'ombre sur le dessin.

— Ce n'est pas de moi, constata Simon.

Clac.

— Je sais. Mais ton dessin de l'hôpital ressemble beaucoup à celui-ci.

— Un peu.

— Quand l'as-tu dessiné ?

Clac.

— À mon réveil. Le lendemain de la régression. J'avais rêvé de ça.

— Mais pourquoi ? demanda Stern en regardant Carina qui se contenta de hausser les épaules. Pourquoi ce pré ?

— Ce n'est pas un pré, objecta Simon en toussant à nouveau.

Il ferma les yeux et Stern n'eut alors plus de doute. La lampe poussiéreuse de la cave s'était remise à vaciller, projetant sa lumière grasse sur les souvenirs de Simon.

— C'est quoi alors ?

Une porte se ferma quelque part et une petite fille pouffa.

— Un cimetière, dit Simon.

Clac.

— Et qui y repose ?

Clac. Clac.

Stern ne sentait plus que la main qui, sur son épaule, à travers le manteau, s'agrippait à lui comme pour empêcher un pickpocket de s'enfuir. Il sut gré à Carina de lui infliger cette douleur qui le détourna un peu de l'horreur que suscitèrent en lui les propos de Simon :

— Je crois qu'il s'appelle Lucas. Je peux vous mener à lui, si vous voulez, mais…

— Mais quoi ?

— Il n'y a que sa tête dans la tombe.

16

Il était tellement las. D'abord toutes ces questions, puis les bruits dans le tunnel qui donnaient envie de dormir, ensuite l'air frais et, pour finir, cette pâle lumière dans le pavillon des animaux nocturnes. Il voulait rester éveillé et écouter. Mais il avait de plus en plus de peine, d'autant plus que la voiture sentait bon et que les vibrations étaient douces et agréables.

Simon posa la tête sur le bras de Carina et ferma les yeux. Il entendit l'estomac de celle-ci gargouiller et comprit qu'elle ne se sentait pas bien. Elle n'allait plus très bien depuis qu'elle avait tremblé dans les bras de Robert. Peut-être aussi qu'elle ne pouvait pas supporter le gros conducteur que son avocat appelait « Borchert » et qui haletait d'une façon si étrange en parlant ? Il avait beau faire très frais dehors, il ne portait qu'un T-shirt mince avec des auréoles en demi-lune sous les aisselles.

— L'un de vous est déjà allé à Ferch ? demanda Robert assis à l'avant.

Simon cligna des yeux en entendant le nom qu'il leur avait cité au zoo. En fait, il n'était plus si certain que cela que le cimetière fût là. Pour l'instant, ce n'était plus qu'une vague impression. Ferch. Les cinq lettres étaient comme des points d'exclamation étincelants devant ses yeux, dès qu'il les fermait.

— Oui, c'est au bord du lac de Schwielow, juste derrière Caputh.

— Comment se fait-il que tu saches ça ? demanda Stern d'un ton soupçonneux au conducteur.

— Parce que le Titanic se trouve dans les parages. C'était ma plus grande discothèque autrefois.

Simon sentit Carina déplacer le poids de son corps à côté de lui.

— Y arriverons-nous avant 16 heures ?

— Le GPS indique que nous y serons dans quarante-cinq minutes. Ce sera juste. Nous n'aurons guère le temps de trouver notre chemin, dit Stern avec un soupir.

Sa voix était à présent plus distincte, comme s'il s'était retourné vers Carina, à l'arrière.

— Le gamin dort ?

— Je crois, oui.

— Bien, alors je vais te poser une question. Mais réponds-y sincèrement, s'il te plaît. J'ai le sentiment de perdre peu à peu la raison. Tu crois vraiment à ça ?

— À quoi ?

— À la métempsycose, à la réincarnation. À l'idée que nous ayons déjà vécu une fois.

— Eh bien, moi..., répondit Carina en hésitant à la manière de celui qui attend la réaction de son interlocuteur avant de s'engager définitivement. Oui, je pense que oui. Il existe même des preuves solides à ce sujet.

— Lesquelles ? demanda l'avocat.

— Connais-tu le cas de ce garçon de seize ans, un dénommé Taranjit Sing ?

Personne ne répondant, Simon supposa que Stern avait dit non de la tête.

— Il vit en Inde, à Jalandhar. Cela s'est vraiment produit ; j'ai vu un reportage sur ce cas récemment. La réincarnation est une composante essentielle de l'hindouisme. Les hindous postulent que tout être humain possède une âme immortelle qui, après la mort, migre dans un autre corps, parfois même dans celui d'un tigre ou d'une plante.

— Je n'arrive pas à croire que ce genre de trucs m'intéresse à présent, murmura Stern plus pour lui-même qu'à l'intention de Carina et si doucement que Simon le comprit à peine.

— Taranjit n'est en Inde qu'un cas de réincarnation parmi de nombreux autres attestés. Un chercheur reconnu, Ian Stevenson, a interrogé là-bas, de son vivant, plus de trois mille enfants.

Stern poussa un grognement d'approbation.

— J'ai déjà entendu parler de lui.

— Et qu'est-ce qu'il s'est passé avec ce Tanjuk ? intervint Borchert.

— Taranjit, corrigea Carina. Le garçon affirmait qu'il était la réincarnation d'un enfant du village voisin qui avait péri en 1992 dans un accident de voiture. Il se souvenait de détails incroyables alors qu'il n'avait jamais quitté son propre village.

— Alors, c'est qu'il a entendu ses parents parler de ce drame. Ou bien il l'a lu dans le journal.

— Oui, ce sont les tentatives d'explication courantes, mais voici le plus beau.

Simon sentit que le cœur de Carina battait plus fort.

— Un criminologue célèbre en Inde, Raj Singh Chauhan, voulait obtenir une preuve objective. Qu'est-ce qu'il a fait, à votre avis ?

— Un test au détecteur de mensonge, comme avec Simon ?

— Mieux que ça. Cet homme est un expert en matière d'analyse graphologique médico-légale. Il a comparé l'écriture de Taranjit avec celle du jeune défunt.

— Allez !

— Si. C'est vrai. Les écritures étaient identiques. Et trouve-moi une explication !

Simon n'entendit pas ce que répondait Stern. Malgré sa détermination à rester éveillé encore une minute au moins, il ne résista pas plus longtemps au sommeil. Il entendit le nom de Felix, il fut aussi question d'une voix dans un DVD, puis il sombra. Son rêve inquiétant commença comme d'ordinaire, mis à part le fait que la porte s'ouvrit plus facilement.

Et il eut aussi moins de mal que la première fois à descendre l'escalier menant à la cave obscure.

17

Simon fut réveillé par une brusque secousse qui le propulsa vers l'avant.

— Tu ne peux pas faire attention ? pesta Carina, parlant légèrement du nez comme si elle avait à nouveau pleuré.

— Navré. Je croyais que c'était vert pour tourner à droite, grommela Borchert.

Un peu plus tard, Simon sentit la force centrifuge lui presser la tête plus fort contre les seins de Carina. Après le virage, il y eut des cahots. Ils devaient rouler sur des pavés.

— Tu sais pourquoi tu as reçu ce film hier, Robert ?

Simon réprima un bâillement. Il n'avait pas la moindre idée de ce dont ils parlaient.

— Pour que je me tape le sale travail à la place de ces porcs. C'est moi qui dois trouver l'assassin.

— Des clous, oui, protesta Carina. Un type capable de fabriquer une bande vidéo comme ça, avec des photos vieilles de plus de dix ans, n'en est pas réduit à l'aide d'un avocat qui passe par là par hasard.

— La dame n'a pas tort, approuva Borchert.

— De quoi s'agit-il, à votre avis ?

— Quand quelqu'un se donne tant de mal après toutes ces années, de deux choses l'une : c'est soit pour du pognon, soit pour du pognon.

— Très drôle, Andi. Tu as une autre théorie un peu plus concrète ?

— Oui. Simon a bien dit que ces mecs étaient méchants. Des criminels donc. Peut-être qu'ils faisaient partie d'une même bande, d'un gang ou un truc dans le genre. Ils se sont sans doute fait un paquet de thunes dans une affaire de drogue mais l'un d'eux n'a pas voulu partager. Et il les a tous refroidis. Sauf un.

— La voix du DVD, dit Stern.

— Exactement. Maintenant il cherche l'assassin pour mettre la main sur leurs parts.

— C'est possible. Ça paraît même plausible. Mais comment Simon peut-il être au courant si vous niez qu'il puisse avoir une seconde vie ? Et qui est le garçon avec la tache de vin ? intervint Carina. On n'a pas de réponse à cela. Une seule chose est certaine, Robert, on se sert de toi. Il reste à savoir pourquoi.

— OK, les mecs, dit Borchert en freinant. On arrive.

Simon cligna des yeux puis son regard, s'arrêtant d'abord sur deux gouttes de pluie sur la vitre teintée, se porta ensuite sur le paysage qui s'offrait à lui : une haie soigneusement taillée derrière laquelle s'élevait en pente douce une colline couverte d'arbres aux feuillages fanés et dégoulinants de pluie.

Il distingua mieux ce qui l'entourait quand Borchert eut encore ralenti. Se libérant de l'étreinte de Carina, il appuya sa paume moite sur la vitre froide. Il ne se rappelait pas cette colline. Mais il avait déjà vu l'église couleur de grès. Elle ressemblait exactement à celle de son dessin collé à la fenêtre de l'hôpital.

18

— C'est pas vrai !

Borchert éclata de rire, ce qui lui attira le regard sombre d'une femme du cortège funèbre. Il lui tira la langue et, quand cette dame aux cheveux noirs et courts, à la raie soignée, détourna les yeux d'un air indigné, il ricana.

— Pas de doute, cette journée va rester dans l'histoire.

Stern dut lui aussi concéder que la situation ne manquait pas d'un certain sel.

Il y a dix minutes, quand ils étaient entrés dans l'église, ils n'en avaient d'abord cru ni leurs yeux ni leurs oreilles. Derrière un autel protestant sans ornements se tenait un homme aux cheveux ras et au regard aimable. Le pasteur n'était pas vêtu comme un ecclésiastique, mais portait un costume trois pièces bleu marine. En guise de cravate, il avait sur les épaules un foulard vert noué maladroitement qui, d'une certaine manière, le rendait sympathique. Aussi sympathique que son discours funèbre. Il était en train de relater l'habitude qu'avait le défunt de se rouler dans les crottes de sanglier lors de ses promenades en forêt et brandissait face à l'assemblée une photo du disparu plus grande que nature. L'assistance, des femmes pour la plupart, admira d'un œil mélancolique le basset marron brique qui avait dû peser au moins trente kilos de son vivant.

Service religieux œcuménique pour les animaux, avec le pasteur Ahrendt. Tous les quatrièmes samedis du mois, annonçait une affiche apposée sur la porte de l'église de telle sorte qu'ils n'avaient pu la lire qu'en sortant du lieu de culte, à la suite du cortège. Pour l'heure, ils défilaient tous, bravant la bruine, sur un chemin forestier derrière le bâtiment, et Stern se maudit pour la énième fois de ne pas avoir de parapluie. Sa chemise trempée lui collait à la poitrine comme s'il l'avait enfilée directement au sortir du lave-linge. Si cela continuait, il allait attraper une pneumonie comme Simon. Par chance, le petit était resté au chaud dans la voiture, avec Carina.

— J'hallucine ! s'exclama Andi avec un rire qui donnait l'impression qu'il toussait pour essayer de recracher une arête de poisson avalée par mégarde. Ils transportent vraiment ce tas de graisse dans un cercueil en bois !

— C'est normal. J'ai fait pareil avec mon premier chien.

— Tu te fous de moi !

— Non, pourquoi ? J'avais à peu près l'âge de Simon et j'étais heureux que mon père organise ces adieux pour moi. Mais à vrai dire, nous l'avons enterré dans le jardin et pas dans un vrai cimetière comme ici.

Ils s'approchaient d'une barrière plantée de travers qui séparait le terrain communal officiel du cimetière appartenant au refuge pour animaux.

Stern pressa le pas et rejoignit le pasteur qui tenait ouverte pour ses ouailles une porte de jardin lui arrivant aux hanches. Il salua Stern d'une poignée de main et d'un franc sourire. Soudain confronté à sa prothèse dentaire, Stern souhaita presque que l'ecclésiastique se montrât moins affable.

— Veuillez m'excuser. Peut-on aussi entrer par ici dans le cimetière officiel ?

— Ah, vous ne faites pas partie des proches d'Hannibal ? s'étonna Ahrendt.

— Hélas non. Nous cherchons la dernière demeure de, euh, eh bien, d'êtres humains.

Stern se fit l'effet d'un piètre menteur, bien qu'il n'eût en vérité rien dit de faux.

— Je vais vous décevoir. Le refuge a obtenu la location de ce terrain auprès de notre paroisse qui, par ailleurs, n'a pas assez d'argent pour entretenir un cimetière pour les humains. Vous allez devoir vous rendre au village voisin.

— Je comprends.

Stern suivit des yeux le pasteur. Ayant pris congé, celui-ci rattrapa le cortège funèbre qui l'attendait dans le coin le plus reculé du terrain, à côté d'un massif de rhododendrons.

Ayant saisi au vol la dernière phrase du pasteur, Borchert hocha la tête.

— Complètement dingue ! Il n'y a de vrai cimetière que dans la ville voisine, mais ici ils ont réservé tout un terrain de foot pour des animaux !

La remarque était certes quelque peu excessive, puisque le terrain mesurait tout au plus cinq cents mètres carrés. Il n'en paraissait pas moins étonnamment grand pour un tel usage. Stern eut peine à croire à l'existence d'un aussi vaste marché d'inhumations animales dans la région. En tout cas, le nombre de tombes dispersées sur le terrain paraissait lui donner tort. Telles des dents plantées de travers, elles émergeaient pêle-mêle du sol, séparées par des conifères. Stern décida d'explorer un peu les lieux avant de repartir.

— J'attends ici, cria derrière lui Borchert, qui avait trouvé un endroit sec sous un énorme chêne.

Vertigo, Fienchen, Mickey, Molly, Vanilla... Les noms inscrits sur les pierres tombales étaient aussi divers que l'aspect des tombes. Sur la plupart il y avait une croix blanche ou une plaque en granit portant une inscription sans enjolivure. Certains propriétaires plus fortunés sans doute avaient chargé quelqu'un de l'entretien. Devant l'inscription « Branko », on remarquait une couronne toute fraîche, flanquée de deux orchidées blanches. « Cleopatra », elle, devait avoir été effectivement la reine des chats avant d'être « assassinée par un automobiliste » six mois plus tôt, comme le rappelait une plaque en cuivre à côté d'une pyramide de Khéops en miniature.

— Ça ne sert à rien, entendit-il Borchert lui lancer. Il n'y a pas de Lucas ici.

— Qu'est-ce que tu en sais ? répliqua Stern en se retournant.

Borchert avait découvert une petite vitrine verte non loin du chêne et tapait du pouce contre la vitre fragile.

— Il y a là la liste complète de tous les animaux qui sont ici. Ça va d'Abakus à Zylie.

Des gouttes aussi grosses que des raisins secs frappaient la nuque de Stern à intervalles irréguliers, comme si quelqu'un secouait violemment un arbre trempé de pluie au-dessus de lui.

— Mais il n'y a pas de Lucas. Barrons-nous. On ne peut pas retourner ce terrain sans mettre ces bonnes femmes dans tous leurs états.

Stern regarda à nouveau dans la direction du pasteur qui, à une cinquantaine de mètres d'eux, prononçait une ultime allocution. Le vent d'automne se leva du côté du lac de Schwielow et emporta les derniers mots d'adieu au chien.

— D'accord, on y va, finit par concéder Stern.

De toute façon, j'ai eu mon compte de cadavres pour aujourd'hui. Il allait se baisser pour débarrasser la pointe de sa chaussure d'une feuille de chêne brunâtre quand il s'immobilisa.

Pas de Lucas ici, les dernières paroles de Borchert résonnèrent dans sa tête. Du plat de la main, il protégea ses yeux de la pluie, cherchant à trouver une cohérence entre les divers éléments de l'image qui s'offrait à lui. Il examinait ce qui l'entourait comme à travers un pare-brise balayé par des essuie-glaces usagés. Plus il clignait des yeux, plus le tableau d'ensemble devenait flou.

Le petit groupe avec le pasteur. La pyramide de Kheops. Les orchidées.

Il y avait quelque chose qui clochait là-dedans. Il avait vu un indice, mais n'arrivait pas à le ranger à la bonne place. Telle une note importante que l'on aurait écrite dans un calendrier, mais dans la mauvaise colonne.

— Qu'est-ce qu'il y a ? demanda Borchert, qui avait dû remarquer sa tension.

Stern, levant l'index de sa main gauche et prenant son portable de la droite, fit demi-tour pour retourner dans la partie du cimetière qu'il avait traversée un moment plus tôt.

— Est-ce que Simon dort ? demanda-t-il à Carina, qui avait décroché à la première sonnerie.

— Non, mais c'est bien que tu appelles.

Il n'entendit pas l'inquiétude dans sa voix, parce qu'il avait lui-même peur. Peur de la question qu'il allait poser à Simon.

— Passe-le-moi.

— Ce n'est pas possible pour l'instant.

— Pourquoi ?

— Il ne peut pas parler.

Stern s'agenouilla devant une pierre tombale bon marché. Une douleur lancinante apparue à l'arrière de son cerveau progressait vers ses yeux. Il redressa la tête.

— Il ne va pas bien ?

— Si. Que veux-tu savoir ?

— Demande-lui, s'il te plaît, ce qu'il y avait sur son dessin de l'hôpital. Je t'en prie, c'est très important. Demande-lui de quel nom il a signé.

L'écouteur fut mis de côté et Stern crut entendre comme une porte grincer. On entendait en arrière-plan des grésillements et des sifflements analogues à ceux d'une mauvaise réception radio. Il attendit au moins trente secondes avant d'entendre un bip sur la ligne. Par inadvertance, Carina avait appuyé sur une touche en reprenant le téléphone.

— Tu m'entends ?
— Oui.

Stern suivait d'un doigt tremblant l'inscription gravée sur le granit. Lettre après lettre. Il lut sur la pierre tombale le nom que Carina prononça.

— Pluto. Simon a écrit « Pluto » au bas du dessin. Mais tu ferais mieux de nous rejoindre le plus vite possible.

— Pourquoi ? demanda Stern à voix basse, les yeux toujours fixés sur la pierre portant le nom du personnage de dessin animé.

— Arrive immédiatement, lui ordonna Carina.

L'angoisse dans sa voix finit par déclencher un déclic dans la conscience de Stern. Il lui était momentanément impossible d'élucider ce qui était enfermé dans cette tombe, ni pourquoi.

Un animal ? Un homme ? Une tête ?

Impossible de découvrir pourquoi Simon les avait conduits en cet endroit grossièrement décrit par un dessin. Un dessin réalisé par des mains différentes, celles d'un garçon et celles d'un mort.

— Que se passe-t-il, bon sang ?
— C'est Simon, répondit Carina d'une voix hachée. Il dit qu'il va le refaire.

— Refaire quoi ? demanda Stern en se relevant et en regardant Borchert. Qu'est-ce qu'il veut faire ?

Et que signifie ce « refaire » ?
— Dépêche-toi. Je crois qu'il vaut mieux qu'il te le dise lui-même.

19

Il n'y avait plus personne. L'église était vide et Stern eut du mal à imaginer que des gens puissent trouver du réconfort dans cet environnement dépouillé. Il ôta son manteau trempé et le prit sur le bras. Il le regretta aussitôt. Il faisait froid à l'intérieur et il y avait des courants d'air où se mêlait une odeur de poussière et de vieux livres de cantiques. Par chance, le soleil ne brillait pas par les vasistas de couleur aujourd'hui, car, sinon, le crépi écaillé aurait été encore plus visible. Stern n'aurait pas été surpris que le sacristain ait accroché un Christ en croix à seule fin de masquer un défaut du mur. Ce n'était en tout cas pas en un tel lieu que pouvait naître une atmosphère d'intimité.

— ... je n'en sais pas plus. Est-ce bien ? Est-ce mal ? Est-ce que je dois le faire, ou bien est-ce que je...

Stern retint son souffle et concentra son attention sur le murmure étouffé qui venait de la deuxième rangée de sièges, devant lui. Il l'avait bien sûr aperçu dès qu'il était entré. Simon. À cette distance, on aurait dit un petit adulte. Un vieux petit bonhomme plongé dans ses pensées, en conversation avec le Créateur. Stern s'approcha avec précaution, mais ne put empêcher ses semelles de cuir de crisser sur le sol de pierre poussiéreux.

— ... je t'en prie, envoie-moi un signe pour que je sache si...

Simon s'interrompit et leva les yeux. Il dénoua ses mains jointes comme s'il lui était désagréable d'être surpris en train de prier.

— Je te prie de m'excuser, je ne voulais pas te déranger.

— Pas de problème.

Le gamin se poussa d'une place.

Pas étonnant que les gens aillent de moins en moins à la messe, si les bancs sont tous aussi durs, pensa involontairement Stern en s'asseyant.

— J'ai bientôt fini, chuchota Simon, les yeux tournés vers l'autel.

Stern eut envie de l'attraper et de sortir avec lui en toute hâte pour rejoindre Carina qui les attendait devant l'église en compagnie de Borchert.

— Tu es en train de prier ? lui demanda-t-il à voix basse.

Bien que seuls, ils chuchotaient comme dans le pavillon des animaux nocturnes.

— Tu demandes à Dieu quelque chose de particulier ?

— Oui et non.

— Pas de problème, d'ailleurs ça ne me regarde pas.

— Ce n'est pas ça. Je veux simplement dire que...

— Que veux-tu dire ?

— Ben... Tu ne peux pas comprendre. Tu ne crois pas en Dieu, toi.

— Qui te l'a dit ?

— Carina. Elle pense qu'il t'est arrivé quelque chose de moche et que, depuis, tu n'aimes personne. Même pas toi.

Stern le dévisagea. Dans le demi-jour de l'église, il comprit d'un seul coup ce que les gens des ONG voulaient dire quand ils parlaient du visage dénué de toute expression des enfants soldats. Des petits garçons à la peau sans rides, la mort dans les yeux. Il s'éclaircit la voix.

— Tu viens de parler d'un signe. Quelle sorte d'indication attends-tu de Dieu ?

— Je veux savoir si je dois continuer.

Il va le refaire. Stern se souvint de ce qu'avait dit Carina.

— Continuer quoi ?

— Eh bien, ça justement.

— Je crois que je ne te comprends pas.

— Je me suis endormi. Avant, dans la voiture.

— Tu as de nouveau rêvé ?

Clac. La bougie sur l'autel parut se transformer en une lampe de cave qui éclairait les souvenirs de Simon durant son sommeil.

— Oui.

— Des assassins ?

— Exactement.

Simon tourna vers le haut la paume de ses mains et leur jeta un regard à la dérobée. Comme s'il avait écrit au stylo-bille quelques mots sur sa peau en prévision d'une dictée. Mais, à part l'entrelacs des lignes de ses doigts, Stern ne vit aucune antisèche susceptible d'aider Simon à trouver les mots qu'il fallait.

— Je sais à présent pourquoi j'ai écrit « Pluto » sur le dessin.

Clac.

— Pourquoi ?

— C'était son animal en peluche préféré.

— De qui ?

— De Lucas Schneider. Il avait exactement le même âge que moi. À l'époque, je veux dire. Il y a douze ans.

— Tu penses que tu l'as tué ?

À l'époque. Dans ton autre vie ?

Le mal de tête de Stern empirait à mesure qu'il s'approchait en pensée de cette aberration.

— Non.

Simon le fusilla du regard. La vie était revenue dans ses yeux, même si c'était sous la forme de la fureur.

— Je n'ai tout de même pas tué des enfants !

— Je sais. Mais les autres, alors. Les assassins ?

— Exactement.

— Alors, tu étais une espèce de vengeur ?

— Peut-être.

Un tressaillement parcourut le buste de Simon.

Stern s'apprêtait déjà à aller chercher Carina dans l'espoir qu'elle avait sur elle les médicaments indispensables au cas où il aurait une nouvelle crise. Puis il aperçut des larmes sur la joue du garçon.

— C'est bon, viens.

Il lui tendit la main d'un geste hésitant. Comme s'il craignait de se brûler contre son épaule.

— Allons-y.

— Non, pas encore, dit Simon en reniflant. Je ne suis pas prêt. Il faut d'abord que je lui demande si je dois vraiment le faire.

Clac, clac, clac.

Un bref instant, la lampe de la cave s'était calmée, mais elle paraissait à présent vaciller plus rapidement que jamais.

— Faire quoi ?

— Je n'ai pas terminé à l'époque.

— Je ne comprends pas, Simon. Qu'est-ce que tu veux dire ? Avec quoi n'en as-tu pas terminé ?

— Avec les hommes. J'en ai tué beaucoup autrefois. Je le sais très exactement. Pas seulement les deux que tu as trouvés. Il y en a eu d'autres. Beaucoup d'autres. Mais je ne les ai pas tous eus. Il en manque un.

Ce fut au tour de Stern de peiner à retenir ses larmes. C'était d'un psychologue que ce gamin avait besoin de toute urgence, pas d'un avocat.

— Et c'est pour ça que je suis revenu, je crois. C'est ma mission. Il faut que je recommence.

Non, je t'en prie. Cesse de parler, s'il te plaît.

— À tuer. Une dernière fois. Après-demain, à Berlin. Sur un pont.

Simon se détourna et regarda en direction de la statuette de Jésus, au-dessus de l'autel. Il joignit les mains, ferma ses grands yeux innocents et se mit à prier.

LA DÉCOUVERTE

« La mort n'est pas une tranche de l'existence, elle n'est qu'une transition, le passage d'une forme de l'être infini à une autre. »
Wilhelm von Humboldt

« S'il y a migration des âmes, cela ne peut marcher que si le nombre d'êtres humains concernés reste constant. Mais il y en a aujourd'hui six milliards. Se partagent-ils des fragments d'âme ? Quatre-vingt-dix pour cent d'entre eux ne sont-ils que des récipients vides ? »
Extrait d'un forum de discussion sur Internet à propos de la réincarnation

« La science a établi que rien ne disparaît sans laisser de traces. La nature ignore l'anéantissement, ne connaît que la métamorphose. Tout ce que la science m'a enseigné et m'enseigne encore renforce ma foi en une perpétuation de notre existence spirituelle au-delà de la mort. »
Wernher von Braun

« Si tous ceux qui prétendent avoir assisté à la crucifixion du Christ dans une vie antérieure y avaient réellement assisté, il n'y aurait pas eu assez de place pour les soldats romains présents sur les lieux. »
Ian Stevenson

1

Quand Engler souleva le ruban élastique au-dessus de sa tête et fit signe au médecin légiste qu'il pouvait accéder au lieu de la découverte, les mots lui manquaient pour dire à quel point la situation lui cassait les pieds. Il avait prévu de passer l'après-midi dans son lit douillet devant la télévision, avec une grosse provision de mouchoirs, quatre aspirines et un pack de bières, pendant que d'autres feraient le travail à sa place. Et voilà qu'il était obligé de creuser sous une pluie torrentielle à la recherche d'un cadavre ! Plus exactement à la recherche de ce qu'il en restait. La tête qu'ils avaient trouvée dans la tombe d'un rottweiler était si petite qu'ils pourraient la transporter dans une boîte à chaussures dès que le relevé des indices serait terminé.

Jurant en traversant une flaque, Engler se rendit à la tente qui servait d'abri, juste derrière la barrière. Depuis leur arrivée, la pluie tombait de plus en plus fort, si bien que Brandmann devait donner des coups de bâton contre le toit à intervalles réguliers afin que l'eau accumulée s'écoule le long de la bâche plastique.

— Merde ! pesta tout haut l'enquêteur extraordinaire.

Une partie de la cataracte s'était déversée dans son col ; Engler se demanda une nouvelle fois comment un type aussi maladroit avait bien pu entrer à l'Office fédéral de la police criminelle. Il pousserait un ouf de soulagement quand ce bébé géant aurait disparu de la circulation. Ils pourraient enfin tous en revenir aux méthodes de travail habituelles, qui avaient fait leurs preuves.

— Comment va votre tête ? s'enquit Brandmann quand Engler, parcouru de frissons, parvint à se caser à côté de lui dans l'abri.

— Comment ça, ma tête ? Ce salopard m'a balancé l'électrochoqueur dans le dos.

— Et vous êtes certain que ce n'était pas Stern ?

— Combien de fois faudra-t-il que je vous le répète ?

Engler refoula l'envie de cracher par terre les glaires qu'il avait dans la bouche.

— L'homme portait un masque d'opération qui lui arrivait sous les yeux, une blouse de médecin et vraisemblablement une perruque de cheveux longs. Alors, non, je ne suis pas certain. Mais ce n'était pas sa voix, et le type paraissait plus petit.

— C'est bizarre. Je parie que nous allons trouver les empreintes digitales de Stern sur les lieux du crime.

— Et moi je parie que nous...

Engler s'arrêta au milieu de sa phrase, sortit de la poche de son pantalon son portable qui vibrait et regarda l'écran rayé. Appel inconnu.

Il posa son index sur ses lèvres bien que Brandmann n'eût pas la moindre intention de parler, et prit l'appel.

— Allô ?

— Avais-je raison ?

Il reconnut, à l'autre bout du fil, la voix de Stern.

2

Engler renifla et accepta avec gratitude le gobelet de café fumant que lui tendait une policière en uniforme.

— Oui, malheureusement. Il y avait un crâne dans le cercueil.

— Un crâne humain ?

— Oui. Mais pourquoi nous avoir informés ? De qui tenez-vous cette histoire de tombe ?

Stern fit une petite pause, comme si la réponse lui venait à l'esprit à l'instant.

— De Simon, finit-il par dire.

Engler réfléchit un bref instant, puis appuya sur la touche haut-parleur. Le dispositif mains libres de son téléphone de service était plus que médiocre, et Brandmann fut obligé de s'approcher un peu pour ne pas perdre un mot de la conversation.

— C'est de la foutaise, Stern. Allez, dites-moi comment vous êtes mêlé à tout ça.

— Je ne peux pas vous le dire.

Deux policiers discutant à haute voix s'approchaient de l'abri. Ils se turent en voyant les furieuses gesticulations d'Engler et tournèrent prudemment les talons.

— Et pourquoi rappelez-vous ?

— J'ai besoin de temps. Considérez le tuyau du cimetière comme la preuve que je n'ai rien à vous cacher. Simon est autant une devinette pour moi que pour vous. Mais je vais découvrir de quoi il retourne. Seulement, je ne pourrai le faire que si vous me laissez tranquille.

— J'ai bien peur qu'il ne soit trop tard.

— Pourquoi donc ? Je n'ai rien à me reprocher.

— Je vois les choses autrement. Nous avons trouvé votre voiture. Elle était comme par hasard garée à proximité d'une entreprise de transport de Moabit.

— Flanquez-moi une contravention si j'étais en stationnement interdit !

— La description de l'homme qui a ouvert le frigo là-bas peut fort bien s'appliquer à vous. C'est drôle, non ? Et à propos de stationnement interdit, une jeep noire stationnait en double file aujourd'hui à Hackescher Markt. Devant le cabinet de Tiefensee. Vous étiez là-bas ?

— Non.

— Mais un certain Andi Borchert y était, lui. Nous avons vérifié la plaque d'immatriculation. Il semble que vous et le violeur soyez de nouveau comme les doigts de la main.

— Andi a été acquitté.

— O. J. Simpson aussi. Mais laissons cela. Le plus important, c'est qu'à cause de vous j'ai de nouveau été obligé d'interdire l'accès au lieu d'un crime.

— Vous croyez que je vous aurais informé si j'avais la mort de ces hommes sur la conscience ?

— Non. Je ne pense pas non plus que vous soyez un assassin, Stern.

Ce furent les seuls mots qu'Engler n'eut pas de peine à prononcer.

— Mais quoi alors ?

Le soir était tombé et l'obscurité s'épaississait pendant leur conversation. Engler se réjouit qu'une lampe de chantier éclairât un peu l'abri. Hésitant, il interrogea Brandmann du regard.

Devait-il vraiment accéder à la demande de Stern ? Tout en lui se révoltait contre cette idée, mais le psychologue l'encouragea d'un signe de tête. Aussi Engler s'en tint-il à la stratégie mise au point peu avant, lors de la conférence en présence du commissaire principal Hertzlich.

— Bien, je vais vous confier quelque chose. Mais je le fais uniquement parce que ce sera demain dans tous les journaux : l'homme avec une hache dans la tête s'appelait Harald Zucker. Celui du frigo était Samuel Probtjeszki. Nous n'avons plus entendu parler du premier depuis quinze ans, et du second depuis douze. Voulez-vous savoir pourquoi nous nous en foutions jusqu'ici ?

— C'étaient des criminels.

— Exact. Et même de la pire espèce. Assassinats, viols, prostitution, torture. Ils ont commis tous les délits les plus graves sanctionnés par le code pénal, et ont laissé une traînée de sang derrière eux dans tout le pays. Nous n'avons jamais réussi à leur mettre la main dessus.

Engler entendit Brandmann s'allumer une cigarette.

— Nous pensons que Zucker et Probtjeszki faisaient partie d'une bande de psychopathes. Ils ne sont pas les seuls à avoir disparu sans laisser de traces ces dernières années. Nous avons au total sept affaires non élucidées.

Au loin, les gens de l'anthropométrie judiciaire fouillaient le sol humide à la lumière de spots à halogène. Deux d'entre eux, accroupis dans la boue en combinaison blanche intégrale, ouvraient une autre tombe. Au cas où Pluto n'aurait pas été le seul à héberger des cadavres dans la sienne. Engler ne put s'empêcher de penser à Charlie. Heureusement, une amie s'occupait de lui aujourd'hui et le promenait avec son labrador

Gassi, même s'il n'était pas sûr que le pauvre chien appréciât particulièrement cette pluie.

— Et où en est-on avec la dernière découverte ? demanda Stern d'une voix un peu distraite, comme s'il lui fallait d'abord digérer la dernière information. Comment s'intègre-t-elle au tableau ? C'était un enfant, n'est-ce pas ?

— Oui. Nous supposons qu'il s'agit de Lucas Schneider. Il est à mettre au compte de Probtjeszki. Il a été victime d'une tentative ratée d'enlèvement avec demande de rançon opérée par la bande. Nous avons retrouvé son corps dans une décharge, il y a douze ans. Nous avions cherché sa tête en vain. Jusqu'à aujourd'hui.

Engler chercha un mouchoir dans la poche de son pantalon en lin. Ne le trouvant pas à temps, il éternua en se bouchant le nez. Quelqu'un lui avait dit que la pression ainsi occasionnée pouvait déclencher une attaque d'apoplexie, mais il avait de la peine à croire que l'épée du destin le frapperait dans un cimetière pour animaux.

— Pourquoi me racontez-vous tout ça ? lui demanda Stern.

Engler hocha la tête en regardant Brandmann d'un air mauvais. C'était exactement la question qu'il avait posée lors de la réunion avec Hertzlich. Leur combine était si grossière que le premier imbécile venu la reniflerait. Stern mieux que quiconque.

— Parce que j'ai vu clair dans votre jeu, répondit-il à contrecœur, comme convenu.

— Tiens, je suis curieux de savoir ce que vous avez vu.

— Vous n'êtes pas un pro, Stern. Vous commettez beaucoup trop d'erreurs. La seule chose intelligente que vous ayez faite jusqu'ici a été d'échanger votre portable contre le téléphone par satellite avec lequel vous êtes en train de me parler. Mais c'est sans doute Borchert qui vous a fourni le tuyau.

— Je ne suis pas en fuite. Je n'ai assassiné personne.

— Ce n'est pas ce que je dis.

— Quoi alors ?

— D'accord. Récapitulons les faits. Premièrement : ces dernières années, sept psychopathes ont disparu de la circulation l'un après l'autre. Deuxièmement : vous nous avez ramené deux d'entre eux. À l'état de cadavres. Et troisièmement : vous êtes avocat pénaliste.

Stern fit entendre un gémissement à l'autre bout de la ligne.

— Où voulez-vous en venir ?

— À ce que votre profession vous amène à fréquenter la lie de la société. Tout cela n'a rien à voir avec Simon. Il est simplement mis en avant. Je présume que c'est un de vos clients pervers qui vous indique où découvrir les cadavres.

— Et dans quel but ce quidam agirait-il ?

— Peut-être a-t-il caché quelque chose auprès de ces victimes et compte-t-il sur vous pour le récupérer ? Je n'en sais rien. Mais c'est vous qui me le direz. Au plus tard quand je vous aurai arrêté.

— C'est ridicule. Totalement absurde.

Engler chassa de la main un nuage de fumée invisible censé provenir de la cigarette de Brandmann.

— Vous croyez ? Le juge, lui, a trouvé cette histoire fort plausible quand il a signé un mandat d'arrêt à votre encontre, il y a une demi-heure. D'ailleurs, pendant qu'il y était, il en a aussi signé un contre Carina Freitag et Borchert pour complicité d'enlèvement d'enfant.

Engler raccrocha d'un air furieux en se demandant pourquoi Brandmann lui tendait sa grosse patte grasse.

— Qu'est-ce que vous voulez ? demanda-t-il, furieux de cette conversation qui, à son avis, avait dès le début pris une mauvaise direction.

— Le portable, demanda Brandmann.

— Qu'est-ce que vous voulez en faire ?

— Le donner aux techniciens. Peut-être qu'ils arriveront à trouver quelque chose. Même pour des appels masqués...

— ... il est possible de localiser l'appelant, je sais.

Engler lui lança son téléphone et s'approcha d'un pas.

— C'était la dernière fois. Je ne le ferai plus jamais, d'accord ?

— Quoi ?

— Le guignol. Peut-être que je me trompe et que Stern a effectivement à voir avec ces assassinats. Mais nous nous tirons une balle dans le pied en le mettant dans le secret de notre enquête.

— Ce n'est pas comme ça que je vois les choses. Vous n'avez pas remarqué sa voix ? Elle est devenue de plus en plus aiguë. Cela signifie que vous lui avez fait peur. Stern est un débutant. Un civil inexpérimenté et nerveux, en fuite, encombré d'un jeune garçon cancéreux. S'il perd encore plus le contrôle de ses nerfs, il commettra une erreur. Il trébuchera, tombera et alors – pour m'exprimer comme Hertzlich – nous pourrons... (Brandmann jeta sa cigarette sur le sol)... l'écraser comme une merde.

Pour éteindre son mégot rougeoyant, le psychologue le foula de son pied droit en mettant tout le poids de son corps, comme s'il voulait enfoncer un long clou dans une planche de bois. Puis il quitta l'abri sans un mot et, évitant plusieurs petites flaques, descendit pesamment la pente jusqu'à sa voiture. Engler le suivit des yeux. Tandis que le psychologue disparaissait lentement de son champ de vision, il se demanda s'il connaissait à l'Office fédéral de la police criminelle quelqu'un qui serait susceptible de lui communiquer le dossier personnel de cet étrange enquêteur extraordinaire.

3

Stern appuya son visage en feu contre le verre du miroir.

Ces dernières années, sept psychopathes ont disparu de la circulation l'un après l'autre.

Les paroles de l'inspecteur résonnaient dans sa tête pendant qu'il contemplait la piste de danse étincelante, vingt mètres en contrebas.

Le bureau du propriétaire de la discothèque trônait dans une sorte de nid d'aigle en verre au-dessus du cœur de l'établissement, qui avait dû être conçu par un architecte rêvant d'une carrière de capitaine dans la marine. Vue de l'extérieur, l'énorme bâtisse ressemblait à un navire. Son emblème, une cheminée de vapeur dont l'éclairage rose tranchait sur le blanc de la proue du bâtiment central, indiquait la route, à des kilomètres à la ronde dans la nuit brandebourgeoise, à la jeunesse éprise de danse. Borchert ayant conservé une clé, le Titanic pouvait leur offrir une cachette, au moins pour les trois heures à venir. Aussi longtemps que la discothèque ne serait pas officiellement ouverte au public.

Stern descendit rejoindre ses trois compagnons sur la vaste piste de danse. Comme dans un hôtel cinq étoiles, il monta dans une cabine d'ascenseur en verre, se demandant comment il allait leur annoncer la nouvelle. À partir de maintenant, ils étaient en fuite. Borchert était habitué à ce genre de situation. Mais c'était certainement une première pour Carina. Ce fut seulement quand la porte s'ouvrit qu'il entendit la musique tonitruante.

— Hé, il a bon goût, le petit ! lui lança Andi qui roulait des hanches en mesure à côté de Simon à l'autre bout de la piste.

Le gamin riait d'enthousiasme, accompagnant de battements de mains la musique rock déversée par les enceintes.

— Il a branché l'iPod de Simon sur la sono de la boîte, lui expliqua Carina.

Stern tressaillit car il ne s'était pas rendu compte qu'elle était à côté de lui.

À quinze mètres de là, Borchert traînait derrière lui un micro imaginaire comme il l'aurait fait d'un chien au bout d'une laisse.

— Nous devons nous constituer prisonniers, dit Stern, allant droit au but.

Puis, sans chercher à enjoliver la situation ou à trouver des échappatoires, il informa Carina qu'ils étaient recherchés.

— Je suis désolé, dit-il pour conclure son résumé de la conversation qu'il avait eue avec Engler, cherchant en vain un signe d'inquiétude dans ses yeux.

— Il n'y a pas de raison. C'est moi qui suis à l'origine de tout. C'est moi qui vous ai mis en relation. Sans moi, tu ne serais pas dans ce pétrin.

— Comment peux-tu rester si calme ?

Stern se remémora soudain une scène vieille de deux ans, sur le parking d'un McDonald's. Le jour où il avait rompu et où elle avait souri malgré tout.

— C'est parce que ça en a valu la peine.

— Je ne comprends pas.

— Regarde un peu. Je connais Simon depuis un an et demi et je l'ai rarement vu aussi heureux.

Stern s'aperçut que Borchert lui faisait un signe de la main, et il se demanda s'il verrait jamais le monde avec les yeux de Carina. Ils se connaissaient à peine depuis dix jours quand il l'avait quittée. Juste à temps. Avant de tomber sérieusement amoureux d'elle. Quand, en guise d'adieu, elle lui avait caressé tendrement la joue, il avait appris quelque chose de capital sur lui-même. Il s'était rendu compte à cet instant qu'il lui manquait le filtre qui permettait à Carina, en toutes circonstances, de dépasser l'aspect négatif des choses. Elle était capable de découvrir avec ravissement une rose sur un champ de bataille.

Il retrouvait la lueur d'autrefois dans ses yeux, les ridules de son sourire. Pour Carina, en cet instant, il n'y avait ni assassin, ni tumeur cérébrale, ni chasse à l'homme. Elle était ravie de voir un garçon heureux de connaître le plaisir de danser en discothèque. Stern, quant à lui, était saisi de tristesse à l'idée qu'il n'aurait jamais d'enfant à réprimander pour s'être attardé en boîte avec son premier amour, un soir de week-end.

Une ballade, aux sons mélancoliques d'instruments à cordes mieux accordés à son humeur, se fit soudain entendre.

— Hé, c'est une chanson pour vous ! ricana Borchert en disparaissant derrière une colonne ionique.

Une seconde plus tard, il y eut un sifflement et un nuage de neige carbonique envahit la piste.

— C'est cool, exulta Simon en s'asseyant par terre.

Seule sa tignasse brune émergeait du nuage artificiel.

— Il faut que nous le ramenions à l'hôpital, protesta Stern quand il sentit la main de Carina.

— Viens donc. Une minute seulement.

Elle le conduisit sur la piste de la même façon que, leur première nuit, elle l'avait traîné jusque dans sa chambre. Comme alors, il s'abandonna. Sans savoir pourquoi.

— On ne peut pas, ici...
— Chut...

Elle posa un doigt sur ses lèvres et lui caressa doucement les cheveux. Puis, à la reprise du refrain, elle l'attira contre elle.

Il hésita avant de répondre à son étreinte prudente. Il se faisait l'effet d'un paquet portant l'étiquette « verre – fragile ». Il redoutait de provoquer des dégâts en lui s'il la serrait contre sa poitrine, et il osait à peine respirer.

Il ne put alors s'empêcher de penser à l'instant fugitif où, dans le rétroviseur, il avait vu Simon dormir dans ses bras. Dans un premier temps, il n'avait pas réussi à identifier ce qu'il ressentait. Maintenant il savait que ce mélange de regret et de remords l'habitait à nouveau. Il regrettait à la fois la disparition de Felix et le fait d'être privé de contacts aussi tendres. Ses remords venaient de ce que, en rompant brutalement, il avait privé Carina de l'un et de l'autre : avoir un enfant et prendre dans ses bras l'homme qui manifestement l'attirait toujours. Alors qu'il ne le méritait pour rien au monde.

Carina dut sentir les émotions contradictoires qui l'agitaient car elle renversa les dernières barrières physiques entre eux, en pressant de manière provocante son corps contre le sien. Stern ferma les yeux, et les remords disparurent. Pour un très bref instant, malheureusement. La seconde magique durant laquelle il crut que le pouls de sa compagne allait battre à l'unisson de la musique fut subitement interrompue par un couinement. Il se figea dans les bras de Carina.

Comment est-ce possible ?

Borchert lui avait pourtant assuré que personne ne connaissait ce numéro. Quelqu'un venait néanmoins d'envoyer un SMS sur le téléphone satellitaire dans sa poche.

4

— Putain, qu'est-ce qu'il se passe ?
— Pas la moindre idée.

Borchert tapa une adresse Internet dans la zone de texte et cliqua sur Entrée.

— Tu avais bien dit que tu n'avais donné le numéro à personne ?
— Oui, oui, oui. Combien de fois je vais devoir le répéter ? Je n'utilise ce truc qu'en cas de nécessité. Et alors, c'est *moi* qui appelle. D'accord ?

À l'instar de certains restaurateurs berlinois, Borchert ne déclarait pas tout dans ses comptes. Lorsqu'il passait un accord illicite avec son comptable, un fournisseur de boissons véreux ou un travailleur au noir, il utilisait à titre de précaution son téléphone satellite. Dans la mesure où Carina avait suivi sa recommandation d'enlever la batterie de son portable, le massif téléphone de Borchert était leur seul lien avec le monde extérieur.

— Et maintenant qu'est-ce qu'il va y avoir *là* ?

— Je pense qu'on ne va pas tarder à le savoir.

Borchert se leva pour laisser la place à Stern devant l'écran plat. Ils étaient tous remontés dans le bureau directorial immédiatement après avoir lu le SMS qui ne comportait qu'une ligne :

htt://gmtp.sorbjana.org/net.fmx/eu.html

Il ne se produisit rien dans un premier temps. Le navigateur affichait toujours la page d'accueil, le site de la discothèque Titanic.

Carina lut en bas à gauche l'annonce « Recherche des paramètres proxy ». Puis soudain l'écran se colora. Une barre de téléchargement apparut au centre de l'écran et, dix secondes plus tard, un champ vidéo gros comme une carte postale s'ouvrit. Stern ne parvint pas à y déceler quoi que ce soit de significatif. Rien, à part quelques lumières vacillantes traversant l'écran sombre à intervalles irréguliers, comme des étoiles filantes.

Borchert mit le son à plein volume. Sans succès.

— Pas d'image, pas de son, murmura-t-il. Qu'est-ce que c'est que cette...

Il prononçait le mot « connerie » quand le téléphone satellitaire sonna à nouveau. Il afficha « Appel masqué ».

L'estomac de Stern se mit à gargouiller quand il prit l'appel.

5

— Vous n'avez pas respecté notre accord.

La voix n'était plus déformée exactement de la même manière : plus humaine que sur le DVD, elle n'en était que plus effrayante.

Stern se demanda pourquoi son interlocuteur ne renonçait pas totalement à l'altération artificielle. Il avait de toute façon déjà entendu sa voix non déformée dans le cabinet du Dr Tiefensee. Même s'il ne s'était agi que de quelques mots.

— Pourquoi dites-vous ça ? demanda-t-il pour tenter d'éluder.

En vain.

— Ne vous avisez pas de me mentir. Gardez-vous même de seulement y songer ! Vous pouvez jouer à ça avec la police. Ils sont bornés. Pas moi.

— D'accord. J'ai appelé Engler. Mais uniquement parce que je voulais gagner du temps. Je n'ai rien dit à propos du DVD et de notre arrangement.

— Je sais. Sinon, vous ne seriez plus en vie.

Après une brusque secousse, une image apparut sur l'écran, puis la couleur se modifia. Pour Stern, ce fut comme si un caméraman avait placé un filtre coloré devant la lentille. D'un seul coup, les images vidéo prirent une teinte verte. Et Stern reconnut enfin ce qu'on leur montrait. Son estomac se contracta.

— Ma caméra à vision nocturne donne une image parfaite du cimetière, vous ne trouvez pas ? Reconnaissez-vous notre ami Engler, là, derrière ? demanda la voix. Et Brandmann, son équipier obèse, qui fume impassiblement une cigarette sans filtre ? Eh bien, j'ai la chance d'être bien au sec, tandis que, par votre faute, ces pauvres diables font des heures supplémentaires sous la pluie.

— Qui vous a donné ce numéro ?

De toutes les questions qu'il voulait poser, c'était celle-ci qui le tracassait le plus pour l'instant.

— Parfois, mon cher avocat, votre naïveté m'étonne. Vous devriez pourtant commencer à comprendre comment je gagne ma vie. Mon terrain d'action privilégié est l'Internet. C'est là que j'expose ma marchandise à la vente. Et c'est aussi de là que je tire mes informations. Demandez donc un peu à Borchert comment il paye sa facture de portable.

— En ligne, siffla ce dernier derrière Stern.

— Vous voyez. Je suis non seulement un expert dans l'art de brouiller mes traces sur la Toile, mais aussi un champion pour obtenir des informations.

— Pourquoi m'appelez-vous ?

— Je veux vous montrer quelque chose.

Il sembla à Stern qu'un vaisseau sanguin éclatait derrière son tympan. Un sifflement lui emplit l'oreille, qui se transforma en un bruit de fond et se termina en une pénible sensation de surdité.

— Vous reconnaissez les deux petites ?

Carina mit la main devant sa bouche. Les images nocturnes et vertes avaient disparu de l'écran. Ils assistaient à présent à un travelling d'une lenteur éprouvante qui commença par la vision de face d'une porte s'ouvrant comme poussée par une main invisible et se termina par un gros plan : deux fillettes endormies, Frida et Natalie.

Stern n'avait pas souvent eu l'occasion de voir les enfants de Sophie, mais il reconnut les jumelles sans erreur possible.

— Pourquoi me montrez-vous ça ?
— Pour vous prouver que j'en suis capable.

Le message était clair et net. La « voix » était omniprésente. Elle contrôlait chacun de ses faits et gestes. Et elle ne reculerait pas devant l'assassinat de deux fillettes de quatre ans pour atteindre son but. Carina avait raison : celui qui était à ce point dépourvu de scrupules et disposait par ailleurs d'autant de moyens ne devait a priori pas avoir besoin de ses services d'informateur. Que lui voulait donc réellement ce tueur ?

Au moment même où Stern se posait la question, le moniteur montra d'autres images, d'abord celle, floue, d'une surface de béton grise, comme si un joggeur filmait l'asphalte d'une rue en courant. L'image était grenue et de très mauvaise qualité, si bien que Stern ne put rien discerner, jusqu'à l'instant où la caméra zooma vers le haut.

— Là derrière, il y a une porte, dit Carina.

Dans la même seconde, Stern et Borchert la virent eux aussi.

— Qu'est-ce que ça signifie ? hurla Stern.

La voix se contenta de rire.

— Vous ne reconnaissez pas ?
— Non.

Il ne voyait que des images brouillées de quelqu'un courant en direction d'une porte fermée. Il n'avait pas la moindre idée de quoi il retournait, quand Borchert poussa soudain un gémissement.

— Merde, c'est pas possible quand même ! s'exclama-t-il en frappant du poing son crâne dénudé.

— Pourquoi, qu'y a-t-il ?

— Andi ?

Les cris de Stern et de Carina s'entrecroisèrent, mais Borchert ne s'en soucia pas. Il tira le tiroir du haut de son bureau, puis un autre. Il finit par trouver ce qu'il cherchait dans celui du bas et brandit un revolver 9 mm.

— De quelle porte s'agit-il ? hurla alors Stern, si fort que Simon, assis sur le canapé, se boucha les oreilles.

Borchert, sans répondre, désigna un bouton rouge sur le bureau, à côté de l'ordinateur. Il clignotait.

— L'entrée du personnel, croassa Borchert en montrant l'écran. Quelqu'un vient de sonner.

6

L'amour, c'est...

Une feuille de papier. Rien d'autre.

Lorsqu'ils avaient ouvert la porte et que Borchert avait bondi à l'extérieur son arme à la main, Stern avait réellement pensé qu'il allait être le témoin impuissant d'une exécution.

— Il n'est pas seul. Ils vont te descendre. Si tu sors, tu es un homme mort !

Borchert avait répondu à son avertissement par un regard qui lui fit se demander si son ancien client avait satellite n'avait pas de haut-parleur, aussi s'étaient-ils approchés le plus possible afin d'essayer de saisir des bribes de l'abominable dialogue.

— Non, je ne veux pas qu'ils meurent.

— Bien. Il faut que tu saches une chose. Qu'ils vivent ou non ne dépend que de toi. De personne d'autre.

Le fourmillement dans le bras de Simon allait et venait par vagues successives. En cet instant, c'était la marée montante.

— Mais qu'est-ce que je peux vous dire ? Je sais seulement quand ça va arriver.

— Quand ?

— Après-demain.

— Le 1er novembre ?

— Oui. À 6 heures du matin.

— Et où ?

— Je ne sais pas. Je vais rencontrer un homme. Sur un pont.

Simon écarta le téléphone de son oreille quand l'horrible ricanement devint trop fort.

8

— OK. Ça suffit à présent.

Stern avait repris le téléphone. La voix à l'autre bout paraissait atteinte d'une crise d'asthme. Puis Robert se rendit compte que l'on se moquait de lui.

— Qu'y a-t-il de si drôle dans ce que Simon vous a raconté ?

— Rien du tout. Adieu.

Boum.

On aurait dit qu'une porte s'était refermée en claquant à l'intérieur de lui. Puis il eut froid.

— Qu'est-ce que vous voulez dire ? Qu'est-ce que je dois faire maintenant ?

— Rien du tout.

— Et quand est-ce... que..., bégaya-t-il. Oui, quand est-ce que vous me referez signe ?

— Plus jamais.

Boum.

La porte était à présent verrouillée, lui bouchant définitivement le passage à tout ce qui s'était passé jusqu'ici.

— Mais... je ne comprends pas. Je ne vous ai pas livré de nom.

Stern aperçut du coin de l'œil Simon en train de se laisser tomber à la renverse sur un canapé.

— Oui, et c'est pourquoi notre marché vient de tomber à l'eau.

— Vous n'allez pas me dire ce que vous savez sur Felix ?

— Non.

— Mais pourquoi ? Qu'est-ce que j'ai fait de travers ?

— Rien du tout.

— Alors, laissez-moi le temps que vous m'avez promis. Vous avez dit que j'avais cinq jours devant moi. Aujourd'hui, on n'est que samedi. Je vous donnerai le nom de l'assassin et vous me direz qui est le garçon à la tache de vin.

Stern nota que Carina lui lançait un regard de surprise. Lui-même ne s'était encore jamais entendu parler sur un ton aussi implorant.

— Oh, ça, je peux vous le dire dès maintenant. C'est votre fils Felix. Et il vit dans un endroit merveilleux, chez des parents adoptifs.

— Hein ? Où ?

— Pourquoi devrais-je vous le dire ?

— Parce que de mon côté je respecte notre accord. Je vais vous conduire à l'assassin. Je vous le promets.

— Je crains que ce ne soit plus nécessaire.

— Mais comment ça ?

— Eh bien, faites donc un peu marcher vos méninges : l'homme sur le pont, après-demain, c'est moi.

— Je ne comprends pas.

— Si. Faites un effort ! C'est moi qui ai un rendez-vous après-demain à 6 heures. C'est moi que Simon veut tuer. C'est ce que vous venez de mettre au jour, et ça me suffit comme avertissement. Je n'ai plus besoin d'autres informations de votre part. Adieu, monsieur l'avocat.

Stern crut entendre un léger baiser avant que la conversation ne s'interrompe définitivement.

9

Les larges pneus de la voiture volaient sur le bitume mouillé de l'autoroute. Stern, assis à côté de Simon sur la banquette arrière, essayait d'apercevoir l'intérieur des appartements des immeubles gris devant lesquels ils passaient en trombe. Il voulait voir la vie réelle. Pas des gens en train d'ouvrir des cercueils ou de détacher des pendus. Mais des familles normales préparant le dîner, des foyers avec un téléviseur allumé ou recevant des visites pour le week-end. Les lumières de la vie quotidienne défilaient toutefois trop rapidement devant ses yeux.

Presque aussi vite que ses pensées confuses.

Des criminels de la pire espèce. Assassinats, viols, prostitution, torture. Ils ont commis les délits les plus graves sanctionnés par le code pénal.

— Qu'est-ce que tu veux dire ? demanda Carina, qui était en train de nouer en queue-de-cheval la masse de ses cheveux.

Stern ne s'était pas aperçu qu'il parlait à voix haute.

— Si Engler dit la vérité, ces gens assassinés étaient connus pour leur brutalité.

Ils ont laissé une traînée de sang derrière eux dans tout le pays. Nous n'avons pas réussi à mettre la main sur eux.

— Jusqu'à ce que quelqu'un survienne et se mette à les liquider.

C'était Borchert qui se mêlait à la conversation, un bruit de salive dans la bouche.

Il en était à son troisième chewing-gum depuis qu'ils avaient quitté le Titanic en direction de Berlin et il avait la désagréable habitude de les coller sur le tableau de bord une fois qu'ils avaient perdu leur goût.

— Oui, un vengeur, à en croire Simon. Il les a liquidés les uns après les autres. Tous, sauf un, approuva Stern en se penchant en avant. La « voix » est même vraisemblablement le chef de la bande.

Il tâta sa nuque contractée. Les muscles étaient aussi durs que des os.

— Cela expliquerait en tout cas cette chasse impitoyable contre le meurtrier de ses potes, renchérit Borchert en regardant dans le rétroviseur. À en juger par l'énergie et les moyens qu'il y consacre, il doit avoir des motifs tout à fait personnels.

Cela signifierait d'ailleurs aussi que ce dangereux psychopathe est le seul qui soit au courant pour Felix. Qui le tient peut-être même en son pouvoir.

Stern garda pour lui ces considérations, bien qu'il ne doutât pas que Carina, avec sa grande sensibilité, les tournait elle aussi dans sa tête.

— Je dois continuer, dit-il à voix basse, plus pour lui que pour les autres. Je ne peux pas m'arrêter maintenant.

Il n'était pas dupe : sa décision reposait sur deux hypothèses démentes. Premièrement, il présumait que la vision d'un assassinat à venir qu'avait eue Simon se réaliserait comme avaient été confirmés ses souvenirs. Deuxièmement, il croyait la « voix » quand elle assurait que son fils était vivant. Pour absurdes qu'elles étaient, ces deux hypothèses paraissaient néanmoins fondées en raison de deux éléments objectifs : la « voix » connaissait le pont, et elle était au courant du rendez-vous !

— Crois-tu que Simon a de nouveau raison ? demanda Borchert, qui semblait lire dans les pensées de Robert, une aptitude que celui-ci n'avait jusqu'ici décelée que chez Carina.

— Je ne sais pas.

En effet, il était possible que quelqu'un surgisse sur ce pont après-demain. Avec l'intention de tuer.

Mais qui ?

Malgré tout, Stern n'était pas prêt à croire que Simon était la réincarnation d'un tueur en série revenant sur terre pour procéder à une ultime exécution. Il devait y avoir un autre assassin, un assassin en chair et en os.

Et Stern devait le trouver s'il voulait percer à jour le mystère de Felix.

La clé, c'est le pont. Il faut que je le trouve.

Il allait échanger ses idées avec Robert et Carina quand, à côté de lui, le pied de Simon fut soudain pris de spasmes.

10

— Stop ! hurla Stern à Andi. Arrête-toi !

Ils étaient dans les environs de l'aéroport Tempelhof.

— Pourquoi ? Qu'est-ce qu'il y a... Oh merde !

Se retournant un bref instant, Borchert comprit pourquoi Simon donnait des coups de pied dans son dos. Il avait une crise. Stern avait beau appuyer sur sa jambe de toutes ses forces, elle ne cessait de frapper le siège avant. En même temps, le gamin roulait les yeux comme s'il était possédé.

— Je me range à droite, lança Borchert en mettant son clignotant.

— Non, ne bouge pas !

Carina détacha sa ceinture et passa sur le siège arrière tandis que la voiture poursuivait sa route sur la file de dépassement. Stern, concentré sur Simon, ne s'en aperçut d'abord pas. À chaque battement de cœur les contractions gagnaient en intensité. Une mousse d'écume se forma sur la bouche de l'enfant ; sa tête ballottait si fort que sa perruque glissa.

— Fais-moi un peu de place, ordonna Carina qui, sans attendre, se logea de force entre eux deux. Stern fut bien obligé de lui faire place, mais elle était tout de même à moitié assise sur ses genoux.

— Mon sac à main, souffla-t-elle. J'ai besoin de ce putain de... Merci.

Borchert le lui tendit. Elle en sortit un étui blanc, à peu près de la taille d'une trousse de toilette, dans lequel elle farfouilla.

— Pourquoi ne pas s'arrêter ? demanda Stern, éberlué.

— Avec une voiture volée sur la bande d'arrêt d'urgence ? Tu vois un peu le truc ?

Carina trouva dans la pochette une seringue jetable. Elle déchira avec les dents l'emballage de la canule et cracha le bout de plastique à ses pieds. Elle sortit ensuite du sac un petit flacon, l'agita et le renversa. Puis elle enfonça l'aiguille dans le bouchon.

— On continue à rouler. Sinon, on se ferait remarquer.

Borchert approuva de la tête. Il avait « seulement » emprunté le break dans le garage en sous-sol du Titanic et il n'était pas exclu que son propriétaire ait déjà averti la police.

— Remarquer ? cria Stern d'une voix suraiguë. Et c'est pour ça que tu préfères laisser mourir Simon ? Pour ne pas être arrêtée ?

— Robert ? répondit Carina en retirant l'aiguille du flacon et en l'agitant sous le nez de ce dernier.

— Oui ?

— Ferme-la donc une seconde !

Repoussant Simon du plat de la main contre l'appuie-tête, elle lui injecta d'une main experte le contenu de la canule dans la commissure droite des lèvres. Comme si elle avait retiré une fiche électrique invisible, le gamin s'apaisa au bout de quelques secondes. Son pied cessa de trembler, ses yeux se fermèrent et sa respiration se fit un peu plus paisible. Une minute plus tard, il s'endormait entre les bras de Carina.

— C'est de la folie. Il faut arrêter ça.

Comme Borchert ne faisait pas mine de vouloir s'arrêter, Stern était passé devant, à la place de Carina, pour reprendre la situation en main.

— Prends la prochaine sortie et va à l'hôpital. Vous l'avez vu de vos propres yeux, ce garçon a un besoin urgent de soins médicaux. Sa place est dans un hôpital et pas dans ce cauchemar.

— Ah oui ? Et pourquoi ?

— Pourquoi ? Es-tu aveugle ? Tu l'as vu de tes propres yeux...

— Tu sais ce que je déteste chez vous, les avocats ? le coupa Carina. Tas de donneurs de leçons que vous êtes, vous n'avez aucune idée du monde réel, mais il faut toujours que vous mettiez votre grain de sel partout. Ce n'était qu'une simple crise d'épilepsie. Ce n'est pas joli, joli, mais on n'a pas besoin d'un service de réanimation pour ça. Il aurait suffi de faire prendre à Simon sa carbamazépine un peu plus tôt pour lui éviter ce traitement d'urgence.

— Qu'est-ce que tu balances là comme conneries ? La question n'est pas de savoir ce qu'il a eu, mais *pourquoi* il a eu cette crise. Il a une tumeur qui grossit sous son crâne. Et on ne se balade pas avec ça au zoo, sans parler de déterrer des cadavres.

— Là aussi tu parles à tort et à travers. Tu n'as pas la moindre idée de ce dont souffre Simon. Tu ne t'es absolument pas renseigné sur sa maladie, je me trompe ? Simon a une tumeur frontale. Mais cela ne signifie pas qu'il a besoin d'une surveillance médicale de tous les instants. Il en a besoin uniquement en période de chimio ou de radiothérapie. Il vient toutes les six semaines à l'hôpital et pour quinze jours seulement. Si le professeur Müller n'était pas en train d'étudier s'il faut reprendre les irradiations, il dormirait dans un foyer d'enfants absolument normal.

— Même ça, ça vaudrait mieux que de courir d'une boîte de nuit à une autre.

Borchert avait proposé de passer la nuit dans la discothèque d'une de ses connaissances qui disposait d'une pièce secrète qu'aucun policier n'avait jamais découverte.

— Sais-tu ce que Simon nous dirait s'il était réveillé ? demanda Stern, furieux, et il donna sans attendre la réponse : « Laissez-moi tranquille ! »

Carina secoua la tête.

— Tout au contraire, il dirait : « Ne me laissez pas seul ! » Il m'a dit qu'il n'aimait pas la nuit. Il a peur. Que ce soit dans un foyer ou à l'hôpital. Vous avez constaté vous-mêmes comme il était heureux au zoo, dans la voiture et quand il dansait.

— Et il a pleuré, vu des morts et eu des convulsions.

— Ces symptômes-là, il les a de toute façon. On peut les atténuer en étant auprès de lui quand il se réveille. Et puis tu sembles oublier une chose, Robert Stern : il n'est pas seulement question ici de toi et de Felix, mais d'abord de Simon. Ce gamin va mourir. Et je ne veux pas qu'il meure en croyant avoir été un assassin, tu piges ? C'est pour ça que je suis venue avec toi. On ne peut pas empêcher sa mort, mais on peut au moins le soulager de sa culpabilité. Tu n'imagines pas à quel point il est sensible. C'est une vraie torture pour lui de croire qu'il a fait du mal à quelqu'un. Et après la chienne de vie qui a été la sienne, il n'a pas mérité ça.

Ne trouvant rien à répondre après un tel jaillissement d'émotion, Stern garda les yeux rivés sur le pare-brise. Au fond, ses réflexions l'avaient amenée au même point que lui. Si l'idée de fuir la police en compagnie d'un enfant atteint d'un cancer afin de percer l'énigme de ses délires de réincarnation paraissait démente, celle de se rendre à la police en cet instant était tout aussi dénuée de sens. Engler les interrogerait des heures durant avant de tous les placer en détention préventive. Le commissaire ne les croirait pas et n'essaierait pas d'empêcher la rencontre imminente de deux assassins sur un pont. Et quand bien même... il y avait davantage de ponts dans la capitale qu'à Venise.

Quel que doive être le crime qui serait commis le surlendemain à 6 heures du matin, personne n'y assisterait. Stern ne pourrait ni l'empêcher ni apprendre ce qui s'était passé autrefois à la maternité s'ils se sépareraient à présent de Simon et de son secret.

— Tu es vraiment capable de soigner seule ce petit ? s'enquit inopinément Borchert en jetant un coup d'œil à Carina dans le rétroviseur.

— Je ne peux pas le garantir absolument. Mais j'ai tout ce qu'il faut, de la cortisone, ses antiépileptiques et, en cas d'urgence, des suppositoires de diazépam.

Stern vit devant eux un motocycliste changer de file toutes les dix secondes comme s'il s'entraînait pour un slalom.

— Mais ce n'est pas suffisant, dit-il au bout d'un moment, croisant les bras derrière la tête.

— Et pourquoi ? interrogea Carina. Il a en permanence à ses côtés une infirmière, un avocat et un garde du corps. Que lui manque-t-il ?

— Tu vas le voir tout de suite.

Stern fit signe à Borchert de quitter l'autoroute à la sortie de Köpenick. Dix minutes plus tard, ils se garaient devant une porte qu'il aurait préféré ne jamais devoir franchir.

11

Quand elle l'eut giflé, il sut qu'elle ne les chassait pas. Le premier coup, contre la poitrine, sans conviction, était resté ridiculement sans effet, ce qui avait rendu Sophie plus furieuse encore. Puis elle avait levé la main. Il aurait pu se détourner, esquiver la gifle ou du moins la freiner, mais il se contenta de fermer les yeux, puis il sentit une brûlure allant de son oreille gauche à sa mâchoire.

— Mais comment *as-tu pu* oser ? demanda son ex-femme d'une voix donnant l'impression qu'elle avait une bille sous la langue.

Stern savait qu'elle lui posait trois questions en une : *Pourquoi m'as-tu pris Felix des bras alors que je ne voulais pas le lâcher ? Pourquoi arrives-tu chez moi, dix ans plus tard, en compagnie de cette traînée ? Et comment as-tu osé réveiller en moi ce souvenir douloureux en amenant un enfant mourant ?*

Il alla jusqu'à l'évier en céramique, plaça sous le jet d'eau froide un torchon qu'il appliqua ensuite sur sa joue écarlate. La cuisine d'une maison de campagne, avec ses meubles d'un bois chaud et clair, était le décor le plus incongru que l'on puisse imaginer pour une dispute comme celle-ci. Comme partout dans ce pavillon de Köpenick, il régnait dans cette pièce l'atmosphère paisible et insouciante que la nouvelle famille de Sophie avait su créer autour d'elle.

Pas étonnant qu'elle eût refusé de le laisser entrer quand, vingt minutes plus tôt, il s'était présenté à l'improviste sur l'escalier en brique de sa véranda. Borchert les avait déposés et était reparti pour chercher sa propre cachette. C'était parce que Robert portait un enfant endormi dans ses bras que Sophie avait hésité. Un poil trop longtemps. Stern en avait profité pour entrer, sans autre forme de procès.

— La police est déjà venue, annonça Sophie, épuisée, en s'appuyant contre le bloc de cuisson au milieu de la pièce.

Robert se demanda si les casseroles de cuivre d'apparence ancienne qui étaient suspendues au-dessus servaient véritablement ou si elles n'étaient là que pour la décoration. Mais l'époux qui rayonnait sur la photo posée sur le réfrigérateur avait la tête de l'amateur de cuisine qui sait manier ce genre d'ustensiles. Stern les imaginait faisant la popote ensemble après une journée de labeur, goûtant le jus du rôti et renvoyant en riant les jumelles quand elles venaient grignoter en cachette.

Ne serait-ce que pour cette raison, Sophie avait bien fait de le quitter. La seule fois où il avait voulu lui préparer quelque chose par surprise, il avait fait griller la pizza surgelée.

— Que leur as-tu dit ?
— La vérité. Un certain commissaire Brandmann est venu. Je n'avais pas la moindre idée de l'endroit où tu

pouvais être et de ce que tu faisais. Et, franchement, Robert, je ne veux d'ailleurs pas le savoir.

— Maman ?

Sophie se retourna brusquement vers la porte où se tenait Frida, pieds nus, une poupée à la main. Le T-shirt Snoopy aux couleurs passées lui descendait au-dessous des genoux.

— Qu'y a-t-il, ma chérie ? Tu devrais être au lit depuis longtemps.

— Oui. J'y étais. Mais je voulais aussi montrer Cendrillon à Simon.

— Alors, fais vite.

— Mais elle n'a pas de chaussettes.

La fillette aux boucles blondes tendit à sa mère, d'un air boudeur, les pieds nus de sa poupée préférée. Sophie sortit d'un tiroir deux chaussettes en coton pas plus grandes qu'un dé à coudre.

— C'est celles-là que tu cherches ?

— Oui !

Rayonnante, Frida prit les chaussettes et quitta la cuisine.

— J'arrive tout de suite pour éteindre la lumière, lui lança Sophie.

Puis le sourire mourut sur ses lèvres et Robert se retrouva face au même visage en colère qu'avant la diversion. Pendant une minute, aucun d'eux ne desserra les dents, jusqu'au moment où il lui montra le téléphone au mur.

— Appelle la police si tu veux. Je peux comprendre que tu ne veuilles pas être mêlée à mes problèmes, encore moins aujourd'hui où ton mari est en voyage d'affaires.

Sophie pencha la tête et ses yeux s'assombrirent.

— Tu n'as pas changé, hein ? Tu crois toujours que, pour m'en sortir, j'ai besoin à la maison d'un homme qui me protège ?

— Je ne sais pas. En effet, je ne te connais plus.

— Pourquoi es-tu venu chez moi alors ?

— Parce qu'on me fait chanter.

— Qui ?

— Quelqu'un qui m'a fait parvenir un enregistrement sur lequel on voit Felix mourir.

Sophie blêmit à un tel point qu'il eut l'impression qu'elle allait devenir transparente.

— C'est donc ça ? C'est pour cette raison que tu m'as téléphoné en pleine nuit ?

Stern acquiesça et tenta de lui raconter l'histoire avec le plus de ménagements possible. Il lui parla du DVD, des dernières images de leur bébé et des exigences de la voix anonyme. Mais il omit soigneusement d'évoquer le garçon à la tache de vin. Il passa également sous silence les menaces du tueur contre les jumelles. Contrairement à lui, Sophie était presque parvenue à franchir le seuil d'une vie nouvelle. Se remettre à douter de la mort de Felix l'enfoncerait dans un monde de dépression, d'inquiétude et d'apitoiement sur elle-même. Il ne fallait pas non plus qu'elle redoute la mort de ses enfants. Il lui mentit donc, lui racontant que la « voix » lui avait envoyé la vidéo comme preuve de sa toute-puissance et qu'elle menaçait de tuer Simon si lui, Robert, ne coopérait pas.

Quand il eut achevé de raconter sa version toute personnelle des événements, Sophie avait l'air de quelqu'un dont la poitrine supporte une poutre en béton armé.

— Es-tu vraiment certain que…, commença-t-elle en hésitant, puis elle voulut reprendre sa question, mais, Robert ayant acquiescé de la tête, elle y renonça.

— Oui, je l'ai vu de mes propres yeux.

— Et comment ? Je veux dire, comment est-il… ?

— Comme les médecins nous l'ont dit. Il s'est simplement arrêté de respirer.

Une tache sombre s'élargit sur le chemisier en soie de Sophie et il fallut quelques secondes à Robert pour comprendre qu'elle était causée par les larmes qu'elle versait en silence.

— Mais pourquoi, sanglota-t-elle, pourquoi ai-je si mal veillé sur lui ?

Bien que s'attendant à se faire violemment repousser, il s'approcha d'elle et lui prit la main. Elle ne se déroba pas, mais ne répondit pas non plus à la pression de ses doigts.

— Tu étais fatiguée, l'accouchement avait été difficile.

Sophie passa sa main libre dans ses cheveux et fixa le carrelage à ses pieds.

— C'est à peine si je me souviens de son sourire ou de ses yeux collés ou de quoi que ce soit, dit-elle à travers un voile de larmes. Tout s'efface. Même ses cris, je ne les entends plus que très faiblement. Son odeur disparaît lentement. Tu sais, celle de cette crème française pour bébés, cette crème si chère ? Peut-être que c'est d'ailleurs à cause d'elle que je ne voulais pas me rendre à l'évidence. Il émanait de lui une telle odeur de vie quand je le tenais pour la dernière fois. Et à présent…

Stern comprit subitement l'effet que son histoire avait eu sur elle. Elle avait manifestement entretenu toutes ces années un espoir irrationnel qui venait de s'effondrer.

Se penchant vers elle, il la regarda droit dans les yeux et vit que ses larmes étaient taries. Il lâcha aussitôt sa main. En la tenant plus longtemps, il aurait eu l'impression de commettre un viol. Leur bref moment d'intimité était passé.

Ils restèrent un instant muets l'un en face de l'autre, puis il se détourna et la laissa seule dans la cuisine. Il descendit sans bruit l'escalier de la cave pour aller retrouver Simon et Carina, mais aussi en quête d'un endroit où dormir. Il entendait dehors les bourrasques froides et pluvieuses secouer les haies du jardin et les bardeaux. La nuit s'annonçait tempétueuse.

12

La chambre d'amis était au sous-sol. Stern se déchaussa et s'allongea tout habillé entre Simon et Carina qui dormaient déjà profondément. Ils étaient couchés chacun à un bout du grand lit, sous un mince couvre-lit, faisant songer à un vieux couple qui se serait endormi en boudant après une dispute.

Stern apprécia ce hasard heureux qui lui permettait de se glisser entre eux. Carina avait l'habitude de bouger dans son sommeil. S'il était arrivé quelques minutes plus tard, elle aurait certainement occupé toute la place, pelotonnée contre Simon.

Le chauffage marchait à fond. Pourtant, Stern frissonna quand lui revinrent à l'esprit les images de cette journée abominable.

Le cadavre dans le réfrigérateur. Tiefensee, le cimetière. Et, sans arrêt, Felix.

Il se tourna sur le côté et contempla Carina. Il eut envie de toucher de la main son épaule gauche qui émergeait d'un coin de la couette. En dépit de sa douceur et de sa fragilité, il lui semblait qu'elle lui conférerait une grande force, même s'il se contentait de l'effleurer. La chevelure abondante et légèrement ondulée de Carina s'étalait comme un éventail sur l'oreiller. Elle était allongée sur le côté.

Stern sourit. C'était dans cette même position qu'il l'avait vue pour la première fois. Les bras allongés, les jambes repliées et les yeux clos. Un soir, trois ans auparavant, alors qu'il rentrait dans sa villa vide, il avait cédé à une impulsion soudaine et s'était engagé dans le parking d'un magasin d'ameublement. Se promenant dans le rayon literie, il avait cru voir un mannequin couché sur l'un d'eux. Mais Carina avait ouvert les yeux à cet instant et lui avait souri.

— Dois-je l'acheter ? avait-elle demandé.

Une heure plus tard, il l'aidait à transporter le nouveau matelas dans son appartement mansardé de Prenzlauer Berg.

Il lui revint soudain à l'esprit la raison pour laquelle il l'avait quittée. Ce soir-là, après avoir fait l'amour, il était couché à côté d'elle et avait su ce que l'on ressentait quand on pouvait oublier. Quand une étreinte passionnée chassait de la tête les images douloureuses et ne laissait plus exister que le présent. Alors, comme aujourd'hui, il avait retiré la main de son corps, parce qu'il se sentait coupable. Il n'avait pas le droit d'entamer une existence dans laquelle les images de Felix pâliraient comme des photos sur la tablette d'une cheminée.

Le lendemain, il avait rompu avec Carina sous un prétexte futile avant qu'il fût trop tard. Avant de se perdre en elle.

Mille autres pensées tinrent Stern éveillé une demi-heure encore, puis l'épuisement l'entraîna finalement dans un sommeil sans rêve. Englouti dans cet oubli, il ne sentit ni l'agitation désordonnée de Carina à ses côtés, ni le regard grave sur sa nuque.

Simon attendit encore quelques instants. Quand la respiration de l'avocat devint régulière, il repoussa avec précaution la couette, ramassa sa perruque par terre et glissa vers la porte sur la pointe des pieds.

13

Quelque chose se brisa. Avant de parvenir amorti dans la chambre d'amis, le bruit intempestif avait dû traverser deux portes et un escalier, soit une bonne vingtaine de mètres. Stern gémit, ce qui le tira du sommeil. Seul son subconscient avait enregistré le fracas. Ce qui finit par le réveiller tout à fait, ce fut une main sur son visage. En rêvant, Carina avait de nouveau bougé, et la tête de Robert lui avait servi d'appui.

Encore hébété après ce repos trop bref, Robert se libéra de cette étreinte involontaire. Il s'étira, appuya son dos raidi sur le matelas et fut aussitôt en alerte. Il y avait quelque chose qui clochait. Il ne lui fallut pas longtemps pour découvrir ce qui avait changé dans la pièce.

Stern se retourna en sursaut, bondit du lit et courut dans la salle de bains attenante. Vide. Simon n'était plus là. Il n'était plus avec eux !

Il grimpa l'escalier en chaussettes. Il ignorait l'heure qu'il était et combien de temps il avait dormi. Il faisait nuit dehors, aucune lumière ne filtrait à travers les croisillons de la fenêtre, ce qui, l'automne, à Berlin, ne signifiait pas grand-chose : on pouvait être aussi bien en fin d'après-midi qu'à minuit, à 4 heures du matin... Tandis que ses yeux s'habituaient à l'obscurité du couloir, les signes de vie caractéristiques d'une maison endormie se frayaient un chemin jusqu'à sa conscience : les craquements du chauffage, l'horloge du salon, le bourdonnement du réfrigérateur.

Le frigo !

Stern fit un brusque demi-tour et aperçut la lumière. Au bout du couloir, une lueur filtrait sous la porte fermée de la cuisine.

— Simon ? appela-t-il, assez bas pour ne réveiller personne aux étages supérieurs, mais assez fort pour être entendu de celui qui l'attendait derrière la porte.

Tout en suivant le couloir à pas de loup, il essayait d'identifier le long bruit de frottement qu'il entendait à présent.

Stern regretta que Borchert ne soit pas à ses côtés. Il aurait de nouveau bondi en avant sans réfléchir. Lui-même ne se risqua pas sans hésitation à appuyer sur la poignée. Puis il entra et son cœur se mit à battre plus vite... de soulagement.

— Je suis désolé.

Simon, accroupi sur le carrelage, épongeait un liquide blanc à l'aide d'un torchon à vaisselle. Levant sur Robert des yeux craintifs, il se redressa.

— J'avais soif. Le verre m'a échappé.

— Ce n'est rien, le rassura Stern avec un sourire crispé, tentant de décontracter ses mâchoires.

— Viens, viens !

Il attira Simon à lui et appuya tendrement sa tête contre son ventre.

— Tu as eu peur ?
— Oui.
— Du vent dehors ?
— Non.
— De quoi alors ?
— C'est à cause de la photo.

Robert fit un pas en arrière et tenta de regarder Simon droit dans les yeux.

— Quelle sorte de photo ?
— Celle-là.

Simon ferma la porte du frigo en évitant la flaque de lait sur le sol. L'obscurité devint soudain aussi profonde que dans le couloir et Stern alluma une lampe à halogène au-dessus du bloc de cuisine.

— C'est un bébé, dit Simon.

Le cliché que Stern détacha de la porte du congélateur devait dater d'au moins quatre ans. Face à l'objectif, le mari de Sophie avait un sourire un peu las, tandis qu'il essayait d'empêcher les petits corps des jumelles de glisser dans l'eau de la baignoire en plastique.

— Qu'est-ce qu'elle a ? s'étonna Stern.

— Demain, sur le pont. Il s'agit d'un bébé.

La photo dans sa main se mit à trembler.

— C'est une chose que tu as rêvée, Simon ?

— Mmmoui, répondit l'enfant en approuvant de la tête.

Clac. Clac.

Tout en écoutant Simon, Stern fixait la lampe du plafond dont la lumière faisait danser des taches rouges sur sa rétine.

— Mais ça ne m'est revenu qu'en voyant la photo. Ça m'a fait peur et c'est pour ça que j'ai laissé tomber le lait.

Stern regarda de nouveau par terre. Les contours de la flaque lui rappelèrent la forme de l'Islande. Ce ne fut sans doute pas sans relation avec le froid qui s'empara soudain de lui.

— Sais-tu ce qu'ils veulent faire de ce bébé sur le pont ?

Simon, épuisé, fit signe que oui. Le torchon mouillé lui glissa de la main.

— Le vendre, dit-il. Ils vont le vendre.

LE COMMERCE

« Jamais l'âme ne meurt, elle échange au contraire
son ancienne demeure avec un nouveau domicile
où elle vit et agit.
Tout change, mais rien ne disparaît. »
P%%YTHAGORE%%

« La doctrine de la réincarnation, c'est la menace
de milliers de morts et de millions de souffrances. »
Prise de position officielle, sur le site d'une station radio
chrétienne, à propos de la « réincarnation »

« Jésus lui répondit :
"En vérité, en vérité, je te le dis, à moins de naître
de nouveau, nul ne peut voir le Royaume de Dieu." »
Évangile selon saint Jean, 3 : 3-4

1

— Tu veux rire ou quoi ?

Stern, pendant une seconde, quitta la chaussée des yeux pour jeter un regard vers Borchert, qui était en train d'enfiler un maillot de football aux couleurs du Bayern de Munich.

— Pourquoi ? Ça a de la gueule, non ?

Son passager, qui transpirait de nouveau, baissa sa vitre. Stern apprécia lui aussi l'air frais du matin qui s'engouffra dans l'habitacle. Il calcula qu'il avait dû dormir moins de quarante minutes en tout et pour tout lors des dernières vingt-quatre heures. Ce matin, il avait à peine eu le temps de prendre une douche et de demander à son ex-femme de lui prêter une voiture de secours avant qu'il soit l'heure d'aller récupérer Borchert au rond-point de la Colonne de la Victoire. Contre toute attente, Sophie lui confia sans difficulté les clés de sa voiture, faisant preuve d'un esprit de coopération surprenant. Elle autorisa même Carina et Simon à rester à Köpenick jusqu'à ce que Stern eût vérifié si son plan fonctionnait.

— Écoute un peu, dit-il en élevant la voix à cause du bruit de l'air dans la voiture, nous sommes dans l'une des petites voitures les plus vendues au monde. En d'autres termes, il nous est impossible de passer plus inaperçus. Et voilà que tu veux chambouler tout notre camouflage en enfilant *ça* ici ?

— Ne va pas faire dans ton froc maintenant, se moqua Borchert en actionnant la manivelle pour relever la vitre qui coinçait un peu. Regarde donc plutôt sur ta gauche !

Ils passaient devant la Philharmonie. Sur le trottoir d'en face, devant la Staatsbibliothek, une file de jeunes hommes se dirigeait vers la Potsdamer Platz. Stern se crut victime d'une hallucination. Tous étaient en tenue de footballeur.

— Cet après-midi a lieu un des sommets de la Bundesliga, expliqua Borchert. Hertha Berlin contre le Bayern. Tourne-toi encore vers la gauche.

Stern obéit et sentit un tampon humide se coller contre sa joue droite.

— Qu'est-ce que c'est encore que ça ?

— Il faut que tu te déguises toi aussi, dit Borchert en éclatant de rire et en plaçant le rétroviseur de manière que Stern puisse voir sur sa joue le logo du club.

— Il n'y a plus une place libre au stade olympique et au moins trente-cinq mille supporters du club visiteur sont attendus en ville. Comme tu le vois, certains sont arrivés en avance et parcourent la ville en braillant. Dans la voiture, tu peux sans doute rester assis dans ton costume d'avocat. Mais à l'extérieur…, ajouta Borchert en montrant à travers le pare-brise la Potsdamer Straße devant eux. Dehors, il n'y a pas de meilleur camouflage aujourd'hui. D'ailleurs, le reste de notre costume est sur la banquette arrière.

Dingue. Complètement dingue, songea Stern en risquant un œil derrière lui. Borchert avait dû dévaliser une boutique de supporteurs. Tout était là, des écharpes jusqu'aux gants de gardien de but en passant par les pantalons de survêtement. Personne ne s'attendrait à les voir dans un tel accoutrement, personne ne les reconnaîtrait. Encore moins si plusieurs milliers de sosies déambulaient dans la ville.

— Mais je me demande s'ils nous laisseront entrer.

Stern tourna dans la Kurfürstenstraße et ralentit.

— Entrer où ça ?

Il fit part à Borchert de ses dernières cogitations. D'après Simon, le lendemain matin, une rencontre devait avoir lieu sur un pont de Berlin, au cours de laquelle un bébé serait vendu. Robert estimait que la « voix » était le vendeur et qu'il savait à présent qu'il risquait d'être assassiné au cours de la transaction. Comme l'avaient été ses complices plusieurs années auparavant.

— Il faut trouver une personne qui nous dise qui fait le commerce de bébés. Grâce à elle, on saura alors de quel pont il s'agit et on pourra mettre la main sur la « voix ». Et pour ça, il faut qu'on aille dans certains établissements...

En se rendant soudain compte de ce qu'il venait de dire, il se sentit mal. Si le garçon à la tache de vin avait quelque chose à voir avec Felix – si ce garçon existait vraiment –, son sort dépendait donc du chef d'une bande de criminels qui, à l'évidence, pratiquait aussi le commerce d'enfants, d'un sadique pourchassé par un vengeur que Simon, dans ses rêves, confondait avec lui-même.

Une nouvelle fois, Stern se demanda s'il y avait une explication objective à cette histoire de fous, si Felix avait alors été échangé ou ranimé. Et une nouvelle fois, il fut contraint d'exclure toute tentative d'explication rationnelle. Il n'y avait pas d'autre garçon à la maternité, Felix avait été enterré après être resté une demi-heure dans les bras de Sophie, mort. Avec la tache de vin en forme d'Italie sur l'épaule gauche ! Lui-même avait jeté un dernier regard dans le cercueil avant que Felix ne fût livré aux flammes de l'incinérateur. Il avait beau tourner le problème dans tous les sens, la possibilité que son fils soit encore vivant était à peu près aussi plausible que le fait qu'un gamin ait connaissance de crimes commis bien avant sa naissance.

— Hello, y a personne ?

Stern n'avait pas remarqué que Borchert lui avait posé une question.

— Je voulais savoir combien de temps Sophie est restée aux toilettes ce jour-là ?

Robert considéra son assistant l'air perplexe.

— Tu veux dire à l'hôpital ? *Quand elle s'est réfugiée dans les W-C ?*

— Oui. J'entends à côté de moi ton cerveau pétarader plus fort que le moteur de cette vieille caisse, et je me demande si tu y as pensé.

À quoi ? Que Sophie aurait quelque chose à voir avec ça ?

— Tu débloques. C'est absurde.

— Pas forcément plus absurde que de rechercher un bébé qui n'existe peut-être que dans l'imagination d'un petit garçon.

— Et, à ton avis, qu'aurait-il pu s'y passer ?

Stern avait du mal à contenir sa colère et il se demanda pourquoi il réagissait avec tant d'agressivité à cette hypothèse.

— Les toilettes étaient fermées à clé, poursuivit-il. Sans autre entrée. Tu suggères peut-être qu'elle y a donné naissance à un enfant mort-né et qu'elle s'est dépêchée de lui tatouer sur l'épaule la carte d'Italie ?

— OK, OK. Oublie ça ! concéda Andi avec un geste d'apaisement. Eh bien, cherchons le bébé. Mais à quoi bon alors parcourir pour ça les rues aux putes ?

Borchert suivit des yeux une prostituée aux jambes aussi minces que des allumettes qui marchait d'un air apathique sur le trottoir. Entre la Kurfürstenstraße, la Lützowstraße et la Potsdamerstraße, le quartier de la prostitution des mineures faisait depuis toujours partie des coins les plus mal famés de Berlin. La plupart des filles y avaient attrapé leur hépatite à douze ou treize ans et la refilaient ensuite assidûment à des épaves qui ne pouvaient nulle part ailleurs obtenir à si bas prix des rapports sexuels sans protection.

Il était 8 h 30 passées, mais les malheureuses mineures arpentaient déjà le pavé en ce jour où la ville était submergée de touristes. Leurs clients n'étaient pas seulement des clochards ou des marginaux désireux de se payer une pute avec leurs derniers sous, mais aussi des hommes d'affaires et des pères de famille qui, pour obtenir d'elles les trucs les plus indescriptibles, profitaient de ce que ces gosses en manque avaient perdu tout discernement.

— Un jour, j'ai failli défendre un pédophile, raconta Stern, toujours à la recherche d'une place où se garer. Ce type voulait fonder en Allemagne un parti des pédophiles avec l'objectif de dépénaliser les rapports sexuels entre adultes et enfants au-dessus de douze ans. Les gamins auraient pu tourner dans des pornos.

— C'est une blague ?

— Hélas non.

Stern mit son clignotant et s'engagea dans un créneau. Une fille jeune, en jean déchiré et en blouson bombardier vert, sauta d'un caisson électrique et se dirigea vers eux.

— Avant de refuser de le prendre comme client et de l'envoyer au diable, j'ai appris de ce type où il aimait traîner le week-end.

— Je crois avoir deviné.

— Exactement. Ici, on trouve de tout. De la drogue, des armes, des tueurs à gages, des putains mineures...

— Et des bébés.

Stern gara la voiture et Borchert ouvrit sa portière. Il fit une remarque entre ses dents à la prostituée en blouson, sur quoi celle-ci lui fit un doigt d'honneur et retourna à son caisson.

— Des mecs en voiture à qui une prostituée droguée refile son nouveau-né, ça existe, confirma Stern qui était sorti à son tour. J'admets que ce n'est pas ici, mais dans la zone de prostitution en plein air, à la frontière tchèque. Mais peut-être que cela va nous faciliter la tâche.

— Comment ça ?

— Même à Berlin, la vente de bébés, c'est encore un commerce un peu spécial. Si c'est parvenu jusqu'aux oreilles de Simon, ça doit aussi circuler dans le milieu. Il suffit donc de frapper à la bonne porte. Peut-être y trouvera-t-on quelqu'un qui nous livrera une information.

— Et tu comptes commencer par quelle porte ?

— Par celle-là, dit Stern en montrant du doigt une entrée d'immeuble de l'autre côté de la rue.

« Jackos Pizza », était-il écrit en grosses lettres noires collées n'importe comment sur une enseigne sale dans laquelle aucune ampoule ne devait plus fonctionner.

— Cela doit se trouver dans la seconde arrière-cour. Une sonnette privée. Premier étage à droite.

— Un bordel clandestin, je sais.

Borchert donna une tape sur sa nuque charnue, comme si un moustique venait de le piquer. En réalité, ce qui le démangeait, c'étaient les gouttes de sueur qui lui dégoulinaient dans le cou.

— Me regarde pas comme ça ! Tu sais bien avec quels films je gagnais ma vie autrefois. Dans ce métier, on apprend plus de choses qu'on ne le souhaiterait.

— Eh bien, tu sais maintenant pourquoi j'avais besoin de toi à mes côtés. J'espère que tu as une autre arme que tes poings.

— Oui.

Borchert montra dans la poche de son survêtement du Bayern le bout de la crosse d'un 9 mm.

— Mais nous n'entrons pas.
— Pour quelle raison ?
— J'ai une bien meilleure idée.
— C'est-à-dire ?
— Là, en face.

Stern considéra le grand magasin d'alimentation au coin de la rue vers lequel son compagnon se dirigeait.

— Ah, mais c'est bien vrai, s'exclama Robert, moqueur. J'avais complètement oublié. Ici, ils vendent même des bébés dans les supermarchés.

Borchert s'immobilisa au milieu de la rue et se retourna.

— Oui. Effectivement.

Son air, son attitude et, surtout, le ton de sa voix indiquèrent à Stern sans doute possible qu'il ne plaisantait pas.

2

C'est dans le quatrième magasin qu'ils trouvèrent ce qu'ils cherchaient. Le premier supermarché était fermé malgré la nouvelle législation qui autorisait les commerces à ouvrir le dimanche, notamment à l'occasion d'un grand événement sportif. Le second était ouvert, mais on n'y trouvait que les trucs habituels : leçons de piano et d'espagnol en petits groupes, une offre de covoiturage pour Paris et une cage à lapins. Dans la droguerie d'en face, c'étaient les appartements meublés, les réfrigérateurs et les leçons particulières qui remplissaient l'essentiel du tableau noir à l'entrée. Borchert, intrigué, s'était attardé devant l'une des petites annonces, la photo en couleurs d'une voiture d'enfant à vendre d'occasion pour trente-neuf euros. Il avait détaché l'une des dix découpures de papier portant le numéro de téléphone, mais avait lâché un grognement d'insatisfaction en lisant l'indicatif, et ils avaient poursuivi leur chemin.

Ils se dirigeaient vers le dernier magasin, l'hypermarché le plus grand et le plus moderne du quartier, quand un automobiliste supporteur du Hertha Berlin les interpella grossièrement.

Stern, ayant échangé son costume sur mesure contre un maillot de goal à manches longues, était lui aussi déguisé à présent. Tout comme Borchert, il dissimulait son visage sous une casquette ridicule ; il se faisait l'effet d'une attraction foraine.

Un pénis en plastique sur ma tête attirerait moins les regards, se dit-il quand une femme âgée, qui était en train de ranger ses emplettes dans un sac en toile, le dévisagea longuement.

— Je n'avais jamais entendu parler de cette méthode, Borchert.

— C'est pour ça qu'elle marche.

Ils étaient à côté de la poubelle où, une fois faits ses achats, on peut se débarrasser des emballages et des piles usagées. Le panneau d'affichage en liège qui la surmontait était couvert d'une forêt de petites annonces.

— Je pensais que ça passait maintenant par Internet, ce genre de trucs.

— Effectivement. Mais surtout quand tu recherches des photos, des vidéos ou des petites culottes usagées.

Stern fit une grimace. Son expérience d'avocat pénaliste lui avait appris que les autorités avaient toujours un train de retard par rapport aux informaticiens professionnels au service de l'industrie pornographique à caractère pédophile. Il n'existait pas de brigade spécialisée à l'échelle internationale, pas de fondus d'informatique employés à demeure pour passer au crible les sites Web, les groupes ou les forums de discussion. Certains commissariats pouvaient même s'estimer heureux d'avoir un accès haut débit. Et même lorsque la police frappait un grand coup, les lois ne permettaient pas d'arrêter les pervers.

La semaine précédente encore, après avoir dépouillé des milliers et des milliers de transactions par cartes de crédit sur Internet, les policiers avaient identifié plusieurs délinquants pédophiles. Mais cet espionnage avait enfreint la législation concernant la protection des données personnelles, et les preuves accumulées avaient été déclarées sans valeur. La photo qu'on avait retrouvée sur le plus violent des disques durs saisis représentait un nouveau-né abusé par un vieil homme. En ce moment même, les gens qui avaient pris leur pied au spectacle de ces supplices dépassant l'imagination occupaient encore leurs cerveaux malades dans un cybercafé.

— La Toile est devenue trop dangereuse pour les rencontres non virtuelles, expliqua Borchert tout en soulevant la photocopie en couleurs d'une moto sous laquelle était dissimulée une petite fiche.

— Pourquoi ?

— Aujourd'hui, les policiers s'introduisent dans un forum de discussion en se faisant passer pour des filles mineures. Quand un pervers mord à l'hameçon, ils prennent rendez-vous avec lui. Le salopard arrive, s'attendant à rencontrer une élève de sixième portant un appareil dentaire, au lieu de quoi il se retrouve menotté.

— L'idée est bonne.

— Oui, si bonne que les pédophiles essaient de procéder autrement. Un peu comme ça, ici.

Borchert détacha du panneau une fiche DIN A5 bleu ciel.

— Recherche : couchage comme sur photo, lut Stern à haute voix. Le petit cliché au-dessous du texte avait été découpé dans le catalogue d'une maison de vente par correspondance. On y voyait un lit en bois étroit où était allongé un petit garçon qui fixait l'objectif en souriant de toutes ses dents. Au-dessous, il y avait le texte suivant avec l'écriture non identifiable d'une imprimante laser :

> Convient à enfant entre 6 et 12 ans.
> Lit confortable, propre et livr. fr. dom., svp.

Robert fut pris de nausée.

— Je n'arrive pas à y croire.

Borchert haussa les sourcils.

— Dis-moi franchement : la dernière fois que tu as mis une petite annonce sur le panneau réservé à la clientèle d'un supermarché, c'était quand ?

— Je ne l'ai jamais fait.

— Et des gens qui ont répondu à ce genre d'annonces, tu en connais combien ?

— Aucun.

— Pourtant ces panneaux sont pleins de ces papiers, exact ?

— Tu ne vas pas me dire que...

— Si. Pour une part, ça sert de marché aux contacts pour les malades et les dingues de notre ville.

— Je n'arrive pas à y croire, répéta Stern.

— Alors, regarde un peu mieux. Tu as déjà vu un numéro de téléphone aussi long ?

— Non, c'est pas habituel.

— Oui, hein ? Et je te parie que nous allons atterrir chez le propriétaire libanais d'une carte prépayée ou quelque chose comme ça. Un portable jetable. Tu n'as aucune chance de découvrir derrière un nom quelconque. Et ça..., ajouta Andi en montrant l'inscription sous la photo, c'est du jargon de pédophile tout craché.

« Confortable » signifie « avec accord des parents », « propre » : « si possible vierge ou test de dépistage du sida ». Et ils veulent une « livr. fr. dom. », c'est-à-dire une livraison franco à domicile.

— Tu es sûr de ce que tu dis ?

Stern se demanda si vomir dans le conteneur aux vieux papiers à côté de lui irait avec son camouflage de footballeur.

— Non. Mais nous n'allons pas tarder à le savoir.

Borchert sortit de sa poche un portable que Stern ne lui avait encore jamais vu, et il composa le numéro de dix-huit chiffres.

3

— Oui, allô ?

Les deux premiers mots suffirent à faire perdre contenance à Stern. Il s'attendait à tomber sur un homme d'un certain âge dont la voix trahirait la déchéance. Un homme peignant ses cheveux gras d'arrière en avant, vêtu d'un maillot de corps à fines côtes, et qui, tout en téléphonant, contemplerait les ongles de ses orteils rongés par les mycoses. Et voilà que c'était la musique d'une voix féminine claire et amicale qui chatouillait agréablement son oreille.

— Euh, eh bien, je..., bredouilla-t-il.

Sans crier gare, Borchert lui avait passé l'appareil dès qu'il avait entendu la tonalité. Il ne savait pas quoi dire.

— Excusez-moi, je crois que j'ai fait un mauvais numéro.

— Vous appelez pour l'annonce ? demanda l'inconnue d'une voix polie, cultivée, sans la moindre trace d'accent berlinois.

— Euh... oui ?

— Désolée, mais mon mari n'est pas là pour le moment.

— Ah bon.

Ayant quitté le supermarché, ils revenaient vers leur voiture. Stern était obligé de se concentrer sur chaque mot de peur qu'il ne soit englouti par le bruit de la circulation sur la Potsdamer Straße ou par la friture sur la ligne.

— Mais vous avez ce que nous cherchons ? s'enquit-elle.

— Peut-être.

— Quel âge a-t-il ?

— Dix ans, répondit Stern en pensant à Simon.

— Ça pourrait aller. Mais vous savez que nous cherchons un lit pour garçon.

— Oui. C'est ce que j'ai lu.

— Bien. Quand pouvez-vous le livrer ?

— À tout moment. Aujourd'hui, si vous voulez.

Ils repassèrent à côté du caisson gris où la prostituée était postée tout à l'heure. Elle avait disparu, sans doute assise à présent sur un siège passager, dans une rue latérale.

— Parfait. Alors je vous propose de nous rencontrer à 16 heures pour discuter du contrat. Connaissez-vous le « Madison » sur la Mexikoplatz ?

— Oui, répondit Stern mécaniquement bien qu'il n'y soit jamais entré. Allô, vous êtes toujours là ?

N'obtenant pas de réponse, il rendit le portable à Borchert.

— Et alors ? demanda aussitôt celui-ci.

Mais Stern dut reprendre sa respiration pour retrouver un peu de calme. Il finit par répondre comme en transe :

— Je ne sais pas. On aurait dit une conversation téléphonique normale. En fait, nous n'avons parlé que d'un lit.

— Mais ?

— Mais j'ai continuellement senti qu'il s'agissait d'autre chose.

Stern lui répéta l'entretien quasiment mot à mot.

— Tu vois, dit Borchert.

— Non. Pour le moment je ne vois rien du tout, mentit Stern.

En réalité, son regard sur le monde où il vivait venait de se modifier radicalement. Au supermarché, Borchert avait soulevé un voile et lui avait montré ce qui se passait derrière la scène, le côté obscur de l'existence, un monde où les gens se débarrassaient de leurs masques familiers, faits de morale et de bonne conscience, et révélaient leur véritable visage.

Stern n'était pas naïf. Il était avocat et avait déjà rencontré le mal. Mais, pour lui, cet aspect de l'existence était resté dissimulé derrière des mémoires juridiques, des jugements et des textes de loi. Il ne pouvait dorénavant plus considérer à travers le filtre neutre du professionnel une horreur qui menaçait, tel un trou noir, de l'engloutir. C'est à lui-même qu'il devrait présenter la facture du traitement de ce dossier, et il était convaincu que le taux horaire allait dynamiter son budget émotionnel.

Borchert s'apprêtait à monter en voiture quand la question tranchante de Robert le fit s'immobiliser.

— D'où tiens-tu tes informations ?

Andi se gratta le crâne sous la casquette qu'il finit par ôter.

— Je te l'ai déjà raconté.

— Tu parles ! Un producteur de pornos ne peut pas être au courant des toutes dernières tendances dans le milieu de la délinquance pédophile.

Le visage de Borchert s'assombrit et il s'assit.

— Je te le redemande : comment es-tu au courant de tout ça ? fit Stern en s'asseyant sur le siège passager.

— Crois-moi, il vaut mieux que tu l'ignores.

Andi mit le contact et jeta un coup d'œil dans le rétroviseur. Des taches rouges apparurent sur son cou. Puis il regarda Stern en serrant les lèvres d'un air résigné.

— Bon, eh bien, il va falloir que nous faisions une visite à Harry.

— Qui est Harry ?

— Une de mes sources. Il va nous donner un conseil.

Borchert sortit du créneau et roula en respectant la limitation de vitesse afin de ne pas être contrôlé pour une peccadille.

— Quelle sorte de conseil, nom de Dieu ?

Cette fois-ci, Borchert manifesta un sérieux étonnement.

— Crois-tu par hasard que tu peux te pointer cet après-midi à ce café sans la preuve que tu es l'un des leurs ?

Stern accusa le coup.

L'un des leurs.

Se saisissant nerveusement de l'extrémité de son écharpe de supporter, il la tira lentement vers le bas, sans s'apercevoir qu'elle lui serrait le cou de plus en plus fort. De toute façon, l'idée qu'il allait devoir faire quelque chose pour devenir membre de cette communauté de pervers lui coupait la respiration.

4

Des centaines de visiteurs de la capitale traversaient chaque jour en voiture le quartier où Harry tirait le diable par la queue. Les touristes passaient à quelques mètres de son logement de fortune, encore éprouvés par leur voyage mais se réjouissant déjà de ce que Berlin leur offrirait les jours suivants. Ils comptaient bien se plonger dans la vie nocturne, visiter le Reichstag ou tout simplement rester dans leur hôtel. Mais ils ne prévoyaient sûrement pas de faire un détour par les onze mètres carrés pleins d'immondices où Harry attendait la mort.

Sa caravane était garée juste au-dessous d'un pont d'autoroute, à un kilomètre tout au plus de l'aéroport Schönefeld. Stern avait peur que la Corolla de Sophie ne résistât pas aux nids-de-poule quand ils tournèrent dans ce qui servait de chemin. La voiture geignait comme un Cessna en phase d'approche.

Borchert finit par se rendre à la raison et ils se garèrent derrière un grillage tout tordu. Ils parcoururent à pied les cent mètres restants et Stern éprouva pour la première fois de la gratitude envers les solides chaussures de foot que Borchert l'avait obligé à porter. Il s'était remis à pleuvoir et le sol n'était plus qu'un champ de boue.

— Où se cache-t-il ? demanda Stern, qui n'avait toujours pas découvert le logement de Harry.

La seule chose visible était une décharge sauvage entre deux énormes piliers de béton. Le brouhaha des voitures, trente mètres au-dessus de leurs têtes, était presque aussi insupportable que l'odeur âcre qui augmentait à mesure qu'ils avançaient. Un mélange pénétrant de crotte de chien, de déchets alimentaires en putréfaction et d'eau croupie.

— Toujours tout droit. Nous allons tomber dessus.

Borchert rentra la tête dans les épaules. Comme Stern, il avait laissé dans la voiture son écharpe et sa casquette, et la pluie lui tombait dans la nuque.

Robert n'avait toujours pas aperçu la caravane jaune sale derrière la montagne d'immondices, quand un homme en peignoir feutré surgit de derrière un tas de pneus au rebut. Il était un peu plus grand que Borchert mais nettement plus mince. À l'évidence, il n'avait pas encore aperçu les intrus, car il se gratta consciencieusement l'entrejambe, rota bruyamment et urina ensuite contre un siège cassé, la tête vers le ciel, laissant la pluie lui fouetter le visage.

— Déjà levé, Harry ?

L'homme se retourna brusquement. Ils étaient encore à quatre longueurs de voiture de lui, mais la peur qui s'inscrivit sur son visage à la vue de Borchert sautait aux yeux.

— Merde !

Harry, oubliant sa toilette matinale, détala et, malgré ses tongs éculées, parvint à atteindre la porte ouverte de sa caravane. Même s'il avait réussi à la verrouiller derrière lui, forcer un si faible obstacle aurait été un jeu d'enfant pour Borchert. Il aurait pu à lui seul pousser la roulotte jusqu'à la rue. Harry le savait et il eut l'air terrorisé quand les deux hommes le rejoignirent dans son véhicule.

— Beurk ! Y a un cadavre là-dedans ?

Comme Andi, Stern se boucha le nez, ne respirant plus que par la bouche. En un autre temps, la moquette de la caravane devait avoir été jaune. À présent, une moisissure verte recouvrait le sol et les murs en plastique. Dans le coin cuisine s'entassaient des assiettes ébréchées, de la vaisselle en carton et quelque chose qui avait été sans doute du salami, mais qui faisait penser à une plaie ouverte.

— Qu'est-ce que vous me voulez ? demanda Harry.

Il s'était réfugié tout au fond de la banquette d'angle plastifiée. Recouverte de vieux cartons à pizza, elle lui servait manifestement de couchette.

— Tu le sais bien.

Borchert avait l'art de créer en une phrase une atmosphère plus menaçante que certains films en quatre-vingt-dix minutes.

— Non. Qu'est-ce que ça veut dire ? Je ne vous ai rien fait.

Harry, osant à peine respirer, tentait de se faire aussi petit que possible, tandis que Borchert se décontractait les épaules à la manière d'un boxeur.

Stern n'en pouvait plus et avait envie de s'en aller, ne fût-ce que pour ne plus voir le visage épouvantable de cet homme. On aurait dit qu'il avait passé la nuit la tête plongée dans une touffe d'orties. Des pustules de petite vérole de toutes tailles lui parsemaient le front, les joues et le cou. Certaines étaient recouvertes d'une croûte, d'autres venaient d'être grattées.

— Nous disparaîtrons dès que tu nous auras donné ce que nous voulons.

— Quoi ?

— Qui parmi tes amis fait le commerce d'enfants ?

— Écoute, Andi, tu sais bien. Je ne m'occupe plus de ça. J'ai dételé.

— Ferme-la et réponds-moi : que sais-tu à propos d'un bébé ?

— Quelle sorte de bébé ?

— Un petit enfant doit être vendu lundi. À une canaille de malade mental comme toi. As-tu entendu parler de quelque chose à ce propos dans ton club ?

— Non. Je te jure. Je ne m'occupe plus de ça. Je n'ai plus de contacts, plus d'informations. *Nada*, rien ! *Sorry*, je te dirais tout, mais je ne sais rien. Plus personne ne m'adresse la parole depuis que j'ai été en taule. J'ai payé, non ?

Harry parlait par à-coups. Certains mots lui venaient sans peine, il en prononçait d'autres en traînant, et Stern se demanda s'il avait toujours eu ce défaut d'élocution ou bien si c'était en rapport avec les menaces de Borchert.

— Ne me raconte pas de salades !

— C'est vrai, Andi. Je ne te bourre pas le mou. Pas à toi ! Vous savez, dit-il en tournant les yeux vers Stern dont les chances de s'esquiver s'envolèrent du même coup, j'ai merdé. Je croyais qu'elle avait seize ans, franchement. C'est une vieille histoire. Mais personne ne me croit. Parfois, ils viennent la nuit pour me tabasser. Vous voyez ça ?

Il ouvrit son peignoir et montra à Stern son torse couvert d'ecchymoses d'un bleu violet. Sans radiographie, c'était difficile de juger, mais Stern crut déceler au moins une côte cassée.

— Ce sont les jeunes du coin. Jamais les mêmes. Je ne sais pas qui leur a raconté. Ils me traînent dehors, me piétinent avec leurs bottes. Un jour, ils m'ont aspergé la figure d'acide de batterie.

Stern, à la fois sous l'effet de la pitié et du dégoût, recula d'un pas quand Harry approcha de lui son visage ravagé. Seul Borchert demeurait impassible. Ces histoires terribles ne paraissaient pas l'impressionner. Au contraire. Il sourit à Harry et lui balança son poing dans les dents.

Le coup fut si violent que la tête de Harry alla heurter la paroi en plastique de la caravane, y imprimant un léger creux.

— Merde, non, se plaignit doucement Harry en crachant une incisive sanguinolente.

Stern se mit à brailler lui aussi.

— Andi, arrête ! Mais tu es fou !

— Sors, s'il te plaît !

— Non, je ne sors pas. Tu dérailles complètement !

— Tu ne peux pas comprendre, dit Borchert en sortant son arme.

Stern entendit un clic métallique et sut qu'Andi venait d'enlever le cran de sécurité.

— Disparais ! Et fissa !

— Non. Je ne te laisserai pas faire ça. Je me fous de ce que Harry a fait. La violence n'est pas une solution.

— Oh si !

Borchert leva son arme et la pointa sur le front de l'avocat.

— Je ne le redirai pas.

— Non, je vous en prie. Restez !

Les yeux de Harry faisaient l'aller-retour entre Borchert et Stern. L'homme en sang ressemblait à quelqu'un qui comprend qu'il est condamné à mort quelques secondes avant son exécution. Borchert, lui, avait une nouvelle fois pété les plombs. Comme la veille au Titanic, quand il s'était précipité vers la porte, ayant perdu toute inhibition. Il irait jusqu'au bout. Aucun obstacle ne l'en empêcherait. Si nécessaire, même contre son compagnon.

— Oh mon Dieu, je vous en prie, ne partez pas... Non !

Stern sut que cette voix implorante, déformée par la terreur, ne lui sortirait jamais de la tête, quand Borchert le poussa dehors et verrouilla de l'intérieur la porte de la caravane.

5

Lorsque des animaux en liberté adoptent des comportements totalement illogiques au cours d'un conflit, les scientifiques parlent d'activité de substitution. Une hirondelle de mer, par exemple, entreprendra de se nettoyer si devoir choisir entre défendre sa couvée ou prendre la fuite lui est impossible. En cet instant, Robert Stern aurait été un objet d'observation tout aussi instructif pour un spécialiste de l'éthologie.

Tournant le dos à la caravane qui tanguait, il hésitait, ne sachant s'il devait courir chercher de l'aide ou intervenir et, comme un fou, il fouillait parmi les détritus jonchant le sol. À la recherche d'un instrument pour se défendre, tentait-il de se persuader. D'un objet pointu ou d'une barre de fer qui lui permettrait, en s'en servant comme d'un levier, de forcer la porte derrière laquelle

Harry avait cessé de crier depuis deux minutes. Au début, Stern comprenait ce qu'il disait. Puis les bribes de phrases hachées étaient devenues plus floues. Pour finir, il n'entendit plus qu'un gargouillis tandis que des coups sourds ébranlaient la caravane à intervalles réguliers.

Stern se mit à chercher de plus en plus vite, poussa sur le côté une batterie, extirpa le tuyau en caoutchouc d'une machine à laver antédiluvienne pour l'échanger aussitôt contre une boucle de fil de fer dont il ne sut pas davantage à quoi elle pourrait lui être utile. S'il ne trouvait pas un fusil à canon double chargé, il serait de toute façon dans l'incapacité de mettre fin à l'escalade à l'intérieur de la roulotte.

Stern n'en continua pas moins à fouiller parmi les détritus et ne cessa que lorsque le silence derrière lui devint insupportable. Il n'y avait soudain ni plaintes, ni gémissements, ni fracas de verre brisé, et les bruits de l'autoroute que recueillait cette cuvette de béton avaient retrouvé leur niveau initial.

Stern se retourna, en quête d'un signe lui indiquant que la bataille était terminée ou qu'il s'agissait d'une simple pause. Pataugeant dans la boue en direction de la caravane, il marcha sur un tas d'excréments de nature indéfinie et décida que tout cela, finalement, lui était égal. Bien que redoutant la vision qui l'attendait derrière la vitre en plastique toute rayée, il s'approcha le plus près possible de la fenêtre. Il se dressa sur la pointe des pieds et faillit glisser en arrière quand au même moment la porte s'ouvrit à la volée, à deux pas sur sa droite. Borchert sortit. Il avait tellement transpiré que son maillot carmin était à présent noir et lui collait au corps. Stern fut glacé d'effroi quand il le regarda en face. Des gouttelettes, comme vaporisées, lui couvraient le front et le nez. On aurait dit qu'il venait de rénover l'infect taudis de Harry et de peindre le plafond en rouge sang.

— Il ne sait vraiment rien. Partons, dit-il lapidairement en apercevant Stern.

Une grimace de douleur sur le visage – comme s'il venait de se pincer les doigts dans une porte –, il secouait sa main droite. À en juger par ses jointures ouvertes, il ne s'était pas contenté de frapper Harry, il avait dû aussi se cogner dans des barbelés.

— C'est fini. Ça ne peut pas continuer comme ça. J'arrête, répondit Stern en lui tournant le dos et en s'éloignant le plus vite possible.

— Tu arrêtes quoi ? entendit-il Borchert crier derrière lui.

— Ce cirque ! Il faut mettre un terme à tout ça. Je vais me rendre à la police. Et je vais aussi leur dire ce que tu viens de faire.

— Ah bon, quoi donc ? Qu'est-ce que j'ai fait ?

Stern se retourna.

— Tu as torturé un homme sans force et sans défense. Je n'ose même pas aller voir s'il est encore en vie.

— Il l'est. Malheureusement.

— Tu es fou, Andi. Même s'il en va de la vie de mon fils, tu ne peux pas tabasser des êtres humains innocents.

Borchert cracha sur le sol boueux.

— Tu te goures. Tu te goures même deux fois. Premièrement, il ne s'agit pas seulement ici de cette affaire de fous à propos de réincarnation et de ton Felix. Demain, un bébé doit être vendu, t'as déjà oublié. Et, deuxièmement... (Andi dessina des guillemets avec ses deux index)... cet *être humain* n'est pas innocent. Il a violé une fillette de onze ans. Y a pas pire ordure que ce type. Utiliser du papier-toilette serait du gaspillage pour évacuer un pareil tas de merde.

— Il dit qu'il a payé.

— Oui, il a fait de la taule. Quatre ans. Et ensuite ?

— Il a arrêté. Regarde un peu de quoi il a l'air. Il tombe en putréfaction devant toi. Cet homme n'a pas besoin que tu le cognes. Il est de toute façon en train de mourir.

— Trop lentement, malheureusement.

Borchert jeta des photos dans la boue aux pieds de Stern. Certaines restèrent plantées dans la terre détrempée. Robert se pencha et eut un sursaut comme si un serpent venimeux l'avait mordu.

— Oui, regarde-les. Prends ton temps. Je les ai trouvées chez ton pote Harry, sous le matelas.

Stern n'osait plus respirer ; il avait peur d'inhaler tout ce mal qui l'entourait.

— Eh bien ? demanda Borchert en se baissant à son tour et en retirant de la boue un des clichés en couleurs.

Les yeux écarquillés de la fillette sortaient de leur orbite aussi loin que la balle de caoutchouc émergeait de sa bouche.

— Ce bon Harry, hein ? Je parie que la petite n'avait pas plus de cinq ans. Et ce ne sont que les photos. Tu veux que j'y retourne et que je rapporte les vidéos ?

Stern savait qu'il était sans importance de savoir quand ces photos avaient été prises. Le seul fait que Harry les avait en sa possession suffisait à prouver qu'il n'avait pas cessé son activité.

Malgré tout, voulut-il dire, mais le mot ne franchit pas ses lèvres. Il était entre deux mondes : le monde d'un pédophile morbide et celui d'Andi, un univers où on ne parvenait à ses fins que par la violence. Le troisième, le sien, avait disparu.

— Et maintenant ? demanda-t-il une fois qu'ils furent revenus en silence à la voiture.

La pluie qui lui tombait dans les yeux l'empêchait quasiment de distinguer le chemin. L'eau semblait ne pas avoir de vertu purifiante. Au lieu de le débarrasser de toute la saleté ambiante, elle la faisait pénétrer de force dans les pores de sa peau.

— D'abord nous allons nous calmer un peu, et ensuite nous établirons un plan de bataille.

Borchert ouvrit la porte conducteur et prit place au volant de la Corolla. Tant que Stern ne l'eut pas rejoint, la voiture prit dangereusement de la bande.

— Il nous reste trois heures avant le rendez-vous de la Mexikoplatz.

Borchert mit le moteur en marche. Après un violent hoquet, celui-ci déclara forfait.

— Oh non, s'il te plaît, ne me joue pas ce tour-là.

Il réessaya. En vain. Le moteur était noyé.

— Et où se trouve la recommandation dont nous avons besoin ?

Pour le moment, Stern se fichait pas mal de la panne. De toutes les catastrophes des dernières heures, c'était la seule qui eût un caractère concret. Quand on entendait les visions de Simon ou les menaces de la « voix », on ne pouvait se contenter de lever le capot pour régler le problème en un tournemain.

— Ça y est, annonça Borchert en souriant.

Le moteur finit effectivement par démarrer quand il tenta à nouveau de mettre le contact, en appuyant à fond sur l'accélérateur.

— Notre recommandation, ce sont les photos, dit-il en tapotant la poche de sa veste où il avait rangé les clichés qu'il avait ramassés devant la caravane. On ne peut obtenir de recommandation sans contacts. Posséder de telles photos signifie qu'on connaît quelqu'un dans le milieu. Tu ne pourrais présenter de meilleure carte de visite à la lady tout à l'heure.

Stern attacha sa ceinture et enfouit son visage dans ses mains froides. Il essayait de ressentir autre chose que la nausée qui lui retournait l'estomac.

— Je te l'ai déjà demandé, commença-t-il au moment où la voiture bondit en avant. Comment se fait-il que tu connaisses si bien cette racaille ? Où as-tu appris tout ça ?

Le panneau des annonces du supermarché. Harry. Les photos.

— Tu ne lâches pas le morceau, hein ? D'accord, je vais te le dire. Je suis dans cette merde jusqu'au cou.

Stern eut un haut-le-corps.

— Oui, j'y suis en plein dedans. Tu veux savoir le nom de famille de Harry ?

Il le dit avant que Stern ait le temps de se demander s'il désirait réellement l'entendre.

— Borchert. Comme moi. Harry est mon charmant petit demi-frère.

Quand la voiture eut enfin regagné la rue, Stern eut le sentiment qu'il n'oublierait jamais cet endroit horrible. Même si Andi le conduisait maintenant à l'aéroport et même s'il quittait le pays, il emporterait avec lui un morceau de Harry, de sa caravane et de la décharge.

Aussi, constatant qu'ils prenaient la direction de Zehlendorf, il n'éprouva que de l'indifférence.

6

L'aspect du café correspondait à l'humeur de Stern. Vide, désert, mort. Il resta un instant indécis devant la porte sur laquelle un groupe de lycéens avait placardé à la va-comme-je-te-pousse l'annonce d'un concert. Puis il se déplaça vers la droite, en direction de la vitrine. Sur un panneau portant l'adresse e-mail d'un agent immobilier, on avait écrit « À louer » en grosses lettres rouge et blanc. Stern essaya de voir l'intérieur de la pièce poussiéreuse. En dehors de chaises en bois posées à l'envers un peu partout sur de longues tables sans fioritures, il n'y avait pas grand-chose.

C'est bon, se dit-il. *Si elle m'attend vraiment là-dedans, il est évident que ce n'est pas un lit qu'elle veut acheter.*

Stern se retourna et laissa ses yeux errer sur le toit « Modern Style », en forme de bonnet pointu, de l'imposante station de métro. Il n'avait aucune peine à s'imaginer ce que les riverains, au cœur de Zehlendorf, pensaient de la présence dans leur dos de ce troquet abandonné, véritable flétrissure sur leur place magnifique. Il se demanda aussi comment on pouvait s'y prendre pour qu'un restaurant fasse faillite dans ce quartier aisé.

Une rame de la S-Bahn passa sur le pont et il faillit ne pas entendre le grincement derrière lui. Il finit néanmoins par s'en aviser et se retourna prestement. En effet, la porte d'entrée sans poignée, qui avait résisté à son coup d'épaule, était maintenant entrebâillée. Il jeta un regard circulaire. Comme aucun passant ne semblait faire attention à lui, il entra et sentit l'odeur caractéristique des locaux vides avant d'y déceler une note aussi typique qu'inattendue : un parfum pour dames mondialement connu.

À chacun de ses pas vers la femme en train de fumer auprès de la fenêtre, il corrigeait son estimation quant à son âge. Si, de l'entrée, elle lui avait semblé avoir la quarantaine, il lui donna au moins vingt ans de plus lorsqu'il prit place à la table en face d'elle. Il n'y avait pas le moindre doute : elle répondait de manière régulière, par le scalpel et le Botox, au processus de vieillissement dont elle était naturellement affectée. Réalité qui ne pouvait passer inaperçue dès qu'on la considérait de près. La raideur artificielle des muscles de son visage contrastait crûment avec les taches de vieillesse sur ses doigts. Le cou flasque réclamait lui aussi une remise en état. En dépit de ces caractéristiques, Stern eut la certitude que jamais il ne serait en mesure de reconnaître cette femme lors d'une confrontation organisée par la police. Ce n'était pas par hasard si elle portait une perruque de cheveux coupés à la Jeanne d'Arc et dissimulait ses yeux derrière des lunettes de soleil opaques qui lui donnaient l'apparence de la mouche Puck, l'amie de Maya l'abeille.

— Puis-je voir vos papiers, s'il vous plaît ?

Stern sortit son portefeuille, il s'attendait à cette première question.

Borchert l'avait prévenu. Dans certains milieux de pédophiles, renoncer à l'anonymat passait pour la meilleure des protections. Tout le monde connaît tout le monde. Comme dans la mafia, on veillait avec soin à ce qu'il commette un délit avant de laisser quelqu'un entrer dans la communauté. À cet effet, on photographiait le nouveau venu, sa carte d'identité dans une main, une revue porno interdite dans l'autre, et le document était stocké dans un fichier.

Stern se racla la gorge et, avant d'y être invité, posa les clichés sur la nappe à carreaux bruns et blancs.

— Je ne suis pas un débutant.

La seule réaction de la femme fut un bref tressaillement de la partie lisse de ses joues. De quoi il retournait véritablement ici était à présent évident. En voyant ces photos, tout être normalement constitué aurait appelé la police. Surtout s'il était venu pour une négociation anodine. Or la femme anguleuse continua impassiblement à tirer sur une cigarette aussi fine que les doigts qui la tenaient. Elle ne se donna même pas la peine de retourner par décence les horribles clichés.

— Je dois néanmoins vous prier de vous lever.

Stern obéit.

— Déshabillez-vous.

Cela non plus ne le prenait pas au dépourvu. Il pouvait en effet être de la police. Ou un agent provocateur que ne préoccupait pas le fait de commettre un délit. Ou bien posséder des papiers parfaitement falsifiés. Stern avait longuement discuté avec Borchert de ce qui se passerait s'ils découvraient qui il était en réalité. Un avocat recherché par la police. En fuite avec un enfant enlevé dans un hôpital. Borchert estimait que ce ne pourrait être qu'un avantage. En tant que criminel, il serait l'un des leurs. Mais, pour finir, la discussion avait été inutile. Il ne leur était tout simplement pas resté assez de temps pour se procurer de nouveaux papiers s'ils voulaient agir comme prévu.

— Le caleçon aussi.

La femme montrait du doigt les hanches de Stern. Quand, nu comme un ver, il tourna sur lui-même devant elle, elle eut un grognement de satisfaction. Elle ouvrit alors un sac à main en skaï qu'elle avait jusqu'ici gardé sur les genoux et en sortit un bâtonnet noir.

— OK, souffla-t-elle après l'avoir soumis au test du détecteur de métal, comme à l'aéroport.

Puis elle renouvela l'opération avec les vêtements posés devant elle sur la table. Une demi-heure plus tôt, Stern s'était procuré à la hâte un complet, une chemise et des sous-vêtements dans un grand magasin bondé de la Schloßstraße. Il avait selon toute vraisemblance été filmé par une douzaine de caméras de vidéosurveillance, mais ils n'avaient pas le choix. Il lui était impossible de jouer de manière crédible le rôle d'un père vendant son propre fils à des étrangers pour des jeux sexuels pervers en arrivant au premier rendez-vous en tenue de footballeur.

— Très bien, dit-elle sans rendre ses habits à Stern, vous pouvez vous rasseoir.

Il haussa les épaules avec l'impression d'être chez un médecin. Il sentit sur ses fesses nues le froid du bois de la chaise.

— Où est le lit ? demanda-t-elle, le regard fixé sur son torse velu.

Stern se dégoûta lui-même en constatant que ses tétons durcissaient sous l'effet du froid. La femme l'interprétait certainement comme le signe d'une excitation sexuelle, et, rien que d'y penser, il en était malade.

— Il est dehors.

Elle suivit son regard. On pouvait tirer un rideau de dentelle à mi-hauteur de la vitrine brunâtre. Le monde derrière brillait des mille feux d'un rouge automnal que le soleil couchant jetait en ces dernières heures du jour, la pluie ayant cessé. Un couple tenant deux chiens en laisse traversait la magnifique place, jouissant à l'évidence du vent léger qui faisait danser les feuilles devant leurs pieds. Mais Stern n'était pas en état de profiter de toute cette beauté. La place s'assombrit devant ses yeux quand il aperçut la voiture garée dans laquelle Simon, assis sur la banquette arrière, attendait un signal.

7

Deux ans plus tôt, le soir précédant son premier examen RMN, Simon avait découvert un dictionnaire en deux volumes dans le réfectoire de son foyer. Il avait extrait le tome I des étagères branlantes et l'avait emporté dans sa chambre. Fasciné par les informations sur l'Afrique, l'Arctique ou l'astronomie, il avait décidé, juste avant de s'endormir, d'apprendre dorénavant un mot nouveau par jour, en procédant par ordre alphabétique. De A à Z.

Le lendemain matin, il n'avait été ni triste, ni furieux, ni même désespéré lorsque le professeur Müller l'avait convoqué dans son bureau de l'hôpital Seehaus, après avoir reçu la directrice du foyer. Il était surtout déçu qu'on lui explique des mots comme « défavorable » ou « tumeur » bien avant que leur tour alphabétique ne soit venu.

Aujourd'hui aussi, il avait appris un mot nouveau. *Pédophile*. Robert avait d'abord refusé de le lui répéter. L'expression lui avait échappé quand il lui avait expliqué ce qui allait se passer.

Reste toujours près de moi. Ne me quitte pas d'une semelle. Et quoi qu'il arrive, n'écoute que ce que je te dis, moi, tu comprends ?

Simon, en ouvrant la portière, avait encore dans les oreilles les recommandations de Robert.

Tu feras tout ce que je te dirai. Et ne parle pas aux gens que nous allons rencontrer, d'accord ? Ce sont des pédophiles. Des gens méchants. Peut-être qu'ils te souriront, qu'ils te tendront la main ou te toucheront. Mais ne te laisse pas faire.

Robert lui fit une nouvelle fois signe de la fenêtre, et Simon se dépêcha de descendre de voiture. L'avocat avait l'air triste. Il avait la même manière de le regarder que tous ceux qui entendaient parler de sa maladie. Simon aurait aimé lui dire de ne pas se faire de souci. Car il était dans un bon jour. Un trois dans l'échelle de son état. Pas de douleurs, un peu la nausée seulement. L'engourdissement de sa main gauche avait aussi diminué. Mais, comme souvent après une crise d'épilepsie, il était très, très fatigué. Aussi s'était-il endormi à plusieurs reprises durant le trajet.

Carina ne voulait pas le laisser partir et avait protesté bruyamment quand Borchert était arrivé chez Sophie pour les emmener l'un et l'autre. Quand la sonnette avait retenti à la porte de derrière, il était en train de regarder un dessin animé en compagnie des jumelles. Puis Carina et Andi étaient passés dans la pièce d'à côté et, entre les rires des filles et la musique du film, il n'avait saisi que des bribes de leur dispute.

« ... notre unique chance... non, il faut qu'il se montre... Pas de problème... il n'y a aucun danger... je te le garantis sur ma propre tête... »

Carina était finalement revenue dans le salon et, furieuse, lui avait fait mettre sa veste en velours. Durant le trajet, ils s'étaient arrêtés derrière sa Golf, puis Carina et Borchert étaient allés dans deux voitures différentes jusqu'à cette belle place où il avait été heureux de retrouver son avocat. C'était lui qui lui donnait à présent le signal convenu.

« Salut, Carina », aurait-il aimé lui dire avant de partir. Mais Robert le lui avait expressément interdit.

Ne regarde pas derrière toi. Pas d'au revoir !

Simon respecta les ordres et, regardant droit devant lui, se dirigea vers la porte du Madison Café. Poussant la porte de l'épaule, il entra dans la pénombre de la salle.

Une seule ampoule électrique était allumée, à gauche, dans le coin du fond. Robert avait un air bizarre quand, dans ce coin justement, il se leva. Ses cheveux étaient ébouriffés, son costume neuf était mal boutonné et un pan de sa chemise sortait de son pantalon. Comme s'il s'était bagarré. Mais ce ne pouvait pas être avec l'étrange bonne femme à lunettes de soleil qui se tournait vers lui au même moment. Son tailleur n'était absolument pas froissé et chacun de ses cheveux brillait sur sa tête, comme si elle les avait coiffés un par un.

Peu avant d'atteindre la table, Simon trébucha. Regardant par terre, il s'aperçut qu'un lacet de ses baskets était dénoué. Il se baissa et fut pris d'un léger vertige. Néanmoins, il entendit distinctement la drôle de voix de la bonne femme.

— Viens, mon garçon, montre-toi un peu.

Il dut prendre appui sur les deux mains pour se relever. Quand la femme lui fit face, il oublia toutefois sa fatigue et faillit éclater de rire. Elle lui rappelait des parachutistes qu'il avait vus à la télé. On aurait dit qu'un vent violent tirait vers l'arrière la peau de ses pommettes saillantes.

— Tu as quel âge ? lui demanda-t-elle.

Son haleine empestait la cigarette froide.

— Dix ans. Je viens de les avoir.

Il se mordit la langue et regarda Robert avec crainte.

Il m'avait pourtant interdit de parler.

Mais, heureusement, l'avocat ne semblait pas lui en vouloir.

— Bien. Très bien.

Soudain, la femme eut dans la main un bâtonnet de métal noir. Stern lui attrapa vivement le bras.

— Il ne va tout de même pas se...

— Non, non, dit-elle avec un sourire sournois. Je ne vais pas l'obliger à se déshabiller. Seulement quand mon mari nous aura rejoints. Nous réservons ce plaisir pour plus tard.

Simon ne comprit pas pourquoi elle agitait ce truc devant lui. Il ne comprit pas davantage pourquoi il dut ensuite mettre sur ses yeux ce bandeau qui l'empêchait de voir. Mais, Robert lui ayant donné l'exemple, il obéit à son tour. Il n'avait pas peur. Au moins tant que son avocat – qui paraissait d'ailleurs plus effrayé que lui – était avec lui.

De quoi pourrais-je avoir peur ? Tant qu'on est ensemble, il ne peut rien se passer.

C'est pourquoi il lui serrait la main très fort. Pas pour lui, mais pour tranquilliser Robert. La femme les conduisit alors dans la cour intérieure par l'entrée de service. La voiture dans laquelle ils s'installèrent avait une agréable odeur de neuf. Quand elle démarra, la main que tenait Simon se mit à trembler. Il l'attribua à la douce vibration du moteur.

8

— Tu les suis ?
— Oui, je suis juste derrière eux.

Borchert entendit distinctement Carina se laisser retomber avec soulagement sur le siège de sa voiture. Il s'était attendu à recevoir beaucoup plus tôt cet appel sur un numéro qu'il lui avait donné en cas de nécessité. La carte jetable n'était pas à son nom si bien que la police ne pourrait que difficilement repérer l'appareil. C'était exactement l'inverse pour le portable de Carina, ce qui expliquait pourquoi il tenait à ce que leur coup de fil fût aussi bref que possible.

— Où es-tu ?
— Potsdamer Chaussee, à hauteur de la station-service.
— Est-ce que je dois vous rattraper ?
— Non.

C'était totalement exclu. Ils avaient pris deux voitures différentes par simple mesure de précaution. Comme prévu, la « marchandise » avait été emportée par l'entrée de derrière où Borchert attendait dans la Corolla. Carina avait utilisé sa propre voiture pour surveiller l'autre entrée. Le risque d'être découvert augmenterait de manière dramatique si elle ne laissait pas sa voiture stationner un certain temps.

— Il aurait fallu intervenir aussitôt dans le café et...

— Non, lui rétorqua Borchert, interrompant brusquement une conversation qui durait décidément trop à son goût.

Il ne voulait passer à l'action que lorsque le mari se montrerait. Ils seraient bien avancés si la femme n'était qu'un intermédiaire ne disposant pas d'informations !

Il raccrocha et se concentra pour ne pas perdre de vue la limousine américaine munie de rideaux gris masquant la lunette arrière. Comme lui, la femme respectait scrupuleusement les limitations de vitesse.

Borchert chercha à tâtons son pistolet dans son pantalon de jogging. Toucher son 9 mm suffit à l'électriser. Il sentit le sang battre dans ses veines et savoura ces signes avant-coureurs. *Péter les plombs, disjoncter, débloquer...* La plupart des gens employaient ces expressions sans en connaître la véritable signification. Sans avoir jamais ressenti ce que lui éprouvait. Borchert grimaça un sourire et appuya légèrement sur l'accélérateur afin de réussir à passer au vert au croisement devant la station de la S-Bahn de Wannsee. Tandis qu'il accélérait, une décharge d'adrénaline lui parcourut le corps. Il allait leur faire leur fête à ces porcs, à ces malades ! Après, il serait peut-être incapable d'expliquer comment le sang et les éclats d'os avaient atterri sur son sweat-shirt, ce qui lui arrivait si souvent quand il perdait les pédales. Mais cela lui serait sans doute égal tant que les pervers...

Clac.

Sa préparation mentale à la bagarre fut brutalement interrompue. Il enfonça l'accélérateur, mais cela eut pour unique résultat de renforcer les claquements. Le bourdonnement dans ses oreilles se dissipa et le silence du moteur devint nettement perceptible. Derrière lui, les automobilistes donnèrent des coups de klaxon furieux, puis, s'apercevant que la voiture de Borchert n'avançait décidément pas plus vite, le dépassèrent.

Andi, inondé de sueur, actionna la clé de contact. Une fois, deux fois. Devant la caravane de Harry, cette saloperie de bagnole avait redémarré au troisième essai, mais à présent elle ne toussait même plus. Tandis que la limousine s'éloignait, la voiture de Borchert ralentissait toujours davantage et finit par s'immobiliser au beau milieu du carrefour.

Il prit son portable pour appeler Carina. Lui demander si elle connaissait un truc pour remettre en route sa vieille bagnole. Mais il s'avisa que ça ne servirait à rien. Cette voiture appartenait à Sophie, et il n'avait pas le numéro de l'ex-femme de Stern.

Que faire ? Il se mit à suer encore plus abondamment. Quand il descendit et fonça ouvrir le capot, il distinguait encore les feux arrière de la voiture où étaient montés Simon, Robert et la cinglée. Dix secondes plus tard, la limousine avait disparu de son champ de vision, quelque part entre Wannsee et Potsdam.

Au bout de cinq minutes, Borchert n'avait toujours pas découvert l'origine de la panne. Mais il s'en foutait. Il ne se souciait pas non plus de provoquer des bouchons sur les routes empruntées pour les départs en week-end. Il ne prêta même pas attention à son portable, qui lui indiquait pourtant que Carina l'avait appelé trois fois.

La seule chose qui le préoccupait, c'était de savoir ce qu'il allait bien pouvoir raconter à l'agent de la circulation qui lui demandait ses papiers.

9

Les bruits extérieurs avaient changé avant que la limousine ne s'arrêtât définitivement. Robert entendit d'abord plus distinctement le moteur, puis eut l'impression que des parois métalliques répercutaient les sons. En même temps, ce fut comme si on lui avait mis sur les yeux une épaisseur supplémentaire.

Il avait essayé de compter les virages, mais n'y était pas parvenu à cause des fréquents changements de file. Son horloge intérieure s'était elle aussi détraquée. Quand on lui ôta son bandeau et qu'il vit le garage, il était incapable de dire s'ils avaient roulé dix minutes ou davantage.

— Tout va bien ? demanda-t-il à Simon en s'efforçant de ne pas prendre un ton trop amical.

Il fallait quand même bien sauver les apparences. Le petit fit signe que oui et frotta ses yeux qui avaient du mal à s'habituer à la lumière du spot à halogène au-dessus de leurs têtes.

— Par ici, s'il vous plaît.

La femme était passée devant eux et avait ouvert une porte coupe-feu grise derrière laquelle un escalier menait à l'étage. Les marches étaient en marbre luisant, avec des veines faisant songer à de la glace à la vanille au caramel.

— Où allons-nous ? demanda Stern en s'éclaircissant la voix.

Pas un mot n'avait été échangé durant le trajet et il avait à présent la gorge sèche. D'excitation. Et de peur.

— Le garage a un accès direct à la maison, expliqua la femme tout en avançant.

En effet, les marches aboutirent dans un hall inondé de lumière artificielle. L'entrée au parquet de bois précieux rappelait à Stern sa villa. Sauf que, chez lui, il n'y avait pas de meubles garde-robe et encore moins de pots d'amaryllis. Il ne lui restait plus qu'à espérer que Borchert parvînt à se frayer un chemin jusqu'ici. Il lui faudrait se servir de son arme ou des ciseaux du coffre de la voiture, probablement des deux, pour venir à bout de la lourde porte aux ferrures en laiton. Les fenêtres étaient protégées de l'extérieur par des stores en alu opaques et antivol. Toutes, autant que Robert pouvait en juger. Aussi dans le salon où on les conduisit.

— Je vous en prie, asseyez-vous, mon mari va arriver tout de suite.

Stern poussa Simon vers un canapé de cuir blanc. Pendant ce temps, la femme se dirigea d'un pas maladroit sur ses talons aiguilles vers un petit secrétaire contenant des alcools et des amuse-gueule.

Étonné par sa démarche étrange, Stern se dit d'abord qu'elle ne voulait pas faire de bruit. Puis, tandis qu'elle se préparait un gin tonic, l'évidence lui sauta aux yeux : le problème n'était pas le bruit. Elle voulait éviter de rayer le parquet fraîchement ciré ! Cette maison n'était pas habitée. Il s'agissait d'une villa témoin, une construction ancienne, luxueusement rénovée et pas encore louée. Aménagée avec goût mais sans touche personnelle. Stern laissa errer son regard et remarqua alors certains détails. Le téléphone sans fil sur le bureau. Les dos des livres en cuir soigneusement alignés sur des rayonnages à demi vides. Le canapé en cuir sur lequel peu de locataires ou d'acheteurs potentiels avaient encore pris place. Stern aurait parié que le café de la

Mexikoplatz figurait au nombre des offres du même agent immobilier.

— Puis-je vous offrir quelque chose ?

Il fit non d'un signe de tête. Toute la matière grise dont il disposait était en ébullition sous son crâne. Tout avait été prévu. La procédure suivie par le couple était d'une ingéniosité maladive. Il n'y avait rien ici dont une victime pourrait ultérieurement se souvenir. Aucun objet de valeur qui ne soit remplaçable s'il venait à être taché de sang ou d'autres liquides organiques, personne susceptible de s'étonner d'un nettoyage intensif de l'ensemble de la maison avant son occupation par de nouveaux propriétaires. Lesquels n'auraient ensuite aucune idée de ce qui s'était passé dans les pièces où, une fois emménagés, ils rêveraient d'un avenir heureux.

Stern se sentit mal quand il se rendit compte à quel point le décor trompeur de cette villa était symbolique de la situation dans laquelle il se débattait depuis quelques jours. On était en pleine mise en scène : l'inexplicable connaissance qu'avait Simon de crimes commis dans le passé et son intention absurde d'assassiner encore. Le DVD avec cette voix prétendant que son fils était toujours vivant. Et le trouble lien pédophile unissant ces deux représentations théâtrales dans chacune desquelles, à son corps défendant, il jouait un rôle principal, un rôle tragique.

Pris de violentes aigreurs d'estomac, Stern avala deux fois sa salive et observa du coin de l'œil Simon qui donnait l'impression de la plus parfaite tranquillité à côté de lui. Il était presque flegmatique. Contrairement à lui, le garçon ne tressaillit pas quand la porte du salon s'ouvrit et qu'un homme d'un certain âge entra avec un grand sourire. La soixantaine bien sonnée, il n'était plus guère séduisant, au sens classique du terme. L'âge avait éclairci, sur les tempes, des cheveux jadis fournis et dessiné autour de sa bouche un réseau de fines rides. Mais c'était justement cela qui lui conférait une certaine élégance, presque de la dignité. En dépit de son accoutrement.

— Ah, vous êtes là, fort bien !

Il avait une voix chaude et amicale. Parfaitement accordée à l'aura de sympathie qui émanait de lui. Il frappa deux fois dans ses mains d'un air enthousiaste et s'approcha lentement, les yeux rivés sur Simon. Le froufrou de sa robe de chambre recouvrit le bruit de ces applaudissements, de toute façon à peine audibles car l'individu portait d'épais gants de latex.

10

Carina dénoua sa queue-de-cheval en arrachant son serre-tête rouge framboise. Borchert lui avait conseillé de se déguiser en joggeuse. À son avis, il n'y avait pas de meilleur camouflage pour fuir d'éventuels poursuivants sans attirer l'attention.

Mais, pour l'instant, l'élastique serrait aussi fort qu'un collier en acier son crâne menaçant d'exploser.

Qu'est-il arrivé ? Pourquoi Borchert a-t-il cessé de téléphoner ? Où est Robert ?

À chaque battement de son cœur, ses craintes concernant Simon redoublaient. Elle attendit une minute de plus, puis prit sa décision. Elle ne pouvait rester plus longtemps sans rien faire.

Elle tourna la clé de contact.

Mais où aller ?

Elle passa la marche arrière, et ses pneus heurtèrent rudement la bordure du trottoir. *Ça ne fait rien.*

Elle allait sortir quand une fourgonnette d'un rouge pisseux se gara en double file juste à côté d'elle.

Putain, mais c'est quoi... ?

Baissant sa vitre, elle engueula le type en train de descendre du véhicule de livraison, chargé de deux cartons de pizza larges comme des roues de voiture.

— Tire-toi de là immédiatement ! hurla-t-elle.

L'étudiant eut un sourire malicieux, manifestement amusé au spectacle de son visage écarlate. Il lui envoya un baiser de la main.

— Une minute, ma douce. Je reviens tout de suite.

Carina sentit la panique l'étrangler. *Tout est permis*, pensa-t-elle, se rappelant les instructions que lui avait données Borchert avant de la quitter. *Le tout, c'est de ne pas se faire remarquer.*

Mais que faire à présent ? L'arrière de la fourgonnette n'empiétait que de la largeur d'un pneu sur l'espace dont elle avait besoin pour déboîter, mais cela suffisait à la bloquer momentanément. Derrière elle, la barrière protégeant un pin bloquait toute issue.

C'est quand même pas possible...

Carina klaxonna, mais l'étudiant se contenta d'un geste désinvolte à son intention, sans même se retourner.

Bon, d'accord. Pas se faire remarquer.

Elle passa en marche arrière en faisant grincer les vitesses et fit monter ses deux roues sur le trottoir. Puis, actionnant la première et levant le pied de la pédale du frein, elle accéléra à fond.

— Hé, hé, hé, la nénette...

La Golf heurta de biais la camionnette au niveau de l'arrière.

— Mais t'es complètement cinglée ! entendit-elle hurler l'étudiant qui laissa tomber ses cartons de pizza.

L'œil hagard, il contemplait son véhicule qui empiétait de travers sur la chaussée à présent. Le choc avait fait voler en éclats la vitre du hayon.

Exact, je suis cinglée, pensa Carina en recommençant la même manœuvre. Elle emboutit totalement l'aile et réussit à expulser l'obstacle du rayon dont elle avait besoin pour sortir de sa place de stationnement.

— Halte ! Stop !

Faisant hurler le moteur, elle remonta à tombeau ouvert l'Argentinische Allee, sans plus se soucier des cris du livreur qui, pivotant telle une toupie, cherchait un témoin ayant assisté à la scène.

À en juger d'après les frottements qu'elle entendait, sa voiture devait avoir elle aussi subi des dégâts, mais cela ne l'empêcha pas d'accélérer encore.

Qu'est-ce que Borchert a dit ?

Carina fonça en direction d'un feu rouge, se demandant fiévreusement quelle direction elle allait prendre au croisement.

Sur la Potsdamer Chaussee, à hauteur de la station-service. Les paroles d'Andi lui revinrent en mémoire.

Putain, Andi. Par ici, il y a une station-service à tous les coins de rue.

Brûlant le feu rouge, elle donna un brusque coup de volant à droite. Il lui sembla plus logique de s'éloigner du centre que de s'en rapprocher. Comme si le théâtre de l'horreur se situait plutôt devant que derrière les portes de la ville, ce qui, bien entendu, était totalement absurde. Mais il lui fallait bien prendre une décision, et elle ne pouvait que prier pour que le sort, exceptionnellement cette fois, distribue les cartes en sa faveur.

11

Mais qu'est-ce que fout Borchert ?

Stern était furieux contre son ancien client qui, pour une raison qu'il ignorait, prenait une nouvelle fois tout son temps. Il avait dit cinq minutes. Au maximum. Avant de pénétrer dans la maison et de maîtriser le couple. Après l'intermède dans la caravane de Harry, Stern ne doutait pas une seconde que Borchert saurait ensuite arracher à ces individus les informations dont ils avaient besoin. À condition qu'il y eût la moindre chose de valable dans leurs têtes de malades. Car il était évident que leurs chances étaient faibles. Stern avait décidé que cette dernière équipée serait l'ultime tentative pour vérifier la véracité des affirmations de Simon.

Et pour trouver Felix.

Peu importait la manière dont cette incursion se terminerait. Il appellerait ensuite Engler pour se constituer prisonnier. Il était avocat, pas un criminel. Et surtout pas un intermédiaire secret du milieu pédophile dont l'un des acteurs à plein temps, assis sur le canapé à côté de lui, était en train de tapoter le genou de Simon.

— Combien ? demanda l'homme d'un ton enjoué sans accorder un seul regard à Stern.

Ce dernier chercha à déceler dans son profil quelque chose de diabolique, mais ne vit qu'un homme sympathique à qui il aurait volontiers donné un coup de main si sa voiture était tombée en panne sur une route.

— Nous n'avons pas encore parlé de ça, chéri, répondit la femme, un verre à la main devant le bar. Mais regarde-le de plus près, ce garçon me semble malade.

— Ah oui ? Tu es malade ?

L'homme souleva le menton de Simon. Le gant de latex était encore plus pâle que la peau de l'enfant.

— Nous avions pourtant dit que nous voulions de la marchandise saine. Qu'est-ce qui ne va pas chez lui ?

Stern eut une violente envie de lui attraper la main et de lui briser un doigt. Il ne pourrait se contenir encore longtemps en présence de ces malades mentaux. Si Andi n'intervenait pas bientôt, il s'en chargerait lui-même. Ce taré pesait une dizaine de kilos de moins que lui et avait l'air maladroit ; il n'aurait donc aucune difficulté à le maîtriser. Le serpent à lunettes de soleil ne serait pas un obstacle dans la mesure où le facteur surprise serait de son côté. Et la rallonge du fil de la lampe suffirait comme lien. Il ne restait que le problème...

L'agent immobilier ayant retiré sa main gantée de latex du genou de Simon sans qu'il eût à intervenir, Stern se sentit déconcerté. Puis il entendit un bourdonnement. La vibration de la sonnerie devint plus distincte quand le pédophile sortit de sa robe de chambre un téléphone portable ultraplat.

— Oui, merci, dit-il, après une formule de politesse anodine.

Le pouls de Stern s'emballa. Il n'entendait pas l'interlocuteur à l'autre bout du fil, mais les deux paraissaient bien s'entendre, car l'homme partit d'un bruyant éclat de rire et remercia encore deux fois. Puis son sourire s'éteignit brusquement tandis qu'il lançait un regard méfiant à Stern.

— Tout est clair, je comprends, dit-il en raccrochant.

Le canapé poussa un soupir d'aise quand le mari se leva et prit Simon par la main.

— C'est un avocat, la police le recherche et il a enlevé l'enfant dans un hôpital, annonça-t-il à sa femme.

— Qu'est-ce que c'est que ces conneries ? fit Stern en s'efforçant de rester calme et serein.

En réalité, il avait totalement perdu le contrôle de son cœur et de sa respiration. Ce fut encore pire quand la femme pointa une arme sur lui.

— Enlevez ce truc de mon visage, exigea-t-il en vain. Qu'est-ce qui se passe ici ?

— C'est ce que nous souhaitons savoir, monsieur Stern. Quel jeu jouez-vous ?

— Je ne joue aucun jeu. Je suis seulement venu chez vous pour...

Il s'interrompit, interloqué, car l'homme se leva et tendit la main à Simon.

— Nous montons un petit peu pendant que vous discutez, d'accord, ma chérie ? susurra-t-il à son épouse en mimant un baisemain dans sa direction.

— Robert ? demanda timidement Simon tandis que l'homme le faisait lever du canapé.

Stern voulut se lever lui aussi, mais l'expression qu'il lut dans les yeux de la femme l'en dissuada. Il cligna des yeux, les ferma une fraction de seconde pour reprendre ses esprits. Les idées se bousculaient inutilement dans sa tête.

Que faire ? Où est Borchert ? Mais que faire ?

Le mari n'était qu'à quelques pas de la porte du salon, et Stern ne voyait pas comment l'empêcher de quitter la pièce.

— Robert ? demanda Simon une seconde fois, d'une voix douce comme s'il demandait la permission de dormir ce soir-là chez un camarade de classe.

L'enfant avait toujours pleinement confiance en son avocat, qui lui avait promis de tirer son affaire au clair et de le protéger de tous les dangers. Quelle que soit la situation.

En outre, il était toujours fermement persuadé qu'il devait tuer quelqu'un sur un pont le lendemain. C'est pourquoi il ne pouvait rien lui arriver ici, aujourd'hui.

Stern comprit le raisonnement que se tenait Simon en cet instant. Il sut donc ce qui allait se passer s'il n'intervenait pas sur-le-champ.

Il restait peut-être cinq secondes avant que le vieux porc ne quittât le salon pour emmener Simon dans son repaire à l'étage.

Il se trompait. Les deux avaient disparu avant que quatre secondes ne s'écoulent.

12

Un radar fixe la flasha à quatre-vingt-dix kilomètres-heure à hauteur du cimetière de Waldfriedhof. Bien que n'y ayant pas prêté attention, elle dut lever un peu le pied, la circulation étant soudain devenue plus dense.

Qu'est-ce qu'il y a devant ?

Tout à coup, au niveau de Dreilinden, toutes les voitures qui la précédaient se rangeaient sur la file de droite.

Un bouchon ? À cette heure de la journée ?

Si ç'avait été le cas, il aurait dû se former du côté opposé, pour les retours de week-end des Berlinois.

Passant elle aussi sur la file de droite, elle réduisit sa vitesse et découvrit la cause de ce ralentissement. Une voiture de police, postée juste devant le feu de croisement, rétrécissait la file de dépassement.

Non, non, non. Pas ça !

Pourquoi fallait-il qu'elle tombe maintenant dans une souricière ?

Tandis qu'elle se rapprochait du gyrophare, elle chercha des yeux un agent portant un bâton blanc sur le côté de la chaussée. Mais elle ne vit personne et, pour un contrôle de la circulation, la colonne de voitures avançait de manière étonnamment régulière. La plupart des véhicules tournaient à droite, en direction de la gare de la S-Bahn pour ne pas...

Oh non !

Les yeux de Carina se remplirent de larmes. Lâchant le volant, elle mit les deux mains devant sa bouche. Derrière le véhicule de police, il y avait une petite voiture argentée dont le signal de détresse, à l'arrière, ne fonctionnait que d'un côté. Nulle trace de Borchert, mais aucun doute n'était permis quant à l'identité du propriétaire de la Corolla.

Andi a eu un problème. Il s'est arrêté. Oh mon Dieu...

Carina prit conscience avec retard de la pleine signification de cet incident ; durant quelques secondes sa raison se refusa à accepter la vérité. Ce n'était pas un contrôle routier. Personne ne lui fit signe de sortir, on ne l'arrêta pas. Quelque chose de bien plus grave était en train de se produire. En ce moment même. Sur la personne de Simon. En un lieu que seul Robert connaissait. Robert qui attendait une aide qui n'arriverait jamais.

Et maintenant ? Que faire maintenant ?

Carina n'était plus capable de penser autrement que par bribes de phrases. Elle recherchait un indice susceptible de lui révéler où Robert et Simon avaient été enlevés. Elle poursuivit sa route au pas, dépassa la Corolla, se laissant entraîner au-delà du carrefour par le flot des voitures qui la précédaient et la suivaient. Elle regarda dans le rétroviseur. Deux policiers vigoureux étaient en train de sortir de la route le véhicule de Sophie.

Carina eut soudain une idée. Elle se retourna et jeta un coup d'œil sur le radiateur de la Corolla.

C'est ça ! La voiture ! La direction !

L'avant de la Corolla lui indiquait qu'il fallait aller tout droit. Vers Potsdam. Ce n'était pas grand-chose, un point de départ infime pour continuer la poursuite. Mais c'était mieux que rien ! Une fois le croisement franchi, Carina accéléra, stimulée à l'idée de n'avoir pas commis d'erreur au moins jusqu'ici. Elle était sur la bonne route, dans la bonne direction. Un espoir irrationnel lui redonna courage, mais sur deux cents mètres seulement.

Et à présent ?

Carina dépassa comme une flèche la bifurcation menant au grand lac Wannsee, sans savoir si elle perdait ainsi la trace.

13

— Vous l'avez enlevé à l'hôpital ? Qu'a-t-il donc, ce pauvre petit ?

Cynique, la bonne femme adoptait le ton d'une tante soucieuse, tout en continuant à tenir Stern en respect avec son arme.

— Ce n'est pas contagieux au moins ?

Incapable de répondre, Robert avait toujours les yeux rivés sur le chambranle vide par où Simon avait disparu avec son accompagnateur lubrique. Il expira à fond et tenta de retenir son souffle.

La seule idée de partager le même air que cette femme, d'avaler à chaque inspiration un peu de ce que sa bouche avait exhalé, lui était intolérable.

— Vous savez que nous ne paierons pas pour de la marchandise avariée, n'est-ce pas ?

Le visage dissimulé derrière les lunettes de soleil émit un rire guttural. La femme alluma une autre cigarette. Stern entendit des pas dans l'escalier. Le crissement des mocassins de cuir recouvrait le petit couinement des chaussures de sport de Simon. Les bruits s'éloignaient, devenaient de plus en plus faibles.

— Ta-ta-ta, ne bougez pas, avertit la femme en tendant l'arme vers lui. Il n'y en a pas pour longtemps. Trois quarts d'heure à tout casser. Mon mari fera une première pause, et ce sera mon tour.

Ses lèvres peintes d'un rouge très brun esquissèrent un baiser.

Stern crut qu'il allait vomir et leva les yeux vers le plafond. Les pas retentissaient maintenant juste au-dessus de leurs têtes.

— Ça va commencer tout de suite.

Les lèvres de la femme se crispèrent en une grimace censée vraisemblablement être un sourire.

On entendit d'abord de la musique classique en provenance du premier étage. Le pédophile devait être amateur d'opéras. Stern distingua des bribes de *La Traviata*. Pour la première fois dans son existence, il souhaita que Verdi n'eût jamais composé les arias de Violetta.

— Bon, si vous voulez bien, dit-elle en regardant sa montre. Profitons de ce temps pour faire un brin de causette. Dites-moi ce que vous voulez exactement de nous ?

— N'est-ce pas évident ?

Stern espéra qu'elle ne remarquerait pas le tremblement de sa voix. Au-dessus d'eux, la soprano redoublait de dynamisme.

— Vous avez commandé un garçon. Je l'ai livré.

— C'est n'importe quoi !

Elle était maligne. Elle ne commit pas l'erreur de s'approcher de lui. À cette distance, elle pouvait vider son chargeur sur lui avant même qu'il eût parcouru la moitié du chemin qui les séparait. Les seules armes qu'il eût encore à lui opposer étaient sa voix et sa raison. Mais l'une et l'autre menaçaient de lui faire défaut.

Mais qu'est-ce que fout Borchert, bon sang ?

— Vous n'êtes pas un mouchard puisque vous êtes recherché par la police. Vous ne fréquentez pas notre milieu. Et vous ne vous comportez pas non plus comme un avocat. Pourquoi alors avoir répondu à notre annonce ?

— Je peux tout vous expliquer.

En réalité, il n'avait aucune idée de ce qu'il pouvait dire ou faire pour écarter le danger. Il entendit à nouveau des pas au-dessus de lui.

— Je vous écoute.

Stern chercha fébrilement une réponse plausible, une issue possible, alors que, là-haut, le temps commençait à être compté pour Simon. Extérieurement, il tentait de rester calme. Intérieurement, il se préparait à s'enfuir. Mais la situation était désespérée. S'il se levait maintenant, il était un homme mort.

— Eh bien, quoi ? Vous avez perdu votre langue ? C'est pourtant une question simple. Pourquoi avez-vous enlevé un enfant dans un hôpital pour nous l'amener ?

Robert remarqua que le piétinement au-dessus de sa tête obéissait à présent à un certain rythme. Le taré s'était mis à danser ! La cadence des pas glissés lui donna une idée. Il eut d'abord un peu de mal à la cerner, puis l'évidence lui sauta aux yeux. Il y avait une chose qu'il pouvait faire. Quelque chose de profondément répugnant et pervers pour lequel il aurait plus tard horreur de lui-même. Hochant la tête comme quelqu'un qui a une idée, il leva lentement la main. Avec douceur, précautionneusement. Afin de ne pas provoquer de réaction violente chez la femme.

— Qu'est-ce que vous faites ?

— Je réponds à votre question. Je vous montre ce que je cherche ici.

Elle haussa son sourcil gauche si haut qu'il dépassa le rebord de ses lunettes. Stern, ayant posé sa main droite sur sa poitrine, commença à défaire un bouton de sa chemise. Puis un second.

— Où voulez-vous en venir ?

— Est-ce que je peux ôter ma veste ?

— Si ça peut vous faire plaisir…

Il ne se contenta pas de faire glisser son veston de ses épaules. Il défit les boutons de sa chemise et, quelques secondes plus tard, il était torse nu sur le canapé.

— Qu'est-ce que vous avez en tête ?

En guise de réponse, il se passa la langue sur les lèvres. Puis il avala deux fois sa salive. Il espérait donner l'image de la lascivité. En réalité, il refoulait l'envie de vomir qui le tenaillait.

— Allons, allons, dit la femme en relevant l'arme qu'elle avait baissée une fraction de seconde. Vous pensez que je vais croire *ça* ?

— Pourquoi pas ? C'est pour ça que je suis ici.

Stern enleva ses chaussures l'une après l'autre, en s'aidant des pieds. Puis il défit la boucle de sa ceinture.

— Vous l'avez dit vous-même : je ne suis pas flic. Je ne suis pas non plus une taupe. J'ai simplement le sexe dans le sang, expliqua-t-il en ôtant sa ceinture et en la lui jetant. Approchez, venez vérifier par vous-même.

Ne pouvant voir ses yeux derrière les lunettes, Stern ne savait pas si sa théorie était exacte. Mais son expérience d'avocat lui avait appris qu'il y avait toujours un morceau de viande que l'on pouvait agiter sous le nez de l'adversaire afin qu'il se précipite comme un lévrier dans la direction souhaitée. Il suffisait de trouver le bon morceau. Chez la plupart des gens, c'était la cupidité qui leur faisait commettre des actes qu'ils regrettaient ensuite.

— Vous êtes cinglé, dit la femme en riant et en éteignant sa cigarette.

— Peut-être. Mais, si vous voulez, je peux vous prouver que je ne plaisante pas.

Ayant ôté ses chaussettes, Stern n'avait plus sur lui que son pantalon.

— Et comment ça ?
— Approchez. Venez toucher !
— Non, non, non.

Elle était toujours debout, mais c'était à présent son entrejambe qu'elle menaçait de son arme.

— Ce n'est pas mon truc. Mais je connais quelque chose de bien meilleur.
— Quoi ?

Stern ne put réprimer un sourire. Cette fois, il n'était pas feint. Elle avait mordu à l'hameçon. Ce n'était qu'une touche. Mais il vit qu'elle respirait plus vite et il entendit dans sa voix une pointe d'émotion. Il avait réussi à faire vibrer en elle une corde sensible. Restait à savoir si c'était la bonne.

— Levez-vous !

La femme recula vers la porte, veillant à ce qu'il y eût toujours la même distance entre eux. Il obéit. Bouger lui fit du bien. Ça allait également dans le bon sens. Tout valait mieux que d'attendre sur ce canapé que les cris de Simon se mêlent à la voix de la soprano. C'est du moins ce qu'il pensait jusqu'au moment où la femme lui dit :

— Voyons un peu jusqu'où vous l'aurez dans le sang quand vous contemplerez mon mari à l'œuvre.

14

Prise de panique, Carina sentit ses entrailles se nouer.

Qu'allait-elle faire à présent ? Continuer tout droit, suivre la Königstraße ? Mais jusqu'où, jusqu'au pont de Glienick peut-être ? Ou tourner à droite vers le lac ? Elle aurait tout aussi bien pu s'engager sur l'une des nombreuses routes partant sur sa gauche.

Le portable sonna sur le siège passager. Il faillit glisser de ses doigts moites quand elle l'ouvrit.

— Borchert ? cria-t-elle beaucoup trop fort.

— Tu gèles.

La peur lui raidit les membres quand elle reconnut la voix contrefaite.

— Qui êtes-vous ? Qu'est-ce que vous me voulez ?

— Tu gèles.

À demi folle de terreur et d'angoisse pour Simon, elle essaya de garder les idées claires. Sur sa droite, il y avait l'Endestraße. Elle faillit la prendre. Le nom correspondait trop à sa situation[1].

— Qu'est-ce que ça veut dire ? C'est un jeu ? demanda-t-elle.

— Tu brûles.

Les doigts de sa main droite tambourinèrent malgré elle sur le volant. Était-ce possible ? Était-elle une marionnette manipulée par la « voix » dont Robert lui avait parlé ? Mais pourquoi ?

Elle vérifia son horrible soupçon à l'aide d'une simple question :

— Est-ce que je roule dans la bonne direction ?

— Tu brûles.

Effectivement. Le fou a envie de jouer. Et c'est moi qui ai les yeux bandés.

— D'accord. Je vais jusqu'à Potsdam, non ?

---

1. Endestraße, soit à peu près « cul-de-sac ».

— Tu gèles.

Donc il faut tourner avant.

— Je tourne ici, dans la Kyllmannstraße ?

— Tu gèles.

— Alors à gauche ?

— Tu brûles.

Carina se mit sur la file extérieure et se retrouva presque face à la voie opposée de la Königstraße.

— C'est bientôt là ?

— Tu brûles.

Elle regarda autour d'elle, mais il y avait devant et derrière elle au moins une douzaine de voitures, des camionnettes et deux motos.

Il était absolument impossible de découvrir un poursuivant parmi tant de véhicules.

— Le Grassoweg ? Je tourne dans le Grassoweg ?

La voix contrefaite lui donna un autre signal positif. Sans se soucier des voitures qui arrivaient en face, Carina braqua brusquement, évitant de justesse une collision frontale avec un camion. Le chauffeur écrasa le frein et partit en dérapage, son poids lourd oscillant de manière menaçante, en direction de la file parallèle qui était dégagée. Le concert de coups de klaxon furieux ne commença qu'une fois le danger passé, Carina fonçant déjà dans la petite allée bordée de villas.

— C'est là ? Dans cette rue ?

— Tu gèles.

Elle leva à nouveau le pied. L'éclairage public était si faible qu'elle eut de la peine à lire les inscriptions sur le panneau de l'embranchement suivant.

— Am Kleinen See ? finit-elle par déchiffrer.

— Tu brûles, la complimenta la voix qui, pour la première fois depuis le début de ce dialogue dément, laissa paraître une émotion.

L'homme se mit à rire.

Le numéro ? Quel numéro ?

Carina chercha la question à réponse par oui ou par non qui pourrait la rapprocher de son but et lui permettre de sauver Simon.

— Plus de cent ?
— Tu brûles.
— Cent cinquante ?
— Tu gèles.

Elle eut encore besoin de sept essais avant de s'arrêter devant une magnifique construction de quatre étages, au numéro 121.

15

C'était son père, et non la faculté de droit, qui avait enseigné à Stern la règle d'or qui permet de gagner un procès perdu d'avance face à un adversaire supérieur.

« Rechercher le point faible de l'adversaire dans sa force. Retourner contre lui son principal avantage », tel avait été son speech type d'entraîneur de football bénévole de l'équipe junior du club d'arrondissement.

Robert se demanda si cette devise pouvait lui être utile aujourd'hui, alors qu'il n'était pas question de buts, de passes ou de marquage, mais bien de vie et de mort. Tandis que, pieds et torse nus, il se voyait intimer l'ordre de sortir du salon, il analysa sa situation. Elle était désastreuse. La femme avait plusieurs atouts maîtres en main, le principal étant un pistolet 9 mm. Par ailleurs, pour autant qu'il pouvait en juger, la villa semblait parfaitement isolée. À l'évidence, dans un bâtiment destiné à la location ou à la vente, les fenêtres et les portes étaient toutes verrouillées et équipées d'une alarme. Même s'il tentait de profiter de la distance qui les séparait pour se précipiter dans le couloir menant à la sortie de derrière, il n'avait quasiment aucune chance de tomber sur une porte ouverte ou une fenêtre non barricadée.

Grande distance entre nous, arme pointée sur mon dos, moi-même enfermé comme dans un conteneur : où est le point faible de l'adversaire dans sa force ?

Stern avait les muscles de la nuque tétanisés comme chaque fois qu'il devait résoudre un problème insoluble. Lorsqu'il était dans son cabinet, c'était toujours le signe précurseur d'une migraine imminente.

Ici, il le savait, c'étaient des douleurs bien pires qui l'attendaient.

Les planches de chêne fraîchement poncées craquèrent quand il gravit les premières marches de l'escalier. À chaque pas, le volume de la musique à l'étage augmentait, mais on n'entendait plus les glissements de pieds.

Il ne danse plus.

Stern s'interdit d'imaginer ce que l'homme était en train de faire dans la pièce. Avec Simon.

— Ne vous retournez pas, gronda la femme alors qu'il ralentissait imperceptiblement afin de jeter un œil par-dessus son épaule.

Mais il ne vit rien. Il ignorait à quelle distance exacte elle se tenait. Ou avançait. D'après sa voix, elle pouvait tout aussi bien l'avoir suivi ou être restée au pied de l'escalier. Tout ce qu'il apercevait pour l'instant, c'était un rai de lumière et des contours flous. Car son regard s'était malheureusement porté sur l'un des spots à halogène qui plongeaient toute la cage d'escalier dans une lumière d'un blanc d'autant plus irréel qu'elle se reflétait sur des murs de couleur crème. Il dut cligner des yeux à deux reprises pour chasser les ombres qui dansaient devant lui...

Et, soudain, il entrevit la solution, là, devant lui. Le point faible de son adversaire. Il était arrivé à peu près au milieu de l'escalier en spirale et s'approchait d'un moyen tout simple pour renverser la situation en sa faveur. Seulement, il n'était pas certain que cela fonctionnerait. Il ne pouvait que l'espérer.

Il devait prendre le risque de tenter ce qui serait peut-être la plus grande erreur de sa vie et, par conséquent, la dernière.

16

À peine sortie de la voiture, Carina chercha un signe de vie autour du bâtiment en face d'elle.

— Ici ?

Elle leva les yeux. Un toit à six pans s'arrondissait, telle la perruque d'un juge anglais, au-dessus d'une villa de la fin du XIXe siècle, restaurée récemment, d'un jaune éclatant. Aucune lumière, à aucun des étages. Les stores étaient tous baissés, les volets clos.

— Tu brûles, répondit la voix.

Malgré ses jambes engourdies, elle s'efforça de conserver l'équilibre en se dirigeant vers la porte du jardin en fer forgé. À sa grande surprise, celle-ci était ouverte.

Et maintenant ?

Elle ouvrit la fermeture Éclair de la pochette en plastique qu'elle portait à la taille et qui faisait partie de sa tenue de jogging. Parmi les médicaments de Simon, un peu d'argent liquide et quelques menus objets que lui avait confiés Stern, il y avait un Röhm RG 70. Un « cadeau » de Borchert.

— En cas de besoin, avait-il dit. C'est petit et mignon. Comme fait pour les mains délicates d'une femme.

Un sentiment d'irréalité s'insinua en elle tandis qu'elle avançait sur le chemin de gravier. Elle n'avait jamais tenu une arme dans les mains. Et encore moins avec l'intention de la braquer sur quelqu'un.

— C'est ouvert ? demanda-t-elle après avoir atteint la porte d'entrée tarabiscotée.

Pour la première fois, elle n'obtint pas de réponse. Elle voulut pousser avec précaution le battant de bois, mais il était verrouillé.

Carina se retourna, mais ne vit personne dans le pâle demi-jour des antiques lampadaires. Pas un passant. Pas de poursuivant. Rien, hormis le bruit de fond en provenance de la Königstraße toute proche.

— Comment entrer ? demanda-t-elle à l'inconnu à l'autre bout du fil. Par la porte de derrière ?

Pas de réponse. Juste un souffle rauque.

Jetant un œil vers l'entrée du garage souterrain, à droite, elle remarqua des traces de pneus imprimées dans les feuilles mouillées.

— Le garage ? C'est ça ? Il faut que j'essaie par le garage ? dit-elle, tournant le dos à la porte de la villa.

La « voix » resta muette. Le souffle s'était tu lui aussi.

Bon sang, pensa-t-elle. *Je ne vais pas perdre mon temps à explorer la propriété alors qu'on est peut-être en train de torturer Simon là-dedans, et...*

Serrant la crosse du pistolet, elle toucha de l'index gauche la sonnette en laiton. Elle n'était ni détective ni policier de métier. Sur ce terrain, elle était de toute façon perdue. Elle ne pouvait pas gagner. Tout au plus déranger...

— Je vais sonner, dit-elle dans le portable avant de le refermer.

— Tu gèles, répondit une voix sonore juste à côté de sa tête.

Une explosion accompagnée d'un éclair, exactement entre ses deux tempes. Puis plus rien.

17

Chaque marche était une torture. Car chacun de ses pas le rapprochait d'une fin possible. Mais ce n'était pas lui l'enjeu. Sa mort ne lui vaudrait qu'un entrefilet dans les pages locales des journaux à scandale. À bon droit. La véritable tragédie se jouait à quelques mètres, dans une pièce où l'opéra italien résonnait avec toujours la même intensité.

Et tout est exclusivement de ma faute, pensa Stern.

Feignant de perdre légèrement l'équilibre, il s'appuya contre le mur à sa gauche.

— Alors ? Vous mollissez déjà alors que ça n'a pas encore vraiment commencé ?

OK. Elle est juste derrière moi. À quelques marches seulement. Elle veut sans doute éviter que je sorte de son champ de tir quand je tournerai à l'angle, en haut.

Stern songea que tout devait aller très vite à présent. Il continuerait donc à tenir sa gauche. Loin de la rampe. Cinq marches encore.

Il apercevait maintenant l'espace précédant le couloir dans lequel débouchait l'escalier. Le bac en terre cuite contenant une fougère artificielle, juste au-dessus de lui, à côté de la rampe, devenait à chaque pas plus imposant.

Souvent, ce sont les combines les plus simples qui ont le plus d'effet. Une autre maxime de son père lui vint à l'esprit. Seuls quatre petits carrés de plastique allaient décider de la réussite ou de l'échec de son plan rudimentaire.

Encore deux marches.

Il étira prudemment les doigts de sa main gauche. Comme un blessé à qui l'on vient enfin d'ôter son bandage, il sentit le sang lui brûler le bout des doigts. Il eut envie de les serrer avec la main droite, mais cela aurait attiré l'attention de la femme.

Une marche encore.

Il voyait à présent l'ensemble de l'espèce d'antichambre où, à part une desserte marron sur laquelle étaient disposés en éventail des prospectus immobiliers, il n'y avait aucun objet de valeur. Pas de fenêtre non plus. *Heureusement !*

Stern posa le pied sur cette dernière marche comme s'il s'était agi d'une plaque de glace flottante. Résistant à l'envie de regarder derrière lui, il retint son souffle, se concentrant de toutes ses forces sur les secondes à venir, chassant même de sa perception le murmure d'une voix d'homme qui leur parvenait, à demi recouvert par l'aria.

Simon ne peut pas être très loin.

— Tournez à gauche, la troisième porte sur votre droite. Vous entendez déjà la fête…

La femme n'eut pas le temps de terminer sa phrase. Un son perçant, répercuté par les murs nus, leur vrilla les oreilles.

Stern mit à profit cette diversion inattendue que lui apportait la sonnette d'entrée pour essayer de reprendre la main. Il appuya sur un des interrupteurs placés à hauteur d'épaule au bout de l'escalier. C'était en effet là que résidait le point faible dans sa position de force : elle lui avait ôté toute possibilité de fuite. Mais les stores anti-cambriolage faisaient aussi obstacle à la lumière du jour. Dès que les spots à halogène seraient éteints, toute la cage d'escalier serait plongée dans une obscurité totale. Une obscurité qui lui permettrait de tirer en arrière la fougère et de renverser la femme en projetant sur elle le bac en terre cuite.

Ça, c'était la théorie.

La pratique se révéla un peu différente. Dès le premier interrupteur, Stern reconnut son erreur. Car la lumière ne diminua pas, au contraire. Soudain, les ondes lumineuses gagnèrent également le couloir jusqu'ici resté dans le noir. Il n'avait pas éteint les spots, mais allumé des lampes supplémentaires au deuxième étage. Et, pour la psychopathe pédophile au-dessous de lui, c'était désormais un jeu d'enfant de le mettre en joue et de le descendre sans coup férir.

18

Il y avait tant de choses dans cette pièce qui stupéfiaient Simon ! À commencer par les drôles de bruits que faisaient ses chaussures de sport sur le plancher. Une fois assis sur le bord du lit métallique, il remarqua, à la lumière tamisée et rougeâtre de la pièce, que l'on avait collé un film plastique transparent sur tout le parquet.

L'homme retira la clé de la serrure et se dirigea vers un trépied noir sur lequel était fixée une petite caméra digitale, l'objectif tourné vers le lit où Simon avait pris place. L'homme appuya sur un bouton, et un petit point rouge s'alluma juste à côté de la lentille. Puis, à côté de l'unique fenêtre de la pièce, obturée par de lourds rideaux en caoutchouc vert-de-gris, il mit en route une minuscule chaîne stéréo.

— Tu aimes la musique ? demanda-t-il.
— Ça dépend, murmura Simon, mais l'homme ne l'écoutait déjà plus.

Il se balançait au rythme de l'air joué par la platine laser. Simon n'était pas sûr d'aimer ce chant. Il avait entendu quelque chose de semblable un jour, dans le bureau de la directrice du foyer, et cela ne lui avait pas tellement plu.

L'homme en robe de chambre avait les yeux clos et paraissait absent. Simon fut tenté de se lever et de s'en aller. On lui avait déjà parlé de ce genre de bonhomme. Une fois même, un policier était venu à l'école pour leur montrer des photos de types avec lesquels il était déconseillé d'aller. Celui-ci ne leur ressemblait en fait pas du tout.

Soudain la musique devint très forte et Simon fut pris d'un accès de toux. Ensuite, il eut soudain un peu sommeil. Il s'appuya contre le pied de lit jusqu'à ce que cette première sensation de faiblesse soit passée. C'est alors qu'il remarqua les nombreux instruments médicaux posés sur une table en verre, juste à côté du lit.

Qu'est-ce que c'est que ça ?

Elle était tout de même là, la peur, cette peur en réalité totalement injustifiée. Cet homme ne pouvait rien lui faire. À cause du lendemain matin. À 6 heures, il rencontrerait quelqu'un sur un pont. Tant qu'il se cramponnerait à cette pensée, il n'aurait pas à avoir peur.

Son angoisse grandit néanmoins quand il aperçut les seringues.

Il connaissait ce genre de trucs depuis l'hôpital, mais, même là-bas, il n'en avait jamais vu de si grandes. Et ce qu'il ne pouvait s'expliquer, c'était ce ruban de métal argenté entre le scalpel et la petite scie sur un tapis de feutre vert. Il ressemblait à une petite chaîne de vélo qui aurait eu des pinces à linge à chaque extrémité.

— Approche un peu !

Entre-temps, il avait dû s'écouler quelques minutes durant lesquelles l'homme avait dansé, inconscient de ce qui l'entourait. Il avait une voix amicale. Simon, qui avait fermé brièvement les yeux pour se reposer, les rouvrit avec difficulté et se dépêcha de regarder dans une autre direction. L'homme avait laissé glisser sa robe de chambre sur ses chevilles et était complètement nu, à l'exception de ses gants en latex.

— Allez, viens !

— Pourquoi ? demanda Simon tout en pensant à Robert.

— Apporte-moi ce qui est sur le lit, tu veux ?

Simon regarda ce que l'homme lui montrait. Il eut une nouvelle quinte de toux et se sentit encore plus faible. Il prit néanmoins l'objet en question sur le matelas taché et dépourvu de housse ou de draps.

Il se leva et, les jambes flageolantes, se dirigea vers l'homme. La faiblesse le gagnait à chaque pas, comme lorsqu'il faisait la course avec Jonas. Il avait de nouveau de légers fourmillements dans sa main gauche, et il espérait que Stern allait enfin le tirer de là.

— Tu fais ça très bien ! haleta l'homme en se figeant au beau milieu d'une figure de danse.

Tendant le bras qui enserrait jusque-là une cavalière invisible, il lui toucha doucement l'épaule. Il le toucha du doigt une fois, deux fois. Puis il se mit à rire, comme s'il avait dit une bonne plaisanterie.

— Tu sais que tu es très beau ?

Simon secoua la tête.

— Si, si. Mais tu pourrais être encore beaucoup plus beau.

— Je ne veux pas.

— Si, laisse-toi faire !

Simon sentit qu'il lui arrachait le sac des mains. Puis, soudain, il ne vit plus rien. Il voulut prendre une inspiration, mais impossible. Le film plastique se retourna vers l'intérieur et pénétra de quelques millimètres dans sa bouche. Il mobilisa ce qui lui restait d'énergie et tenta de dégager sa tête en levant les bras, mais une main virile lui saisit les poignets, lui rabaissa les bras et les lui lia derrière le dos avec du scotch. Il voulut crier, mais l'air lui manqua. À la place de l'oxygène, il aspira une petite touffe de cheveux, les cheveux de sa perruque qui avait glissé quand l'homme lui avait passé le sac sur la tête.

— Oui, comme ça, c'est bien, entendit-il susurrer le type à poil qui le ramena brutalement sur le lit. Bien mieux.

Simon donna des coups de pied, à l'aveuglette, dans toutes les directions, rencontrant çà et là un obstacle mou ou un tibia, mais il se rendit vite compte qu'il était le seul à se faire mal.

Il se fatiguait et s'affaiblissait de plus en plus, tandis que ses poumons menaçaient d'exploser. Aussi ne fut-il guère surpris d'entendre une forte détonation qui recouvrit soudain la musique.

Au coup de feu dans le couloir, l'homme s'immobilisa une seconde, puis il eut un ricanement et arracha un long morceau de scotch afin de l'enrouler autour du sac et du cou du garçon. Alors seulement il aurait les deux mains libres. Et il en avait besoin pour ce qu'il avait à présent en vue.

19

Quand le coup partit, le monde explosa autour de Stern. La douleur qui s'ensuivit était intolérable, mais elle ne se propagea pas dans la région du corps qu'il aurait cru. Il bascula vers l'avant, sa tête venant s'écraser contre le vase de fleurs. En fait, s'il tomba, ce fut davantage par réflexe que sous l'effet d'une véritable nécessité. Il avait eu la certitude que, avant de mourir, il verrait une blessure s'ouvrir dans son ventre après l'impact du projectile dans son dos. En réalité, il n'entendait plus rien, toussait à fendre l'âme et, chaque fois qu'il avalait une bouffée d'air, sentait un véritable feu lui brûler les poumons. Au bout d'un moment qui lui parut une éternité, juste avant de croire qu'il avait perdu la vue, il comprit ce qui venait de se passer.

Du gaz lacrymogène !

Le pistolet n'était pas chargé pour tuer. Le couple pervers était peut-être pédophile, mais pas capable de tuer. À moins que ces tordus ne tuent d'une autre manière. On pouvait penser qu'une simple balle ne leur apportait pas de jouissance supplémentaire.

Quand la femme se mit elle aussi à tousser derrière lui, Stern comprit que toutes ses suppositions étaient fausses.

— Merde, dit-elle, mais cet unique mot fut lui-même à peine perceptible car les muqueuses de son nez n'étaient plus que d'énormes chutes du Niagara.

Stern roula sur le ventre et aperçut l'escalier au-dessous de lui. Ses yeux larmoyaient comme s'il les avait passés à l'eau de Javel, mais il réussit néanmoins à constater que la femme se tenait à seulement quelques marches plus bas. Elle se tordait en se frottant les yeux.

Elle ne savait donc pas avec quoi l'arme était chargée, en déduisit Stern. Les deux cinglés se donnaient l'air d'être à la coule. En fait, ils étaient inexpérimentés. Ils n'avaient sans doute jamais essayé le pistolet. Et leur premier essai était un four.

Stern essaya de se lever, et ce qui se produisit fut aussi peu voulu que le nuage de gaz chloré. Il chancela, le sol se déroba sous ses pieds et, croyant faire un pas dans le couloir, il marcha dans le vide et s'écroula dans l'escalier.

Une douleur cuisante lui scia le dos quand, deux marches plus bas, il percuta la femme. Le vacarme était maintenant tel dans la cage d'escalier qu'il n'arriva pas à distinguer quelles parties de son corps étaient à l'origine des coups sourds qu'il percevait. Pour la seconde fois, sa tête heurta quelque chose de dur, une marche sans doute. Le sang lui jaillit du nez. Puis il glissa à plat ventre vers le bas et sa jambe gauche, soudain, ne fut plus que douleur. Pendant sa chute, son pied s'était coincé dans la rampe, et c'était à présent sa cheville qui retenait tout le poids de son corps.

Déchirure ligamentaire. Étirement du ligament externe. Rupture de la capsule. À en juger par l'intensité des élancements, il avait tout cela à la fois, mais il s'en moquait. Après s'être libéré précautionneusement, il constata, malgré le voile de ses larmes, que son adversaire au pied de l'escalier s'en était tirée à moins bon compte : elle ne bougeait plus, et l'un de ses genoux, comme le reste du corps d'ailleurs, était tordu d'une manière qui n'avait rien de naturel. Stern se releva en s'accrochant à la rampe, eut un sursaut de recul, comme devant la fraise d'un dentiste, quand il voulut poser le pied gauche sur le sol et grimpa l'escalier à cloche-pied. Il avait l'impression que ses muqueuses se détachaient d'elles-mêmes comme de la peau brûlée.

La troisième porte à droite, avait-elle dit. L'indication était inutile. Dans l'état où il était, sa seule perception était d'ordre acoustique. On entendait toujours la musique d'opéra à travers la porte de chêne dont Stern secouait maintenant la poignée.

Fermée à clé.

Il prit sa décision en une fraction de seconde. Il recula en ignorant la douleur qui lui enfonçait des clous dans la jambe gauche à chaque pas. Puis, empoignant à grand-peine le bac rempli de cailloux et non de terreau, il le tira sur quelques mètres, le souleva au dernier moment et le projeta des deux mains, sans se soucier du craquement de ses vertèbres, à l'endroit de la porte qui lui parut le moins résistant. La poignée se brisa et, du même coup, la serrure céda. Stern donna un coup d'épaule nue contre le panneau. Une fois, deux fois. Jusqu'à ce que, titubant de douleur, il fasse irruption dans la pièce.

Le spectacle qui s'offrit à lui dépassait en horreur tout ce qu'il avait jamais vu. Il ne put que hurler intérieurement : *trop tard !*

20

Il vit d'abord l'homme. Nu comme un ver. En sueur et paralysé d'effroi. Son excitation, qui ne se dissipait que lentement, paraissait avoir annihilé en lui tout réflexe de fuite. Il se contentait de se protéger le visage des deux bras.

Stern se tourna vers le lit et reconnut Simon dans la forme sans visage, allongée immobile sur un matelas en mauvais état, la tête enveloppée d'un sac plastique de supermarché.

— Je peux tout vous expliquer…, commença à balbutier le porc, tandis que Stern, aveuglé par les larmes, la fureur et la douleur, se dirigeait en clopinant vers la caméra.

Il prit le trépied à deux mains, comme une batte de base-ball, et d'une volée brisa la mâchoire de l'homme. Celui-ci s'affaissa en arrière, entraînant la chaîne stéréo dans sa chute. La musique de Verdi expira à l'instant où Stern se précipitait sur le lit pour percer un trou dans le sac.

Puis il faillit hurler. De soulagement, un soulagement infini. Il avait tout loupé, et pourtant, au bout du compte, il n'avait pas perdu. Pas Simon du moins. Le petit toussait sans pouvoir s'arrêter comme un naufragé que l'on vient de sortir de l'eau. Pour Stern, les sifflements et les aspirations par lesquels Simon alimentait ses poumons en oxygène étaient plus beaux que n'importe quelle symphonie.

— Je suis désolé, je suis absolument désolé, réussit-il à balbutier en attirant contre lui le garçon qui s'était rassis sur le lit.

Entre-temps, il l'avait totalement débarrassé du sac en plastique et tenait sa tête entre ses mains comme il aurait tenu un objet précieux, en faisant attention que son torse couvert de sang et de saleté ne le touche pas.

— Ça va... ça va bien, dit Simon à bout de souffle, en prenant une profonde inspiration.

Puis il recommença à haleter et à renifler. Stern s'écarta un peu. Par chance, le nuage de gaz lacrymogène était resté dans la cage d'escalier. Mais il craignait d'en avoir transporté sur lui, notamment dans ses cheveux, et d'incommoder encore davantage Simon.

— Fff afff, dit dans un râle le petit qui avait manifestement retrouvé assez de force pour se tenir assis, alors que Stern se serait volontiers allongé pour dormir s'il s'était écouté.

Simon ayant renouvelé son bredouillement incompréhensible, il se ressaisit.

Fais gaffe !

Il se retourna à temps, avant que l'homme au visage défoncé ait réussi à franchir le seuil.

— Reste ici ! cria Stern en saisissant de nouveau le trépied de la caméra.

Cette fois-ci, il lui faucha les tibias. L'homme se cassa en deux et, hurlant de douleur, s'aplatit sur le seuil.

— Pas un centimètre de plus. Sinon je te tue comme ta givrée de bonne femme.

Stern se pencha sur le pédophile qui s'étranglait à force de brailler. Il lui montra le scalpel qu'il avait pris sur la table, réfléchissant à la manière dont il allait s'y prendre. S'il avait suivi son premier mouvement, il lui aurait enfoncé la pointe dans le pied ou cassé la lame sous les ongles. Mais il ne pouvait infliger à Simon un spectacle pareil. Le gamin avait vu assez de violence comme ça – pis, il l'avait vécue dans sa chair.

Par sa faute, il devrait à l'avenir se soumettre à un suivi psychologique.

— Écoutez, nous pouvons arranger ça, bredouilla le type, recroquevillé par terre, sa mine si sympathique il y avait encore peu désormais totalement modifiée par le désordre intervenu dans l'agencement de ses dents. J'ai de l'argent. *Votre* argent. Comme convenu.

— Ferme ta gueule. Je ne veux pas d'argent.

— Mais quoi alors ? Pourquoi êtes-vous ici ?

— Regarde ailleurs, s'il te plaît, Simon, ordonna Stern en soulevant une nouvelle fois le trépied.

L'homme replia les jambes jusque sous son menton, protégeant sa tête ensanglantée de ses deux mains.

— Non, ne me frappez pas, je vous en prie ! gémit-il. Je ferai tout ce que vous voudrez. Je vous en supplie.

Stern le laissa encore un instant trembler dans l'attente d'un autre coup, puis demanda :

— Où est le portable ?

— Hein ?

— Ton foutu portable. Où l'as-tu mis ?

— Là, répondit l'homme en indiquant sa robe de chambre devant le lit.

Stern fit un pas en arrière et la ramassa.

— Dans la poche de droite.

C'était à peine s'il parvenait à comprendre les gémissements du pédophile. Il finit par trouver l'appareil et le lui tendit.

— Qu'est-ce que je dois faire ?

— Appelle-le !

— Qui ?

— Ton contact. Celui avec qui tu parlais dans le salon. Vas-y. Je veux lui parler.

— Non, ce n'est pas possible.

— Pourquoi ?

— Parce que je n'ai pas son numéro. Personne n'a le numéro du « marchand ».

L'homme prononça ce dernier mot comme s'il s'agissait d'un nom propre. Même dans sa situation pitoyable, il ne pouvait se défaire de respect envers le puissant inconnu qui tirait les ficelles dans le milieu des pédophiles.

— Comment prends-tu contact avec lui alors ?

— Par e-mail. On lui écrit et il nous appelle. C'est ce qui s'est passé avec vous. Tina lui a… (Il haleta, épuisé)… envoyé par téléphone votre nom et votre numéro de carte d'identité pendant qu'elle était encore dans la voiture. Et il nous a appelés.

Tina ! L'horrible créature en train d'agoniser au pied de l'escalier avait à présent un nom.

— OK. Donne-moi son adresse mail.

— Elle est dans le portable.

— Où ?

Le téléphone émettait un couinement chaque fois que Stern appuyait sur une touche. Il connaissait ce modèle qu'il avait même utilisé pendant une courte période. Aussi son fonctionnement lui était-il familier.

Sans quitter des yeux l'homme au sol, il trouva le répertoire.

— C'est sous « Bambino », mais ça ne vous servira à rien.

— Comment ça ?

Stern n'essaya pas de mémoriser l'adresse : gulliverqyx@23.gzquod.eu, qui était trop compliquée. De toute façon, il allait garder le téléphone.

— Parce que l'adresse change après chaque demande. Elle n'existe déjà plus.

— Et comment fais-tu la fois d'après ?

— Je ne peux pas le dire.

— Pourquoi ?

— Parce qu'ils me tueraient.

— Et moi, que crois-tu que j'aie l'intention de faire ? Dis-moi tout de suite comment tu obtiens la nouvelle adresse mail, sinon je t'envoie rejoindre ta femme en bas de l'escalier.

— D'accord, d'accord, d'accord…

L'homme leva le bras, ses yeux écarquillés ne quittant pas le trépied qui se balançait au-dessus de son crâne et menaçait de s'abattre sur lui à tout instant.

— Il a des tas d'adresses. Des milliers. Chacune ne sert qu'une fois. On doit ensuite en acheter une autre si on veut lui parler.

— Où ?

Stern lui cracha délibérément dessus quand il dut répéter la question.

— Où les achètes-tu ?

Quand il entendit la réponse, le scalpel lui échappa des doigts et alla se ficher dans le parquet recouvert d'un film plastique.

— Qu'est-ce que tu as dit ? demanda-t-il, haletant, stupéfait.

Entre-temps, les coups de marteau sous son crâne, sa cheville enflée, son dos tordu et la brûlure dans ses poumons s'étaient fondus en une seule et infinie onde de douleur.

— Redis-le ! hurla-t-il.

— Sur le pont, répéta l'homme allongé nu à ses pieds, le visage ensanglanté, les larmes lui montant aux yeux parce qu'il trahissait là le secret sans doute le mieux gardé du milieu pédophile : On achète les adresses sur le pont.

21

Nombreuses sont les scènes d'horreur susceptibles d'inspirer des sentiments contradictoires. Ce ne sont d'ailleurs pas les indices les plus visibles d'une violence brutale qui suscitent chez le spectateur tout à la fois attirance et répulsion. Ni les taches de sang, ni les éclaboussures de cervelle contre le papier peint au-dessus du lit, ni les membres amputés à côté du coffre à linge à repasser. Ce qui engendre une fascination morbide chez le témoin extérieur, ce sont les signaux émis par une scène de crime. Dans une station de métro, une zone interdite, pleine de gens en temps normal, provoque par exemple le même effet qu'une place inhabituellement illuminée sur laquelle stationnent plusieurs véhicules de la police.

— Merde, râla Hertzlich en se frottant les yeux sans enlever ses lunettes à monture dorée.

D'un air renfrogné, il fit signe à Engler de s'approcher. Dans l'obscurité de cette soirée d'automne, le cabaret illuminé de la Mexikoplatz faisait penser à une ampoule attirant des nuées de moustiques. Il fallait tenir à l'écart des barrages les nombreux passants qui se rendaient à la gare de la S-Bahn. Exceptionnellement, il n'y avait ici rien à voir, comme l'annonçait aux curieux, à intervalles réguliers, l'agent en uniforme.

— Quelle foutue merde, répéta le chef à haute voix quand le commissaire l'eut rejoint.

L'affaire semblait échapper à tout contrôle, et c'est pour cette raison qu'il avait voulu venir sur place pour se faire une idée de la situation. Il n'avait pas envisagé qu'elle pût devenir aussi catastrophique.

— Mettez-moi au courant, ordonna-t-il en observant avec dégoût Engler prendre devant son nez un cachet effervescent d'aspirine vitaminée et le mâcher sans avaler une seule gorgée d'eau.

Il se demanda s'il ne ferait pas mieux de lui retirer la responsabilité de l'affaire.

— Borchert nous est tombé entre les pattes par hasard à cause d'une panne de voiture, résuma Engler. Il nous a amenés ici, Mexikoplatz, affirmant mordicus que Robert et le petit Simon avaient été enlevés. Et, par-dessus le marché, par une femme qu'il aurait rencontrée dans ce café. Le numéro d'immatriculation que Borchert dit avoir relevé ne figure pas au fichier. Le seul indice valable que nous ayons en notre possession est cette adresse e-mail, poursuivit Engler en montrant d'un air las le panneau de la vitrine du café. C'est celle d'une petite agence immobilière de Berlin-Steglitz. Un certain Theodor Kling la dirige avec sa femme Tina. Sa secrétaire s'apprêtait à quitter son travail, mais elle nous a tout de même dit qu'il était en train de visiter une maison. Elle nous a faxé la liste des biens immobiliers en vente actuellement dans cette agence. Nous sommes en train de les visiter tous.

— Et combien y en a-t-il ?

— Huit dans les environs. Pas beaucoup donc. Le problème, c'est qu'il est difficile d'entrer partout par effraction, pour... Euh, un instant, s'il vous plaît. Ce pourrait être Brandmann.

Engler ouvrit son portable et grimaça presque aussitôt, on aurait dit qu'il venait de mordre dans quelque chose d'amer.

Hertzlich haussa les sourcils d'un air interrogateur.

— Où diable êtes-vous ? demandait le commissaire avec tant de perplexité dans la voix qu'il était évident qu'il ne parlait pas à son collègue.

22

— Une ambulance au 121 zum Kleinen Wannsee ?

Engler répéta l'adresse qu'il n'avait que partiellement saisie quand Stern la lui avait donnée.

Hertzlich l'ayant lui aussi notée, il s'écarta un peu et prit son portable, sans doute pour expédier une équipe.

— OK. Attendez-nous là-bas. Ne bougez pas, ordonna Engler.

Il avait l'impression d'être obligé de parler avec une soufflerie dans le dos, tant la liaison était mauvaise.

Où diable a bien pu disparaître Brandmann, pour une fois qu'on a besoin de lui ?

— Pas possible. N'ai... temps... pour expli... (La ligne était si mauvaise que Stern semblait bégayer.) La... femme... morte... peut-être, l'homme vit... C'est lui... arrêter.

Engler ne comprenait toujours pas grand-chose.

— Comment va Simon ? dit-il, posant la question essentielle.

— C'est pour ça que je vous appelle.

L'avocat devait avoir quitté la zone sans réseau. Son débit, d'un seul coup, n'était plus haché, on le comprenait parfaitement.

— Écoutez, ça ne peut pas continuer comme ça. Vous devez vous constituer prisonnier, exigea Engler.

— Oui, c'est ce que je vais faire.

— Quand ?

— Maintenant. C'est-à-dire... Un instant !

Il y eut un déclic sur la ligne, et Engler crut entendre Simon à l'arrière-plan. Stern n'avait donc pas menti. Le gamin était vivant !

— Nous avons besoin d'environ quarante minutes, puis nous nous verrons. Mais juste nous deux. Personne d'autre.

— D'accord. Où ?

Les traits d'Engler s'affaissèrent quand Robert lui donna le lieu du rendez-vous.

23

Votre correspondant n'est pas joignable pour l'instant. Si vous désirez être informé par SMS dès que...

— Nom d'un chien ! Qu'est-ce qu'il se passe ? Pourquoi Carina ne répond-elle pas ?

Et qu'a-t-il bien pu arriver à Borchert ? Pourquoi est-ce qu'il nous a laissés tomber ?

Stern éteignit la voix enregistrée de la boîte vocale et, furieux, se retint d'envoyer valser le portable par la fenêtre de la limousine, sur le parking où ils s'étaient garés après une course folle à travers la ville. Il était profondément dégoûté à l'idée que ce pédophile avait collé son oreille moite de sueur contre ce même téléphone, quelques minutes plus tôt. Mais il allait encore en avoir besoin. Il avait d'abord passé le coup de fil le plus urgent afin d'informer Engler. Car il ne pouvait continuer comme ça, il devait se constituer prisonnier. Même au risque de ne jamais apprendre ce qu'il était advenu de Felix.

Mais c'était à présent secondaire. Leur jeu de piste insensé à la poursuite d'un fantôme devait prendre fin. Simon avait failli mourir assassiné. La réalité, c'était *ça*, et non ses élucubrations à propos de Felix et du garçon avec une tache de vin.

Stern perçut deux petits doigts sur son épaule.

— Tout est OK ? s'enquit Simon.

L'avocat sentit à nouveau ses yeux se remplir de larmes. Il venait d'abandonner ce gamin en plein enfer, en tête à tête avec un monstre ricanant. Et voilà qu'il s'inquiétait de savoir comment il allait, lui !

— Je vais bien, mentit Stern.

En réalité, il ne savait comment s'asseoir pour supporter ses douleurs. Il avait réussi par miracle à sortir de la villa sans s'évanouir dans le couloir. Par chance, Simon possédait manifestement un pouvoir de récupération incroyable, si bien qu'il avait pu descendre l'escalier par ses propres moyens, quand Stern avait attaché le pédophile au lit avec du ruban adhésif.

Tina n'avait pas bougé quand ils l'avaient enjambée au pied de l'escalier, mais Stern avait cru l'entendre respirer faiblement. Bien que chaque centimètre supplémentaire à parcourir fût une véritable torture, il avait rassemblé ses vêtements dans le salon avant de quitter les lieux par le garage, empruntant la voiture du même coup. Il avait remercié Dieu que la limousine fût un modèle automatique. Son pied gauche avait enflé au point de n'être plus qu'un bloc de chair parcouru d'élancements, qu'il pouvait à peine poser par terre et avec lequel débrayer aurait été impossible.

— Pourtant tu as une mine épouvantable, constata Simon d'une voix rauque.

— Et toi, on croirait entendre Kermit, tenta de plaisanter Stern.

Abaissant le pare-soleil, il se regarda dans le miroir et donna raison au gamin. Dans la boîte à gants, il trouva des lingettes humides destinées au pare-brise. Haussant les épaules, il en prit une et épongea le sang sur sa figure.

— Et toi, comment te sens-tu ? s'inquiéta-t-il tout en tamponnant avec précaution le pourtour de l'hématome qu'il avait sur le front.

— Ça va, ça va, concéda Simon en réprimant une quinte de toux.

— Je suis désolé, absolument désolé, répéta Stern pour au moins la huitième fois depuis leur départ de la villa. Mais je vais réparer ça. Je te le jure.

— Mais il ne s'est rien passé, répondit Simon avec lassitude.

Stern alluma le plafonnier pour mieux l'examiner. Les cils du garçon battaient légèrement et il ne pouvait s'empêcher de bâiller. Après ce qui s'était passé dans la journée, était-ce un bon ou un mauvais signe ? Il n'en avait pas la moindre idée.

— Tu as besoin de quelque chose ? D'eau ? De tes médicaments ?

— Non, je suis juste fatigué.

Simon toussa à nouveau. Sa jambe gauche tremblait un peu, ce que Stern n'avait pas remarqué pendant le trajet.

— Tu vas pouvoir aller tout seul jusqu'aux portes vitrées ?

— Bien sûr !

Simon ouvrit la portière du passager et hésita.

— Mais je préférerais rester avec toi.

Stern fit non de la tête et même ce simple geste lui fit mal.

— Je regrette.

— Mais peut-être que tu auras besoin de moi quand même ?

— Viens vers moi !

Stern attira Simon contre lui et, ignorant les protestations de son dos à la torture, il le serra très fort dans ses bras.

— Oui, j'ai besoin de toi. Grand besoin, même. Et c'est pourquoi il est très important que tu fasses exactement ce que je t'ai dit, d'accord ? Tu entres dans l'hôpital et tu te présentes aussitôt dans ton service, tu as bien entendu ?

Simon acquiesça dans ses bras.

— C'est bon. Et qu'est-ce que tu vas faire maintenant ?

Le petit parlait d'une voix sourde, la bouche contre la chemise de Robert.

— Je vais résoudre l'affaire.

Simon s'écarta un peu et leva les yeux.

— C'est vrai ?

— Vrai !

— Ça veut dire que je n'aurai pas à tuer quelqu'un demain ?

— Non, tu n'auras pas à le faire.

— Je n'ai pas du tout envie de ça, tu le sais ?

— Je le sais.

Stern fit glisser une mèche de cheveux derrière l'oreille de Simon et lui sourit faiblement.

— Tu vas vraiment y arriver seul ? s'inquiéta-t-il à nouveau.

— Oui, je vais bien. Je n'ai plus que la gorge qui me gratte.

— Et le tremblement de ta jambe ?

— Ce n'est rien. De toute façon, on va bientôt me donner quelque chose contre ça.

Simon avait déjà posé un pied par terre quand Stern lui mit une nouvelle fois la main sur l'épaule.

— Est-ce que tu te souviens du plus bel endroit du monde ? demanda-t-il. Ce que tu as dit au Dr Tiefensee quand il t'interrogeait dans son cabinet ?

— Oui, confirma Simon en souriant.

— Nous irons sur cette plage, d'accord ? lança-t-il à l'enfant qui s'éloignait déjà. Quand tout ça sera passé.

Toi, Carina et moi. Et tu auras la plus grosse glace qui existe sur terre, d'accord ?

Simon eut un large sourire et lui adressa un signe de la main tout en marchant. Il n'avait que quelques mètres à parcourir entre le parking et l'entrée de l'hôpital, mais Stern ne le quittait pas des yeux, comme hypnotisé. Il mit le contact. Pas pour s'en aller, mais pour pouvoir être auprès de lui en une fraction de seconde en cas de nécessité. Bien entendu, dans le périmètre de l'hôpital Seehaus, il n'était plus sous la menace d'aussi grands dangers que durant les dernières heures. Mais la peur de Stern ne reflua qu'une fois Simon disparu derrière les portes coulissantes.

Il regarda sa montre et enclencha la marche arrière. Il était 18 h 46. Il devait se dépêcher s'il ne voulait pas arriver en retard à la fête foraine.

24

— OK, il est là maintenant. Qu'est-ce que je fais ?

Le barbu, dans la cafétéria de l'hôpital, remuait la mousse de son *latte macchiato* tout en regardant le gamin se diriger vers les ascenseurs.

— Simon semble vouloir rejoindre directement son service, confia-t-il à son portable, tout en retirant de son verre, pour la lécher, la longue cuillère.

Puis il parut pour la première fois s'animer.

— Un instant, dit-il, interrompant la voix à l'autre bout du fil. Ils viennent de le reconnaître. Un médecin.

Oui, il parle avec Simon. Je suppose que ça ne va pas tarder à être l'enfer ici.

Ses mains énormes lâchèrent le verre cannelé et il se leva afin d'observer les aides-soignants, les infirmières et les médecins qui s'amassaient peu à peu autour de Simon. On entendait des exclamations. L'hôpital bruissait d'une activité trépidante.

— Vraiment ? Vous êtes certain ?

Devant les ascenseurs, les voix haussaient le ton, toutes vibrantes d'excitation, et l'homme avait du mal à saisir les instructions qu'il recevait au téléphone. Il demanda à son interlocuteur de parler un peu plus fort. Il finit par avoir tout compris et poussa un grognement d'assentiment.

— C'est parfait. Ce sera fait.

Picasso raccrocha et abandonna son café sans y avoir touché.

25

— Voooot biiiiiilllééééé...

Les syllabes flottaient dans ses oreilles, comme bercées par des vagues. Artificiellement étirées – on aurait dit qu'elles provenaient d'une bande magnétique passant au ralenti –, elles s'assemblaient pour former des mots incompréhensibles.

Où est-ce que je suis ? Qu'est-il arrivé ?

Carina avait l'impression d'être assise sur un lave-linge en phase d'essorage. Le banc sur lequel elle était allongée la secouait comme un vieux sac. De temps en temps, une force invisible la poussait vers l'avant et, l'instant d'après, la repoussait contre l'inconfortable dossier.

Elle cligna fébrilement des yeux et eut la nausée. Elle s'avisa soudain de la puanteur qui l'enveloppait. Un mélange d'odeur d'alcool et de vomi.

Elle avait beau s'efforcer de tenir ses cils écartés, elle ne voyait toujours rien. En tout cas rien de nature à rendre plausible ce qui lui arrivait.

Un homme au visage émacié, moustachu, avec une raie sur le côté d'un brun de cannelle, était penché sur elle, lui tendant une carte plastifiée comme pour justifier de son identité.

— Qu'èche... qu'illl... m'est arrivé ? bredouilla-t-elle.

Mais ses propres paroles lui parurent encore plus incompréhensibles que celles de l'inconnu au visage sévère. L'homme s'adressa à elle d'une voix un peu plus forte cette fois, et elle comprit enfin ce qu'il lui disait. Même si ce n'était que sur le plan acoustique. La véritable signification de son injonction continuait à lui échapper.

— Votre billet, s'il vous plaît.

— Hein ? Quoi ?

Carina tourna la tête et, au prix d'un gros effort, regarda à côté du contrôleur. Face à elle, il y avait un autre banc, vide, à l'exception d'une dame âgée qui la dévisageait d'un air dégoûté et qui, avant de se replonger dans son magazine, roula des yeux méprisants.

— Je, j'ai... je me rappelle...

Carina sentit qu'elle était elle-même la source de la puanteur. Du gros rouge. Le sweat-shirt de son survêtement était couvert de taches.

Comment est-ce possible ?

La dernière chose dont elle se souvenait était cette horrible voix. *Tu gèles.*

Et puis la certitude de tomber dans un sommeil éternel, un sommeil sans rêve. *Mais maintenant ?*

Elle prit entre ses mains ses tempes où le sang battait. Elle s'aperçut avec surprise qu'elle n'avait pas de blessure. Même pas une bosse.

— Alors, vous vous dépêchez, ou faut-il qu'on vous fasse évacuer ?

À mesure que les secondes passaient, les détails autour d'elle s'assemblaient pour donner une image d'ensemble étrange. Les vitres rayées, les tubes de néon à la lumière vacillante au-dessus d'elle, les poignées pour les voyageurs. Elle voyait certes où elle se trouvait, mais n'arrivait pas à le comprendre. Elle aurait tout aussi bien pu se réveiller sur une plaque de glace dans l'Antarctique, ce n'aurait pas été plus irréel pour elle que ce wagon de la S-Bahn qui la transportait avec fracas à travers la nuit berlinoise.

— Je croyais que j'étais morte, dit-elle au contrôleur, ce qui arracha à ce dernier un petit ricanement.

— Non, tu parais seulement l'être.

Il saisit sa main droite avant qu'elle eût le temps de la retirer et prit quelque chose entre ses doigts.

— Ça y est, le voilà.

Il vérifia le compostage du billet et fut manifestement satisfait.

— J'ai rarement vu ça. Être assez bête pour se saouler la gueule, mais acheter un billet !

Il lui rendit ledit billet en lui conseillant d'y aller un peu moins fort le week-end suivant. Puis il poursuivit son contrôle.

que vous placiez immédiatement sous protection policière les enfants de mon ex-femme.

— Pourquoi ?

— Parce qu'on me fait chanter. Ce qui m'amène à ma deuxième exigence : il faut que vous me laissiez libre jusqu'à 6 heures demain matin.

— Vous déraillez ou quoi ?

— Peut-être. En tout cas moins que ces fous furieux. Tenez !

— C'est quoi, ça ?

Engler jeta un coup d'œil sur le siège passager. À cause des menottes, Stern avait sorti avec difficulté de sa veste une minuscule bande vidéo et l'avait lancée à l'intention du policier.

— C'est une bande que j'ai trouvée dans la chambre de l'agent immobilier de Wannsee. Jetez un peu un œil sur ce que sa femme et lui voulaient faire à Simon, si vous avez le cran de supporter ce spectacle.

— C'est lui qui tire les ficelles ?

— L'agent immobilier ? Non.

Stern expliqua brièvement à Engler ce qu'il avait découvert au cours de ces dernières heures.

— Demain matin, un bébé doit être vendu lors d'un rendez-vous de pédophiles. Simon se figure qu'il doit tuer le marchand d'enfants lors de la transaction. Par vengeance.

— Et vous croyez *ça* ?

— Non. Si cette histoire a un semblant de réalité, ce n'est pas Simon mais un autre vengeur qui doit se montrer sur le pont. Et il abattra le marchand dès que l'occasion se présentera.

Engler aborda lentement le carrefour entre le Hüttenweg et l'angle de la Koenigsallee.

— Bien, en admettant qu'il y ait quelque chose de vrai dans votre théorie abracadabrante, comment le gamin en a-t-il entendu parler ? objecta le commissaire avec méfiance.

Stern se retourna pour voir si on les suivait, mais, à part un motocycliste qui s'éloignait en direction de l'Avus, ils étaient seuls au feu rouge.

— Comment expliquer que votre client, Simon Sachs, puisse d'un seul coup non seulement lire dans le passé, mais aussi dans l'avenir ?

— Je n'en ai pas la moindre idée.

La pluie redoubla. Engler fit passer les essuie-glaces à la vitesse supérieure.

— Pas la moindre idée, c'est une mauvaise réponse si vous souhaitez que je vous relâche. Comment puis-je savoir si vous n'êtes pas vous-même impliqué ?

Ils s'étaient remis à rouler et Stern s'étonna un bref instant du bruit du moteur. On aurait dit qu'Engler avait fait le plein avec de l'essence à l'indice d'octane insuffisant.

— C'est la raison pour laquelle vous ne devriez pas m'enfermer. Je vous le prouverai demain matin. Sur le pont.

— Et ce fameux pont, il est où ?

— Concluons d'abord notre marché, et ensuite je vous donnerai l'adresse.

— Eh là ! Mais qu'est-ce qu'il y a encore ?

Stern, déconcerté, se pencha en avant. Il s'était trompé. Il n'y avait pas de problème avec le moteur. Le bruit de tondeuse à gazon qu'il entendait venait de l'extérieur. Et il devenait de plus en plus fort.

— Quelqu'un est-il au courant de notre rencontre ? demanda soudain Engler.

Il semblait nerveux et la tension gagna aussitôt Stern.

— Personne, répondit ce dernier avec hésitation.

— Et quel était le numéro ?

— Quel numéro ?

Robert tâta le téléphone dans la poche de sa veste. Il était toujours allumé. Cela voulait dire...

— Le numéro du portable avec lequel vous m'avez appelé. À qui appartient-il ?

Engler, de plus en plus stressé, ne cessait de se retourner tout en conduisant.

— À l'agent immobilier, mais pourquoi... ?

Les essuie-glaces glissèrent vers la droite et dispersèrent l'eau de pluie qui, pendant une fraction de seconde, eut un effet de loupe sur le pare-brise. Stern put alors voir devant lui.

Le motocycliste. Il avait fait demi-tour, éteint ses lumières et se dirigeait droit sur eux, sans casque et les bras écartés.

Le feu passa au vert et Engler enclencha une vitesse.

Oh, bon sang de bon sang ! Borchert nous avait pourtant expressément mis en garde. Localiser un portable est un jeu d'enfant et...

Il y eut une détonation. Stern cessa de penser.

27

Les trois coups de feu semblèrent tout à fait anodins, comme des pétards mouillés du Nouvel An dont la poudre noire se serait seulement à moitié consumée.

Mais ce bruit étouffé était trompeur. Les projectiles traversèrent le pare-brise et firent exploser le verre de sécurité en milliers de confettis.

Stern n'aurait su dire lequel avait atteint en premier le commissaire dont la tête s'était affaissée sur le volant. Le feu était toujours au vert. Peu après, quand il passa à l'orange, l'intérieur de la voiture s'illumina, ce dont Robert, encore sous le choc, ne se rendit pas compte. Pour le moment, son cerveau était trop occupé à assimiler des images épouvantables : le conducteur sur la moto, le pare-brise brisé, la main du commissaire agitée de soubresauts.

Ses dents s'entrechoquaient. Il était glacé d'effroi. Le choc, les douleurs, la panique et aussi, tout à coup, une averse qui vint lui fouetter la figure. C'est alors seulement qu'il comprit pourquoi la lumière s'était soudain allumée au-dessus de lui. Sa portière. Quelqu'un l'avait ouverte.

— Vous n'avez pas respecté notre accord, siffla un homme dans l'obscurité.

Stern sentit quelque chose de froid contre sa tempe. Le motocycliste y pointait le canon de son arme.

— Vous avez le bonjour de la « voix ». C'est bien vous qui vouliez savoir s'il y a une seconde vie ?

Les yeux clos, Stern pressa encore plus fortement ses paupières. Il était si tendu que sa tête se mit à vibrer. Et il sut en cet instant que les descriptions que l'on fait habituellement des derniers instants de la vie ne s'appliquaient pas à lui. Pas de film déroulant ses images face à la mort ! Même pas un arrêt sur image ! En revanche, durant une infime fraction de seconde, il sentit chacune des cellules de son corps. Il perçut les battements sourds de ses capsules médullosurrénales déversant des quantités toujours plus grandes d'adrénaline dans son sang. Il entendit ses bronches se déployer. Les contractions sans cesse plus fortes de son cœur étaient comme de petites explosions dans sa cage thoracique. Simultanément, sa perception externe se modifia elle aussi. Le vent avait cessé d'être une sensation homogène : il avait au contraire l'impression qu'une sableuse lui projetait au visage d'innombrables atomes d'oxygène qui, mêlés aux gouttes de pluie, criblaient sa peau de milliers d'impacts.

Stern s'entendit crier. Jamais il n'avait ressenti une telle peur. Il éprouvait en même temps des émotions d'une violence inouïe. Comme si on voulait lui prouver une dernière fois quelles sensations extrêmes il aurait été capable de ressentir s'il avait laissé à la vie la moindre chance. Puis, peu avant la fin, il crut qu'il se liquéfiait. Il comprit que Robert Stern, créature composée d'atomes et de molécules, allait se désintégrer en ses divers éléments afin de faciliter l'entrée du projectile dans son corps. Et, tandis qu'une profonde tristesse l'enveloppait à la manière d'un manteau, le coup mortel le délivra.

La balle le frappa. Elle fit mouche, comme prévu. Au beau milieu de la tempe. Elle creusa dans son crâne un trou de la largeur d'un ongle d'où le sang s'échappa comme du ketchup d'une bouteille mal fermée.

Stern ouvrit les yeux. Se prit la tête dans les mains et, incrédule, tâta l'endroit où le tueur appuyait encore son arme l'instant précédent et où était restée la douleur provoquée par la pression du canon. Puis il regarda le bout de ses doigts, s'attendant à y voir du sang. Rien !

Il finit par regarder vers l'avant de la voiture. Il entendit l'arme d'Engler tomber sur le plancher. La moitié du visage du commissaire paraissait inondée de sang. Ce n'est que bien plus tard que Stern s'avisa que ce n'était qu'une apparence, une illusion due à la lumière du feu entre-temps passé au rouge.

Il m'a sauvé la vie ! se dit-il. *Il a réussi à prendre son pistolet et, rassemblant ses dernières forces, à se retourner pour...*

Pendant un instant, il espéra que le commissaire n'était pas trop grièvement blessé : toujours assis, à demi retourné comme un père vérifiant avant de démarrer que ses enfants sont bien attachés, il le regardait amicalement pour la première fois depuis qu'ils se connaissaient. Puis une goutte de sang tomba de ses lèvres. Engler ouvrit la bouche dans une expression de surprise, cligna une dernière fois des yeux et bascula soudain, sa tempe heurtant le volant. La main qui tenait le pistolet se relâcha en même temps que le reste du corps.

Le son du klaxon, qui n'arrêtait pas d'enfler, tira Stern de sa stupeur. Il reprit le contrôle de son corps. Le bourdonnement derrière ses oreilles disparut, et la vie coula de nouveau dans ses veines, réveillant ses douleurs. Il détacha sa ceinture, se glissa hors de la voiture et aperçut l'arme d'Engler. S'en emparant, il la braqua sur le tueur dès qu'il eut mis le pied par terre. Un homme aux cheveux longs, les yeux incroyablement écarquillés, gisait devant lui, le reste de sa vie s'écoulant goutte à goutte de sa tête sur l'asphalte. Stern, bien que n'ayant jamais vu auparavant son visage, eut néanmoins l'impression qu'il ne lui était pas totalement inconnu.

C'est Engler qui m'a sauvé. Il a fallu que ce soit lui !

Il essaya de marcher jusqu'à la piste cyclable, mais trébucha au bout de quelques pas et dévala un talus. Il tomba sur ses mains menottées, sentit dans sa bouche le goût de la terre humide, des feuilles et du bois, avant de trouver le courage de relever la tête et de se remettre debout.

Il faut que je parte d'ici.

Il vacilla, bascula sans y prendre garde le poids de son corps sur sa mauvaise jambe et fut contraint de s'appuyer contre un tronc en gémissant. Mais même les pires douleurs n'étaient pas en mesure de lui faire oublier sa peur, une peur de plus en plus lancinante. Au-dessus de lui, un véhicule passa en vrombissant, mais personne ne s'arrêta. Personne ne sortit de voiture pour lui porter secours. Ou l'arrêter. Pas encore. Les voitures d'intervention étaient certainement déjà en route.

Ils ne me croiront pas. Il faut que je déguerpisse.

Stern poussa un nouveau cri, cette fois sous l'effet de la souffrance psychique, plus intolérable que toutes les douleurs physiques qu'il avait endurées jusque-là. Puis il s'enfonça dans la forêt en chancelant, désireux de retrouver une existence qu'il haïssait pourtant si fort deux jours auparavant.

28

20 h 17. Cela signifiait que ce salopard avait dix-sept minutes de retard, et s'il y avait une chose qu'il détestait, c'était bien le manque de ponctualité. Se faire poser un lapin aussi, bien sûr ! C'était encore pire. Mais qu'est-ce que les gens avaient dans la tête ? Personne n'était immortel, et pourtant tout le monde se comportait comme s'il existait quelque part un bureau des ob-

jets trouvés et des heures perdues où il était possible de récupérer les bouts d'existence que l'on dilapidait.

Dans un geste de colère il jeta dans l'évier le café qui avait refroidi et ce gâchis ajouta à son mécontentement. Il était aussi mécontent de lui-même. Il savait bien que le gaillard lui ferait encore faux bond, alors pourquoi avait-il fallu qu'il lui prépare un café ? Il ne pouvait s'en prendre qu'à lui-même.

Le bruit d'une cuillère contre une tasse en porcelaine lui parvint de la pièce attenante.

— Peut-être voulez-vous une tasse de thé pour changer ? cria-t-il d'une voix cassée, en écrasant la cigarette sans filtre qu'il avait fumée presque jusqu'au bout, au risque de brûler ses doigts crevassés. Je mets justement de l'eau à chauffer.

— Non, merci.

Contrairement à lui, le fait d'offrir inutilement à la mort des minutes entières de sa vie ne semblait pas gêner en quoi que ce soit sa visiteuse inopinée. Peut-être fallait-il avoir les dents qui tombent, des varices et des ongles de pied jaunis pour refuser d'attendre ne fût-ce qu'une demi-heure un rendez-vous incertain. Une demi-heure, le temps exact que la pauvre petite créature venait de passer sur le banc de pin rembourré, le dernier meuble qu'ils avaient acheté ensemble, sa femme et lui.

Maria était toujours à l'heure. En général, elle arrivait même en avance. C'était son point commun avec le cancer qui lui avait rongé les poumons. Ironie du sort : contrairement à lui, Maria n'avait jamais fumé.

Eh bien par exemple ! L'homme ferma le robinet au-dessus de la théière à demi pleine et alla à la fenêtre. Penchant la tête sur le côté, il tendit l'oreille pour voir si le grattement allait recommencer. Il n'avait peut-être pas bien refermé la poubelle, ce qui voulait dire, par ce temps de chien, qu'il devrait ressortir afin d'éviter que les sangliers ne viennent piétiner son gazon.

La fenêtre en bois donnait sur l'arrière de la maison, et normalement, de là, par-dessus la terrasse, on voyait jusqu'au petit embarcadère du canot pneumatique, au bord de l'étang. Mais le contraste entre l'éclairage de la cuisine et la nuit d'encre à l'extérieur était tel que l'on ne voyait plus rien au-delà de quelques centimètres derrière la vitre. Sa frayeur fut d'autant plus grande quand un visage cabossé se pressa soudain contre le carreau.

Mais que diable...

Le vieil homme, en reculant, trébucha sur un tabouret de cuisine. La figure grimaçante était maintenant masquée par la buée que son haleine avait déposée sur la vitre. Il ne distinguait plus que les mains menottées qui tapaient sur sa fenêtre.

Il tressaillit, se demandant où il avait bien pu fourrer le harpon avec lequel il comptait se défendre en cas de nécessité. Il finit par comprendre sa méprise quand il entendit appeler :

— Hé ? Tu es là ?

Même s'il ne parvenait à croire que cette voix familière appartînt à ce visage dévasté, un fait était certain : le type n'était pas un étranger. Au contraire.

Le vieil homme sortit de la petite cuisine en traînant les pieds et se dirigea vers l'entrée arrière de son bungalow.

— Tu es en retard, ronchonna-t-il, quand la porte, coincée, finit par s'ouvrir. Comme toujours.

— Je suis navré, papa.

Le visage défiguré s'approcha. L'homme traînait la jambe et avait le torse étrangement raide.

— Qu'est-ce qui t'est arrivé ? Tu t'es bagarré avec un bus ?

— Pire que ça.

Passant devant son père, Robert entra dans le salon et n'en crut pas ses yeux quand il vit qui l'attendait.

29

— Qu'est-ce que tu fabriques ici ? parvint-il à dire avant que le plancher ne commence soudain à tourner sous lui dans le sens inverse des aiguilles d'une montre.

Ce qu'il entendit en dernier, ce fut un cri strident, suivi d'un bris de porcelaine. Puis il s'affaissa et s'effondra à côté des débris de la tasse à café que la femme, effrayée par son apparition, avait laissé échapper.

Quand il revint à lui, il ne savait ni où il se trouvait, ni pourquoi Carina, les pupilles dilatées par l'angoisse, se penchait sur lui. Une longue mèche bouclée dansait sur son front comme une plume et il aurait aimé que tout son corps bénéficie de cette caresse. Mais, au lieu de cela, quand il contracta les muscles de sa nuque pour relever la tête, la douleur lui remit en mémoire des souvenirs désagréables.

— Simon ? croassa-t-il. Est-ce que tu sais... ?

— Il est en sécurité, murmura-t-elle d'une voix étouffée tandis qu'une larme coulait le long de son visage blafard. J'ai téléphoné à Picasso. Ils ont posté un vigile devant sa chambre.

— Dieu soit loué.

Stern se mit à trembler de tout son corps.

— Quelle heure est-il ?

Il entendit une bouilloire siffler dans la cuisine, ce qui était bon signe. Si son père était toujours occupé avec la théière, son évanouissement ne pouvait avoir été très long.

— Il est presque 8 h 30, confirma Carina.

Il la regarda se passer le dos de la main sur les yeux. Puis, prenant un couteau qu'elle devait avoir sorti au préalable, elle le libéra de ses menottes.

— Merci. As-tu des nouvelles de Sophie ? Sais-tu comment vont les jumelles ?

Il avait le sentiment que sa langue était grosse comme une balle de tennis.

— Oui. Elle m'a envoyé un SMS. Un voisin a dû nous apercevoir ce matin et a informé la police. Ils sont en train de fouiller la maison.

L'estomac de Stern se décontracta un peu. Les enfants étaient hors de danger. C'était déjà ça.

— Nous ne pouvons pas rester ici.

Stern se tut quand il vit des pantoufles de feutre gris-vert entrer dans son champ visuel et s'arrêter à côté de sa tête. Il serra les dents, appuya très fort les paumes contre la moquette et se souleva.

— Tu commences par arriver en retard et tu veux repartir aussitôt, c'est bon, j'ai compris.

Si Robert avait enfoncé une pièce de monnaie dans les rides de colère sur le front de son père, elle y serait restée fichée. Georg Stern avait attrapé au vol les derniers mots de son fils au moment où il entrait dans la pièce avec la théière. Il la posa bruyamment sur un dessous-de-plat métallique.

— Franchement, ça ne m'étonne pas du tout.

— Tu ne lui as rien raconté, n'est-ce pas ? demanda Robert à Carina qui semblait elle aussi en avoir vu de toutes les couleurs.

En plus, il émanait d'elle une odeur de buffet de gare.

— Non, pas vraiment. Juste que nous avions des problèmes et que nous avions besoin d'une cachette.

— Mais comment as-tu pu savoir que... ?

— Oui. Des problèmes, l'interrompit son père, furieux. C'est du Robert tout craché, non ? Si tu avais eu quelque chose à fêter, il ne te serait pas venu à l'esprit de venir chez moi, hein ?

— Veuillez m'excuser, je vous prie...

Stern se leva en s'agrippant à la banquette, tandis que Carina, menaçante, se plantait devant son père.

— ... vous ne voyez pas qu'il est arrivé quelque chose à votre fils ?

— Oh si ! Je le vois très bien. Je ne suis pas aveugle, mon chou. Contrairement à lui. Il ne semble pas encore s'être avisé qu'il n'a pas affaire à un benêt avec moi.

— Qu'est-ce que vous voulez dire ?

— Je veux dire que la télé, ça existe. Vous croyez peut-être que je suis sénile, mais je reconnais mon fils quand on le présente au journal du soir comme un détenu en fuite. En plus, un certain commissaire Brandmann m'a importuné à plusieurs reprises. Ce n'est qu'une question de temps avant qu'il rapplique ici. Robert a donc raison – pour une fois – quand il dit que vous ne pouvez rester ici longtemps.

— Alors, si vous savez ce qu'il est en train de vivre, je ne comprends pas pourquoi vous êtes aussi rude avec lui.

— Mais c'est justement ça, ma poulette.

Le père battit des mains.

— Bien sûr que je sais qu'il a des problèmes. Ça fait dix ans déjà, et aujourd'hui il en a quelques-uns de plus. Mais qu'est-ce que j'y peux ? Robert ne parle pas avec moi. Il passe, cause de la pluie et du beau temps, de la Bundesliga ou de mes visites chez le médecin. Mon propre fils me traite comme un étranger. Il ne se laisse pas approcher. Même maintenant, quand il aurait tant besoin de mon aide...

Stern vit un reflet humide dans les yeux laiteux de son vieux père quand il se retourna vers lui.

— Je ne me gêne même plus pour t'insulter, mon garçon, chaque fois qu'on se parle ou qu'on se voit. Mais tu ne réagis même pas. Je ne réussis pas à te comprendre. Et pourtant j'aimerais tant...

Il s'éclaircit la voix et se tourna vers Carina qui, debout au milieu de la pièce basse de plafond, avait l'air perdue.

— Mais peut-être que vous allez y parvenir, vous. J'ai tout de suite vu que vous aviez du cran. Il y a trois ans déjà, quand vous êtes venue ici. Vous m'aviez contredit quand je racontais des bêtises. Et vous recommencez aujourd'hui. J'aime ça.

Georg ouvrit la bouche comme s'il avait encore quelque chose d'important à dire, mais il battit une nouvelle fois des mains en tournant son dos voûté vers ses hôtes.

— Ça suffit comme ça, murmura-t-il dans sa barbe. Ce n'est pas le moment de devenir sentimental.

Il quitta la pièce en traînant les pieds pour revenir, quelques secondes plus tard, chargé d'une petite trousse de toilette marron.

— Tiens.

— Qu'est-ce que c'est ? demanda Carina en tendant la main.

— C'est la pharmacie de Maria. Sa réserve de médicaments. Ma femme, à la fin, avalait des opiacés comme des Smarties. La date de péremption est certainement dépassée, mais peut-être que le tramadol est encore bon. Robert donne l'impression qu'il supporterait sans problème une bonne rasade de ce flacon d'anesthésiant.

Georg eut un sourire malicieux.

— Et ça, c'est pour vous deux.

Stern attrapa la clé que son père lui lançait.

— C'est la clé de quoi ?

— Du camping-car.

— Depuis quand as-tu... ?

— Il n'est pas à moi. Ce truc appartient à mon voisin Eddie. Il est en voyage et m'a chargé de déplacer ce monstre quand le livreur de fioul voudra entrer sur son terrain. Prenez-le, mettez les voiles et trouvez-vous un petit endroit bien tranquille pour la nuit.

Georg s'agenouilla et sortit de sous la banquette, entre les jambes de Robert, un sac de voyage.

— Et voilà des affaires propres, des pulls et d'autres machins, de quoi vous changer.

Stern se leva, ne sachant que dire. Il aurait aimé prendre son père dans ses bras. Mais il ne l'avait jamais fait. Depuis qu'il était en âge de penser, ils se serraient simplement la main pour se dire bonjour ou au revoir.

— Je suis innocent, se contenta-t-il de dire.

Son père, presque arrivé au couloir, se retourna, effrayé.

— Mais dis-moi, pour qui tu me prends exactement ? demanda-t-il, furieux, ayant presque retrouvé son ton rogue. Tu crois vraiment que j'en ai douté une seconde ?

Quand le bruit du moteur Diesel ne fut plus audible et que les feux de stop eurent disparu derrière la haie des jardins familiaux, Georg Stern demeura un long moment sur le seuil de sa maisonnette, le regard perdu dans la nuit pluvieuse. Il ne rentra que lorsque le vent tourna et lui projeta le crachin directement dans les yeux. Une fois dans le salon, il rassembla les tasses sales, passa une éponge sur la table, puis alla dans la cuisine pour vider dans l'évier le thé froid. C'est alors seulement qu'il débrancha son portable du chargeur et appela le numéro que l'homme lui avait donné en cas de besoin.

30

L'aire de repos pour poids lourds, derrière le motel Avus, juste au bord de l'autoroute, était le meilleur refuge pour la nuit, compte tenu du peu de temps qui leur restait. Ici, sur ce parking gratuit à proximité du parc des expositions, des camions et des camping-cars stationnaient en toute saison. Un véhicule de plus ou de moins passerait donc inaperçu.

— C'est un piège, dit Carina, tandis qu'ils se garaient à deux emplacements de distance d'une camionnette de déménagement.

Durant le bref trajet, ils avaient à peine réussi à échanger le strict nécessaire.

— Il ne faut pas que tu ailles au pont demain. En aucun cas.

Le visage crispé, Stern s'extirpa péniblement du siège du passager et monta à l'arrière. Il avait avalé plusieurs comprimés de sa mère et l'effet anesthésiant des opiacés se faisait peu à peu sentir. Ayant perdu toute énergie, il s'allongea sur une couchette étonnamment confortable. Carina tira le frein à main, coupa le contact et le rejoignit.

— Je n'ai pas le choix.

Stern avait passé en revue toutes les options possibles.

— Je ne peux pas me constituer une nouvelle fois prisonnier.

— Pourquoi ?

— C'est trop tard maintenant. J'aurais dû rester dans la voiture d'Engler au lieu de prendre la fuite. Avec son arme de service par-dessus le marché ! Mais, sous l'effet du choc, je n'ai pensé qu'à fuir. J'ai pensé qu'ils ne croiraient jamais que j'avais parlé avec Engler d'homme à homme et qu'ensuite j'avais été le seul à survivre à une attaque.

— Tu as peut-être eu raison.

— Et puis il doit y avoir une taupe. La « voix » est informée de chaque pas que nous faisons. Si je vais voir la police maintenant, il changera ses plans. Il annulera le rendez-vous, disparaîtra, et je ne saurai jamais...

... *ce qui est arrivé à Felix*, pensa Stern, découragé.

— Peut-être l'a-t-il déjà fait ?

Carina s'assit à côté de lui, lui défit un bouton de sa chemise, puis lui ordonna de s'asseoir.

— Il aurait renoncé au rendez-vous ? C'est possible. Il sait certainement déjà que je suis en vie. Mais il ignore si je connais l'adresse du pont. En plus, il veut à tout prix choper le vengeur. Il ira jusqu'au bout, tant que ses sources policières ne l'en auront pas dissuadé. Et, pour l'instant, ils n'ont aucune raison de le faire. Jusqu'ici je n'ai parlé qu'avec Engler, et il est mort.

Stern ôta sa chemise trempée de sueur et s'allongea sur le ventre. Il entendit Carina pousser un soupir en découvrant les énormes meurtrissures autour de sa colonne vertébrale. Puis, sentant un froid désagréable au niveau des lombaires, il se contracta.

— Désolée. La pommade est froide au début, mais ça ne va pas tarder à chauffer.

— J'espère.

Il ne voulait pas se montrer faible devant elle, mais un papillon se posant sur son dos lui aurait arraché un hurlement en cet instant.

— Parlons plutôt de toi, Carina. Pour l'instant, tu es recherchée pour enlèvement d'enfant. On a trouvé tes empreintes digitales sur la poignée de la villa de l'agent immobilier, ta voiture est garée juste devant la porte. Et tant que je n'aurai pas pu démontrer le contraire, tu es en fuite avec le meurtrier d'un policier, récapitula-t-il. Il faut réfléchir à la manière dont tu vas te constituer prisonnière, sans...

— Chut, dit-elle, sans qu'il sache si elle cherchait à le tranquilliser ou à le faire taire. Retourne-toi !

Serrant les dents, il roula sur le dos. Il pouvait déjà bouger plus facilement. L'analgésique commençait à agir.

— ... sans qu'ils te collent quelque chose sur le dos, comme à moi, reprit-il.

— Pas maintenant, chuchota-t-elle en lui écartant une mèche de cheveux collée par le sang sur son front.

Robert expira profondément et savoura le doux massage des mains expertes. Les doigts exerçaient une tendre pression, en cercles concentriques, du cou jusque sous les épaules. Ils caressèrent sa poitrine, s'attardèrent longuement sur son cœur affolé, puis glissèrent plus bas encore.

— Il ne nous reste que peu de temps, murmura-t-il. Utilisons-le à bon escient.

— C'est ce qu'on va faire, l'interrompit-elle en éteignant.

C'est de la folie, se dit-il en se demandant ce qui le calmait le plus. Les médicaments qui coulaient dans ses veines ou son souffle sur sa peau. Ses douleurs se rappelèrent brutalement à lui quand il essaya de se relever pour l'empêcher de continuer. Puis, pareilles à un enfant boudeur, elles se retirèrent dans un coin de sa conscience, où, en compagnie de ses préoccupations et de ses angoisses lancinantes, elles se mirent en position d'attente.

Stern se détendit presque malgré lui. Ouvrant les lèvres, il sentit dans sa bouche la douce haleine de sa compagne et le goût de ses propres larmes que la langue de Carina avait recueillies. Le sifflement du vent qui se déchaînait contre la carrosserie se transforma en une mélodie enchanteresse. Il voulut penser à Felix, au garçon à la tache de vin, et imaginer un plan susceptible de résoudre leurs problèmes insensés, mais il ne parvint même pas à regretter le malentendu qui les avait séparés plusieurs années, Carina et lui. Pour quelques heures, le camping-car se mua en un cocon les protégeant d'un monde sorti de ses gonds.

Malheureusement, cet état de sécurité trompeuse ne dura pas longtemps. Quand, peu avant 5 heures, un grondement de tonnerre ramena Stern à la réalité, Carina, encore plongée dans ses rêves, luttait contre un adversaire invisible. Il se libéra de son étreinte agitée, s'habilla et, le visage grimaçant de douleur, s'assit au volant du camping-car. Vingt minutes plus tard, il s'arrêtait devant le parking de l'hôpital Seehaus. Elle ouvrit alors les yeux, s'étira et vint le rejoindre à l'avant.

— Qu'est-ce qu'on fait ici ? demanda-t-elle.

S'asseyant sur le siège passager, elle regarda droit devant elle. Elle avait la voix de quelqu'un de totalement réveillé. Comme si elle avait reçu un verre d'eau froide en plein visage.

— Tu descends ici.

— Pas question. Je viens avec toi.

— Non. À quoi cela servirait que nous y restions l'un et l'autre ?

— Et à quoi je vais servir ici ?

Après avoir considéré toutes les options envisageables, Stern avait fini par concevoir un plan si ridicule qu'il ne méritait même pas d'être appelé ainsi. Il le lui exposa. Elle protesta, comme il s'y attendait. Mais elle finit par admettre qu'ils n'avaient pas d'autre issue. À supposer qu'il y ait une issue !

Robert sentit sa réticence quand il l'attira une dernière fois contre lui. Il savait que celle-ci n'était pas dirigée contre le baiser mais contre ce qu'il signifiait. Alors qu'ils s'étaient retrouvés la veille après une si longue séparation, il scellait à nouveau une séparation qui serait probablement plus longue que les trois années qu'ils venaient de perdre. Une éternité, selon toute vraisemblance.

LA VÉRITÉ

« Je suis certain que, tel que vous me voyez ici, j'ai déjà existé mille fois, et j'espère bien revenir mille fois. »
Johann Wolfgang von Goethe
(lettre à Johann-Daniel Falk, 1813)

« Et comme les hommes ne meurent qu'une fois, après quoi il y a un jugement. »
Épître aux Hébreux, 9 : 27

« Le pardon est une affaire entre le pécheur et Dieu. Je ne suis ici que pour organiser cette rencontre. »
Denzel Washington dans *Man on Fire*

« This could be the end of everything
So why don't we go
Somewhere only we know ? »
Keane

1

Stern avait vu beaucoup de choses durant ces dernières heures : des cadavres au crâne défoncé, des morts dans un cabinet médical et dans un réfrigérateur. Sous ses yeux, des gens avaient été roués de coups, pendus, exécutés. Il avait dû endurer le spectacle répugnant d'un enfant essayant désespérément de respirer à travers un sac en plastique tandis qu'un homme nu comme un ver se trémoussait devant lui. Sa vision du monde en avait été bouleversée. Le juriste au formalisme strict s'était mué en sceptique refusant catégoriquement d'exclure la possibilité d'une seconde vie depuis que Simon l'avait conduit d'un phénomène inexplicable à un autre.

L'assassinat, le chantage, les sévices sexuels sur enfants, la fuite et des douleurs inimaginables, tout cela, Stern l'avait assumé à seule fin d'apprendre ce qu'il était advenu de son fils. Et pourtant, certains moments de son week-end n'avaient pas été fondamentalement différents des occupations de la plupart des Berlinois : il était allé au zoo, avait dansé en boîte et fait quelques tours de grande roue. Et l'endroit où il se rendait à présent était lui aussi une excursion recommandée par de nombreux magazines aux habitants de la capitale. À vrai dire, les itinéraires et les heures d'ouverture évoqués par ces magazines n'avaient rien à voir avec l'équipée de Stern.

Le chemin qu'il emprunta une heure avant le lever du soleil le mena à travers l'obscurité poisseuse de Grünewald, quartier de Berlin battu par la pluie et le vent. Il avait garé le camping-car dans la Heerstraße, parcourant à pied les derniers mètres jusqu'au lac. Des branches de pin alourdies par l'eau lui fouettaient la figure, et d'autres, plus grosses et aux arêtes vives, l'écorchaient jusqu'au sang. Il progressait lentement car il devait prendre garde de glisser dans une flaque, trébucher sur une racine ou accabler encore davantage un pied déjà mal en point. Pour l'instant, les douleurs étaient supportables, ce qu'il s'expliquait par une poussée d'adrénaline. Il s'était abstenu de prendre d'autres médicaments.

Il n'avait pas voulu diminuer ses capacités de réaction s'il devait être amené à assister à la vente d'un enfant. *Ou à un assassinat.*

Jusque-là, il avait d'abord dû combattre un autre danger : le vent. Tous les trois pas, celui-ci cassait une branche morte et la projetait au sol. Par moments, on aurait dit que c'étaient des cimes entières qui s'écroulaient, et Stern fut soulagé quand le faible faisceau de sa lampe de poche finit par lui révéler un sentier praticable.

Il lui suffit de parcourir quelques mètres en direction de la Havelchaussee pour arriver au bord de l'eau. Juste en face du « Pont » ! Le deux-mâts se balançait tellement qu'on avait le mal de mer rien qu'en le regardant. Il était secoué par des bourrasques qui tendaient et faisaient gémir les cordages, comme désireuses d'arracher le bateau-restaurant à sa passerelle.

Sous le panneau près de l'accès, Stern lut cette inscription : « Le poisson le plus frais de la ville. » Depuis la veille, il connaissait la double signification de cette réclame. Pour les non-initiés, le « Pont » était une excursion appréciée, très fréquentée pendant les beaux jours. Mais le lundi, jour de fermeture, il se transformait en un lieu de rencontre pour « groupes privés ».

Photos, vidéos, adresses, numéros de téléphone, enfants...

Robert s'interdit de penser aux échanges qui, semaine après semaine, s'effectuaient dans cette Bourse de l'horreur.

Il essuya la pluie de son visage et regarda l'heure. Encore cinq minutes.

Puis il se dissimula derrière une remorque à bateau vide garée le long de la route, et attendit l'homme dont il ne connaissait guère que la voix contrefaite. Celui-ci semblait ne pas être encore arrivé. À l'exception de deux petits feux de position, le bateau était plongé dans l'obscurité. Le parking des visiteurs était lui aussi désert.

À cette heure, la Havelchaussee était fermée à la circulation normale afin de protéger la faune et la flore. C'est pourquoi Stern, en dépit du bruit du vent, entendit de loin le gargouillement profond du huit cylindres arrivant de Zehlendorf.

Seuls les feux de position du tout-terrain noir étaient allumés. Il roulait un peu trop vite. Stern espéra presque que le conducteur, ayant pris trop tôt un raccourci le long du lac, allait poursuivre sa route. Mais les feux de devant s'éteignirent, et le véhicule tourna dans l'allée menant au « Pont » dans un crissement de pneus, puis s'arrêta une cinquantaine de mètres avant la passerelle.

Un homme en descendit. Dans l'obscurité, Stern ne distingua qu'une silhouette. Mais ce qu'il vit lui parut familier. Le type, de haute taille, très droit, les épaules larges, marchait d'un pas vigoureux comme s'il voulait laisser des empreintes dans la terre. Tout cela lui était connu. Il l'avait déjà vu. Souvent même.

Mais chez qui ?

L'homme releva le col de son trench-coat de couleur sombre, enfonça une casquette de base-ball sur son front et ouvrit le hayon. Il en sortit une petite corbeille recouverte d'une toile claire.

Le vent ayant tourné un bref instant dans sa direction, Stern se demanda si ses sens surmenés ne lui jouaient pas un tour. Il avait eu l'impression d'entendre pleurer un bébé.

Il attendit que l'homme ait ouvert un portail en fer qui barrait l'accès à la passerelle. Il prit alors le pistolet dans la poche de son pantalon. Il avait souvent lu qu'une arme avait un effet apaisant dès qu'on l'avait en main. Il n'en eut pas confirmation. C'était peut-être parce qu'il savait à qui elle avait appartenu. À un homme qui, pour le sauver, avait sacrifié une vie durant laquelle ils ne s'étaient jamais croisés qu'ennemis.

Mais il n'envisageait pas d'échanger des coups de feu avec un tueur expérimenté. Si, pour une raison qu'il ignorait, les prédictions de Simon se révélaient fondées, une autre personne allait faire son apparition sur la scène dans quelques secondes. L'acheteur ! Peut-être serait-ce un pédophile. Mais ce pouvait être également le « vengeur », celui qui avait liquidé les criminels durant les quinze années passées. Dans un cas comme dans l'autre, la police avait intérêt à se dépêcher si elle tenait à éviter un carnage.

Stern regarda une dernière fois sa montre. Il allait être 6 heures. Si Carina avait respecté le plan, dans dix minutes au plus la chaussée déserte se transformerait en un circuit pour voitures et fourgons de police, pour véhicules d'intervention en tout genre. Pourtant, au cas où les choses tourneraient mal – par exemple s'il y avait effectivement une taupe dans la police qui ferait tout échouer –, Stern voulait s'assurer au préalable de l'identité de la « voix ». De l'homme susceptible de lui dire ce qui s'était passé jadis à la maternité. *Et si son fils vivait encore.*

Stern sortit de derrière la remorque. C'était le moment. C'était parti.

2

Plié en deux, il descendit à pas de loup l'allée pavée menant au « Pont ». La distance jusqu'au tout-terrain, bien que courte, le mit hors d'haleine. Toujours courbé, il s'appuya contre la roue de secours fixée à l'extérieur du hayon. Ayant retrouvé un peu de calme, il alluma un instant sa lampe de poche. Juste le temps de noter le numéro d'immatriculation. Renseignement n° 1.

Sur la plaque berlinoise, le chiffre, court, était aisé à retenir. Bien sûr, la vérification dans les fichiers ne donnerait probablement rien. Il se redressa et, toujours dissimulé derrière la voiture, jeta un coup d'œil. Il aperçut un pinceau de lumière sur le pont supérieur du bateau. À l'évidence, le marchand avançait à tâtons, lui aussi à l'aide d'une lampe de poche.

Bon. Suivons-le !

Stern décida d'aller jusqu'à la passerelle. Il lui fallait s'approcher le plus possible de la « voix » afin d'apercevoir son visage. Son pouls s'accéléra. Il savait qu'il s'agissait de faire vite maintenant. Tant que le prétendu acheteur du bébé ne serait pas arrivé, la « voix » ne se méfierait pas si elle remarquait du mouvement sur le parking.

Stern pria le ciel de lui permettre de supporter les douleurs d'un sprint jusqu'au bateau. Il allait s'élancer quand son regard tomba sur la portière passager.

Il s'arrêta net. *Est-elle... ?* Oui, elle était ouverte. Elle s'était mal refermée. Il la tira et sursauta.

Bordel !

Les lampes de l'habitacle s'étaient allumées, et Stern eut l'impression d'avoir lancé une fusée éclairante dans le ciel. Il grimpa dans la voiture en toute hâte, referma la portière et, caché dans l'obscurité revenue, chercha à découvrir si l'inconnu du « Pont » avait remarqué quoi que ce soit. On ne voyait plus le pinceau de lumière sur le pont. En revanche, une petite lampe s'alluma dans la cabine de pilotage. Stern distingua une ombre. Celui qu'il considérait comme la « voix » ne l'avait donc pas découvert.

Vite.

Assis sur le siège passager, il regarda autour de lui. PIÈGE ! Un signal lumineux se mit à clignoter dans son subconscient quand il vit que la clé de contact n'avait pas été enlevée. Il prit son pistolet, surmonta son réflexe de fuite, se retourna, passa sur le siège arrière et regarda dans le coffre par-dessus les repose-tête. S'étant assuré que, contrairement à ce qu'il avait craint, il était bien seul dans le véhicule, il actionna le verrouillage central.

Ainsi, ce n'était pas un piège ?

Stern vérifia dans le rétroviseur qu'une autre voiture n'arrivait pas. Mais rien ne bougeait derrière lui, à l'exception des arbres dont le vent pliait les branches comme des cannes à pêche. Il ouvrit la boîte à gants où il ne trouva qu'une boîte de lingettes fraîcheur. Puis il baissa le pare-soleil, regarda dans les vide-poches latéraux : toujours rien. Pas le moindre indice de l'identité du conducteur.

Les yeux de Stern s'habituant progressivement à la pénombre, il remarqua que l'intérieur était aussi propre et vide que celui d'un véhicule neuf. Il n'y avait ni CD, ni factures d'essence, ni plans de ville, ni tout le fatras habituel que tout automobiliste laisse dans sa voiture. Il ne trouva même pas un disque de stationnement. Il chercha à tâtons, sous les sièges, des poches dissimulées. En vain. Il s'appuya des coudes sur la console séparant les sièges avant et il allait descendre de voiture quand l'idée lui traversa l'esprit.

La console !

Bien sûr. Elle était trop large pour servir uniquement d'accoudoir. Il tira d'abord sur la mauvaise encoche, mais elle finit par s'ouvrir avec un léger bruit. La poche contre le couvercle en cuir était aussi vide que les autres. À une exception près. Stern en sortit un disque argenté sans pochette. La faible lumière provenant du « Pont » était suffisante pour lui permettre de lire la date inscrite au feutre vert sur le DVD.

Celle de la dernière journée de son fils !

3

Dans un hôpital aussi grand que le Seehaus, on ne remarquait les visiteurs que s'ils cherchaient à l'être, en demandant leur chemin au gardien, en enfumant le hall d'entrée avec leurs cigarettes ou en restant coincés dans la porte à tambour à cause d'un bouquet surdimensionné. Une femme en jogging gris qui ne tirait pas derrière elle une valise passait pratiquement inaperçue, même s'il était très tôt pour se précipiter comme elle le faisait en direction des ascenseurs.

Carina savait que les préparatifs du petit déjeuner battaient leur plein à cette heure-ci et que les équipes de jour allaient bientôt remplacer celles de nuit. Les médecins et les infirmières surmenés avaient donc atteint le seuil d'attention le plus bas quand elle pénétra dans le couloir du service de neurologie. Elle dissimula néanmoins son visage sous le capuchon du sweat-shirt que le père de Robert lui avait donné la veille, espérant ainsi que personne ne la remarquerait.

Quand elle sortit de l'ascenseur, elle jeta un coup d'œil sur la grande horloge qui ornait le bout du couloir. Encore deux minutes. Cent vingt secondes durant lesquelles elle allait d'abord réveiller en sursaut le personnel. C'était le point essentiel du plan.

— Peu avant 6 heures, tu iras dans ton service et tu donneras l'alerte. Je veux que le plus grand nombre possible de tes collègues te voie te rendre auprès du garde posté devant la chambre de Simon, lui avait seriné Robert.

Pour que l'on ne puisse rien lui coller sur le dos, il ne devait subsister aucun doute quant au fait qu'elle s'était constituée prisonnière de son plein gré.

Tout en parcourant le couloir à grands pas, elle se remémora l'autre promesse qu'elle avait dû lui faire lors de leur dernière conversation.

— Dès que tu te seras rendue, dis-leur où je suis. Mais pas avant 6 heures pile. Pas une seconde plus tôt.

— Pourquoi ? lui avait-elle demandé. Cela prendra au moins cinq minutes avant que les secours arrivent.

— Oui. C'est le temps qu'il me restera pour découvrir ce qui est arrivé à mon fils. Si un bébé doit effectivement être vendu sur le « Pont », un créneau horaire trop large représente un grand risque pour lui.

— Mais s'ils arrivent trop tard, tu seras mort.

Il avait fait non de la tête d'un air las.

— Je ne pense pas que la « voix » veuille m'assassiner. Il aurait eu assez d'occasions de le faire ces derniers jours.

— Mais que veut-il alors ?

En guise de réponse il lui avait donné un dernier baiser, puis il était parti pour le découvrir.

Carina s'immobilisa.

La porte en verre dépoli de la salle des infirmières était ouverte en temps normal, mais une partie du personnel féminin s'était manifestement enfermé pour ne pas être dérangé pendant la pause café. Carina entendit un rire inconnu derrière la porte. Elle supposa qu'il appartenait à une intérimaire d'un autre service qui l'avait temporairement remplacée.

Clac. L'aiguille de l'horloge venait de dévorer une minute supplémentaire. Elle leva la main pour frapper à la porte... et suspendit son geste.

Mais c'est impossible... L'idée lui traversa l'esprit. En pénétrant dans le couloir, elle n'avait pas pris le risque de regarder dans la direction de la chambre 217.

Le policier en faction devant la porte ne devait la voir que quand elle le voudrait. Et pas le contraire. Néanmoins, elle avait aperçu du coin de l'œil quelque chose qui n'aurait en fait pas dû être.

Et ce quelque chose, c'était : *rien !*

Elle se retourna lentement et son regard parcourut le long couloir récuré aux produits antiseptiques.

Effectivement : il n'y avait personne. Ni homme, ni femme, ni policier.

Bien sûr, le flic est peut-être en train de faire une pause cigarette.

Carina avança lentement dans le couloir.

Bon. Peut-être qu'il est allé aux toilettes. Ou bien il jette un coup d'œil sur le gamin. Mais est-ce qu'il ne devrait pas y avoir au moins une chaise devant la porte ?

Chambres 203, 205, 207. Devant chaque porte, elle accélérait le pas.

Ou bien avaient-ils effectivement renoncé à la sécurité rapprochée ? Alors que Simon avait déjà été enlevé une fois ? Et, aujourd'hui, comme par un fait exprès ?

Elle passa devant la chambre 209 au pas de course.

— Hé ! Carina ?

Une voix de femme cria derrière elle, tout excitée.

L'intérimaire certainement. Contrairement au rire qu'elle venait d'entendre, la voix lui était toutefois familière, mais elle ne se retourna pas. Cela pouvait, cela devait attendre.

Elle ouvrit la porte de la chambre 217 à toute volée et faillit lâcher un hurlement. Parce qu'elle contemplait exactement ce qu'elle redoutait. Rien. Pas d'enfant. Pas de Simon. Seul un lit aux draps tout propres attendait un nouveau patient.

— Carina Freitag ? entendit-elle cette fois juste derrière elle.

Elle se retourna. Effectivement, une nouvelle. La rouquine avait un jour pris place à côté d'elle à la cafétéria. Marianne, Magdalena, Martine... quelque chose comme ça. Peu importait son nom. En cet instant, un seul nom intéressait Carina, et celui qui le portait avait disparu.

— Simon, où est-il ?
— Ils l'ont déplacé, mais je...
— Déplacé ? Mais où ?
— À la clinique Kennedy.
— *Quoi ?* Quand ?
— Je l'ignore, c'est marqué dans le livre de garde. Mon équipe vient juste de prendre son service. Écoute, ne me crée pas de difficultés. J'ai reçu l'ordre de faire venir le médecin-chef dès que tu te manifesterais.

— Eh bien, fais-le. Et le mieux, c'est que tu appelles immédiatement la police.

— Pourquoi ? s'étonna l'infirmière en laissant retomber la main tenant le téléphone intérieur.

— Parce que Simon a été enlevé. À Kennedy, il n'y a pas de neuroradiologie. C'est un établissement privé pour médecine interne.

— Ah...
— Qui a donné son accord ? Qui était de service avant toi ?

La rouquine était à présent totalement déstabilisée. Elle énuméra quelques noms jusqu'au moment où Carina la pria d'en répéter un. Elle faillit se faire elle-même un croc-en-jambe quand, passant en trombe devant l'infirmière, elle sortit de la chambre.

Picasso ? Depuis quand il travaille de nouveau la nuit, celui-là ?

4

Stern tourna la clé de contact de manière à mettre en marche l'équipement vidéo du tout-terrain. Le lecteur avala le DVD avec un bruit de succion. Cessant de prêter attention aux mouvements en provenance du « Pont », Stern avait le regard fixé sur l'écran comme un étudiant qui cherche son nom sur l'affiche annonçant les résultats d'un examen. À la seule différence qu'il s'agissait, dans son cas, de la vie de son fils. Ou, plus vraisemblablement, de sa mort.

Quand l'image prit forme, il pensa d'abord qu'il n'avait affaire qu'à une copie du DVD qu'il connaissait déjà. Comme l'autre fois, cela commençait par des images verdâtres de la maternité, le soir. Felix était de nouveau dans son petit lit, de nouveau il tendait son poing droit, de nouveau il écartait ses doigts minuscules. Stern aurait voulu fermer les yeux, mais il savait combien cela aurait été inutile, car l'image fixe suivante s'était de toute façon incrustée pour l'éternité sur sa rétine, et cela dès l'instant où il l'avait vue sur son vieux téléviseur : le corps inerte de Felix, aux lèvres trop bleues et aux yeux inexpressifs, qui, dix ans plus tard, accusaient toujours le père de n'avoir su faire obstacle à la mort. Stern joignit les mains dans un geste de prière et se mordit la langue, avec le vain espoir de se réveiller enfin de ce cauchemar. Il n'était pas venu là pour revoir son fils mourir.

Mais pourquoi ? Es-tu idiot au point de croire qu'il y a une autre explication ?

— Oui, s'avoua-t-il, exprimant pour la première fois ses pensées à haute voix. Felix est vivant. Je refuse que son cœur s'arrête de battre. Je vous en prie, ne le faites pas mourir une deuxième fois.

Il implorait plus qu'il ne priait, et, bien qu'il n'eût pas nommé celui à qui il s'adressait, ses paroles semblèrent produire un effet.

Mais qu'est-ce qui se passe ?

Les images qui se succédaient à présent n'avaient plus rien à voir avec celles du premier DVD. Soudain, une ombre s'étendit au-dessus du lit. La caméra zooma et le grain des images s'affina. Puis survint l'indicible. Des mains d'homme traversèrent l'image. Une d'abord, puis une deuxième. Nues, brutales, elles se dirigèrent vers Felix, se posant sur sa tête fragile. Stern cligna des yeux, craignant que les scènes à venir ne soient plus cruelles encore que tout ce qu'il avait enduré jusqu'ici. Il voulut commander à ses doigts d'éteindre l'autoradio, mais son cerveau s'opposait à cette tentation. Et il finit par s'abandonner à l'horreur inexorable, avec l'espoir que ce voyage dans l'univers de la connaissance se termine ici, dans l'obscurité d'un parking au bord d'un lac. Le DVD continuait à tourner impitoyablement, et Stern regarda l'homme tendre les mains vers le bébé. Vers Felix ! L'une le saisit par le cou, l'autre par le haut du corps. Puis les muscles des avant-bras se contractèrent, et l'inconnu…

Dieu du ciel, viens à mon secours…

… souleva Felix et…

Ce n'est pas possible. C'est…

… le sortit du lit !

C'est impossible !

Quelques secondes plus tard, un autre nourrisson occupait le petit matelas. La même grenouillère, la même taille, une allure comparable. Une seule différence sautait aux yeux : ce n'était pas Felix.

Ou alors c'est quand même lui ?

Le nouveau bébé ressemblait beaucoup à son fils, mais quelque chose différait dans son apparence.

Le nez ? Les oreilles ?

La vidéo était de trop mauvaise qualité. Il se frotta les yeux et, posant les bras sur le tableau de bord, s'approcha le plus près possible de l'écran. En vain. Les contours du nourrisson n'en devinrent que plus flous. La seule chose dont il fut certain, c'est que ce bébé était lui aussi vivant. Et, de manière angoissante, ses gestes lui parurent plus familiers encore que ceux du nouveau-né qui était couché à sa place quelques instants plus tôt.

Mais cela voudrait dire...

Il regarda la date en incrustation. Et alors, il ne comprit plus rien.

Avec une application confinant à l'autisme, il concentra toutes ses facultés sensitives pour essayer de trouver un sens à ces images. Mais il n'y parvint pas.

Un échange ? C'était impossible. Felix était le seul garçon présent à la maternité. Et il l'avait vu mourir. Laquelle des deux vidéos était donc authentique ?

Observant sur l'écran les derniers gestes de l'échange, il ne respirait plus que par à-coups. La caméra cadra en gros plan sur le bébé et sur des mains velues d'homme qui passaient autour du poignet droit du nourrisson un petit ruban portant un numéro. Le numéro d'identification de la maternité dont l'enfant était jusque-là dépourvu.

Puis tout se volatilisa. La prise de vue était terminée. L'écran redevint noir, et Stern regarda le téléphone portable qui vibrait dans sa main depuis un certain temps.

5

— Bonjour, monsieur Stern.

Il croyait être parvenu depuis longtemps au maximum de son désespoir. Cette voix contrefaite le détrompa.

Dans le bar du bateau, la lumière s'éteignit puis se ralluma. Une ombre se profila à la fenêtre donnant sur le parking.

— Qu'avez-vous fait de mon fils ? réussit-il à demander.

Bien que ne souhaitant rien entendre d'autre, il eut le plus grand mal à croire ce qu'on lui répondit.

— Nous l'avons échangé.
— C'est impossible.
— Pourquoi ? Vous l'avez vu de vos propres yeux, non ?
— Oui. Mais, il y a trois jours, vous m'avez envoyé une vidéo où on le voit mourir ! hurla Robert. Que voulez-vous de moi à la fin ? Laquelle est la bonne ?
— Les deux, dit la voix avec calme.
— Vous mentez.
— Non. Un bébé est mort. Un autre est vivant. Felix a aujourd'hui dix ans et vit dans une famille adoptive.
— Où ?

La « voix » garda le silence assez longtemps, un peu comme un orateur qui prend son verre d'eau pour se désaltérer. Elle restait métallique, même si elle n'était plus aussi déformée que lors de leur premier contact.

— Vous tenez vraiment à le savoir ?

— Oui, s'entendit répondre Stern.

Il n'y avait effectivement rien de plus important pour lui en cet instant.

— Alors ouvrez la boîte à gants.

Il obéit comme un automate.

— Et maintenant ?

— Prenez le paquet et ouvrez-le.

Les doigts tremblants, Stern sortit la boîte de lingettes. L'air s'échappa en chuintant quand il déchira l'emballage.

— C'est fait.

— Bien. Prenez une lingette et pressez-la contre votre nez et votre bouche.

— Non, répondit-il instinctivement.

Il n'avait pas besoin d'une étiquette avec une tête de mort pour se rendre compte de la toxicité des vapeurs qui emplissaient déjà la voiture.

— Je croyais que vous souhaitiez revoir votre fils ?

— Oui, mais je ne tiens pas à mourir.

— Qui vous dit que c'est ce qui va se produire ? Je vous demande seulement de poser la lingette sur votre figure.

— Et que va-t-il se passer si je refuse ?

— Rien.

— Rien ?

— Non. Vous pourrez descendre et rentrer chez vous.

Et ne jamais savoir où est mon fils.

— Mais ce serait une erreur. Vous avez déjà tant progressé.

— Vous mentez, ces images sont truquées.

— Elles ne le sont pas.

La « voix » avait du mal à respirer.

— Dans ce cas, expliquez-moi comment vous avez fait. Vous dites qu'il y avait deux bébés, fit Stern d'une voix brisée, de plus en plus aiguë à chaque phrase. Pourquoi ne nous en sommes-nous pas aperçus ? À qui était l'autre ? Pourquoi les avoir échangés ?

Et pourquoi personne n'a-t-il remarqué son absence après sa mort dans les bras de Sophie ?

— Bon, je vais vous expliquer. Mais alors vous serez de nouveau dans le coup.

Stern ferma la boîte de lingettes et secoua la tête.

— Pour que vous compreniez tout, vous devez savoir comment je gagne ma vie.

— Vous vendez des enfants.

— Notamment. Nous avons de nombreux secteurs d'activité. Mais le commerce de nouveau-nés est l'un des plus lucratifs.

Stern eut un haut-le-cœur et regarda dans le rétroviseur. Il était 6 h 02. Le « vengeur » ne s'était toujours pas montré.

— Mon concept commercial repose sur la merveilleuse invention de la « trappe d'abandon ». Vous connaissez certainement ces poubelles pour êtres humains, devant les hôpitaux, où une mère peut déposer un enfant non désiré au lieu de l'abandonner n'importe où, voire de le tuer ?

— Oui.

Mais qu'est-ce que cela a à voir avec Felix ?

— La dernière fois que vous avez entendu dire qu'un bébé y avait été déposé, c'était quand ? On prétend que cela arrive rarement. Tout au plus deux fois par an. Mais c'est un mensonge. En réalité, c'est une pratique très courante.

La « voix » fit claquer sa langue.

— Quand une mère dépose son enfant dans la trappe, une alarme silencieuse se déclenche aussitôt dans l'hôpital. Un membre du personnel arrive et s'occupe du bébé abandonné. Deux fois sur trois, c'est un infirmier qui figure sur ma liste.

— Non ! s'écria Stern dans un râle.

— Si. C'est l'avantage d'une alarme silencieuse. Personne ne l'entend. Pour des raisons tenant à la protection des libertés, les caméras de surveillance sont interdites devant la trappe. La direction de l'hôpital ignore donc absolument combien d'enfants sont effectivement abandonnés dans ces conditions. Je n'ai plus qu'à les recueillir. Le plus génial dans cette affaire, c'est que ce sont généralement des enfants allemands. Des couples sans enfant sont prêts à payer le prix fort pour cette marchandise. Ce serait en fait un commerce tout à fait simple si un inconnu ne s'était mis en tête de tuer mes collaborateurs les uns après les autres.

L'envie de vomir de Stern atteignit des sommets. C'était le crime parfait. Les marchands d'enfants n'avaient même pas à courir les risques d'un enlèvement. Les bébés leur étaient livrés « de plein gré », et il n'y avait pas ensuite de parents à la recherche de leur enfant disparu.

— Je ne comprends toujours pas ce que cela a à voir avec Felix.

Stern se sentait à bout de forces. Le vent secouait la voiture avec toujours autant de violence. Il aurait eu aisément raison de lui à présent, s'il avait été dehors.

La « voix » fit une courte pause. Stern retint sa respiration. Puis les digues cédèrent :

— Felix est arrivé au bon moment dans le mauvais hôpital pour lui. La veille de sa naissance, on avait trouvé un autre bébé, très mignon, dans la trappe. J'ai informé de ce heureux hasard des acheteurs impatients. Mais lors du premier examen, un de mes médecins a diagnostiqué une malformation cardiaque chez l'enfant abandonné.

Stern sentit un cercle d'acier lui comprimer la poitrine.

— Il était d'emblée condamné à mourir. Une opération n'avait aucune chance de succès et il n'en était de toute façon pas question. Personne ne devait être au courant de l'existence de cet enfant.

Le cercle se resserra.

— Comprenez dans quelle situation difficile je me suis retrouvé : c'était l'une de mes premières affaires. Je ne pouvais ni ne voulais annuler ce marché. Mais je ne voulais pas non plus livrer une marchandise de mauvaise qualité.

— Donc, vous avez échangé les nourrissons ?

— Exactement. Juste après l'accouchement. Par chance, le bébé de la trappe ressemblait à Felix. Mais même s'il avait été plus grand, plus gros ou plus laid, vous n'auriez rien remarqué si près de la naissance. Même la tache de vin, vous ne l'avez aperçue qu'après votre deuxième contact avec votre fils. Nous avions déjà procédé à l'échange.

Stern acquiesça à contrecœur. La « voix » avait raison. Immédiatement après l'accouchement, qui avait été difficile et les avait laissés exténués, c'est enveloppée dans une couverture qu'on avait donné à Sophie la petite créature trempée et souillée de sang. Felix étant le seul garçon à la maternité, ils n'avaient eu aucune raison de craindre quoi que ce soit quand on l'avait sorti de la chambre pour les premiers soins. Pourquoi quelqu'un aurait-il voulu leur infliger une épreuve aussi cruelle ?

— Vous finissez par comprendre ? À l'exception des premières secondes après la naissance, vous n'avez caressé et câliné que le bébé de la trappe.

Les images tremblantes de la maternité traversèrent comme un éclair la mémoire de Stern.

— Et cet autre bébé...

— ... est mort comme diagnostiqué deux jours après l'échange. Vous avez vu de vos propres yeux les images de la vidéo de surveillance.

— Attendez ! Ce n'étaient pas des images d'une...

— ... d'une caméra de surveillance fixe ? demanda la voix avec amusement. Pourquoi pas ? À cause des coupures ? À cause des images instables, des gros plans, du zoom et des autres effets digitaux ? Mais avez-vous une idée de tout ce que les logiciels permettent de faire de nos jours ? On peut par exemple scanner une tache de vin ayant la forme de l'Italie sur l'épaule d'un garçon de dix ans. N'est-ce pas une ironie du sort que je sois obligé de vous mentir pour que vous croyiez que je dis la vérité ?

Stern cria :

— Qu'est-ce qui se passera si vous mentez à nouveau ?

— Découvrez-le par vous-même ! Je ne peux ni ne veux vous en dire davantage. Décidez-vous. Prenez une lingette si vous voulez revoir votre fils.

Stern fixa la boîte entre ses mains.

— Ou bien, adieu à jamais.

Sur le « Pont », toutes les lumières s'éteignirent et le parking entier fut tout à coup plongé dans une obscurité complète. Stern appuya encore plus fort le portable contre son oreille brûlante. Mais la communication était rompue. La « voix » avait raccroché.

Et maintenant ?

Il regarda la clé de contact qui lui permettait de démarrer et de partir. *Mais pour aller où ?* Retrouver une existence dont le vide serait aussitôt rempli de doutes lancinants ? Il pressentit qu'il venait d'entendre les mensonges mûrement élaborés d'un dément. Mais, finalement, ce n'était plus le problème. La seule chose qui importait, c'était de savoir jusqu'où il désirait croire ce mensonge.

Il ouvrit la boîte, se figea l'espace d'un instant, puis en sortit une lingette de cellulose. Humide, imbibée d'une substance qui ne le tuerait peut-être pas, mais qui le mènerait à coup sûr aux portes de la mort, elle pesait dans sa main. Il ne put s'empêcher de penser à un linceul quand il s'en couvrit la figure. Puis il retint son souffle, songea à Felix. Quand ses poumons menacèrent d'éclater, il ouvrit la bouche et le nez en même temps. Il aspira trois longues bouffées, et tout, autour de lui, fut plongé dans un silence infini.

6

Cela puait la sueur et le vomi. Carina craignait le pire en entrant dans la pièce de repos que le personnel de l'hôpital utilisait pour faire des siestes quand le travail par roulements de trente-six heures le permettait.

— C'est là que je l'ai vu entrer pour la dernière fois, chuchota l'infirmière rouquine restée dans le couloir.

Carina n'essaya pas de faire la lumière dans la pièce, qui n'était pas plus grande qu'un débarras. Les spots à halogène ne fonctionnaient pas, mais personne n'en avait informé le responsable technique. Quand on se retirait dans cette pièce, on n'avait pas besoin de lumière. C'était aussi la raison pour laquelle les stores étaient continuellement baissés.

Cependant, la faible lumière du couloir éclairait assez la scène pour faire frémir Carina.

Picasso !

Il était allongé dans une flaque devant le canapé. Soit il en était tombé, soit il n'avait pu arriver jusqu'à lui.

— Mais qu'est-ce qu'il se passe ici... Oh, mon Dieu.

L'infirmière derrière elle mit une main tremblante devant sa bouche.

— Allez immédiatement chercher un médecin et la police, chuchota Carina en se penchant sur son collègue inerte.

La rouquine paraissait ne plus comprendre ce qu'elle disait. Comme figée sur place, c'est à peine si elle gardait le contrôle de sa lèvre inférieure qui tremblait.

— Il est... il est... ? demanda-t-elle, trop faible pour prononcer le mot crucial.

Mort ?

Carina s'agenouilla à côté de l'aide-soignant, et la puanteur augmenta. Le saisissant par ses puissantes épaules, elle le retourna sur le dos. Elle fut prise de nausée, jusqu'au moment où elle se rendit compte que le pire n'était pas arrivé : l'odeur d'urine, de sueur et de vomi était certes insupportable, mais il n'y avait pas de sang !

Elle soupira quand ses premiers soupçons se vérifièrent.

— Un médecin ! Va tout de suite chercher un médecin ! hurla-t-elle assez fort pour tirer l'autre infirmière de sa torpeur.

Les yeux de Picasso se mirent à ciller, puis s'ouvrirent. Malgré la pénombre, Carina constata que le regard était beaucoup plus vif qu'elle ne s'y attendait en raison des symptômes d'empoisonnement qu'il présentait.

— Tu m'entends ?

Il cligna des yeux.

— Dieu soit loué.

Elle voulut le tranquilliser en lui prenant les mains. Elle sentit le papier autour duquel ses doigts s'étaient recroquevillés.

— C'est quoi, ça ? demanda-t-elle tout haut, comme si Picasso avait été en état de répondre.

Il se décontracta un peu et elle réussit à lui prendre le papier. Il s'agissait d'une feuille imprimée. Malgré le peu de lumière venant du couloir, elle reconnut un tableau de données informatiques de l'hôpital : Picasso avait imprimé le plan des lits de l'unité de soins intensifs.

Mais dans quel but ?

Elle vit alors les deux noms soulignés de rouge sur le plan.

Ce n'est pas possible !

Elle vérifia la date, qui remontait à plusieurs semaines. Mais il n'y avait pas l'ombre d'un doute.

Elle sentit soudain une main sur son épaule. Elle se retourna brusquement, comme si un cambrioleur venait de la surprendre dans la nuit.

— Hé ! Hé ! Du calme ! Le mieux est que vous m'accompagniez jusqu'à...

Carina se dégagea d'une torsion du buste et repoussa le médecin-chef, qui était accouru avec une autre infirmière. Un instant plus tard, elle avait ouvert la fermeture Éclair de sa banane, brandissant son pistolet.

— Il a été empoisonné, dit-elle avec un regard sur Picasso, qui était en train de se hisser sur le canapé.

Quel que soit le produit qu'on avait mélangé à son café afin de faciliter l'enlèvement de Simon, la dose avait été trop faible pour un type comme lui, fort comme un ours.

— N'essayez pas de me suivre. Attendez ici et dites à la police d'envoyer tout de suite toutes les forces disponibles à la Havelchaussee. À la hauteur de la presqu'île de Schildhorn.

— Carina ?

Les appels du médecin derrière elle lui parurent manquer de conviction. Aucune infirmière ne se risqua non plus à la suivre, maintenant qu'elle avait une arme à la main.

Et à présent ?

Le pistolet ne lui était guère utile. Elle ne pouvait pas non plus attendre l'arrivée de la police. Elle devait se porter immédiatement au secours de Stern.

Mais comment ? Elle avait laissé sa voiture personnelle devant la villa.

— Vous ne pourrez pas partir d'ici, cria le médecin.
C'est vrai. À moins que...
Carina entra dans la salle des infirmières et prit la veste de cuir de Picasso. En revenant vers les ascenseurs, elle s'arrêta devant une chambre attenante au local fumeurs. Elle ouvrit la porte uniquement pour être sûre de son fait. Ses pires craintes se vérifièrent.

En descendant quatre à quatre les escaliers menant à l'entrée principale, elle fouilla les poches intérieures de la veste.

Bingo.

Portefeuille, chewing-gums, porte-clés.

Elle sprinta pour franchir la porte vitrée ouverte et passa en coup de vent devant le portier en train de passer des coups de fil frénétiques. Elle savait où Picasso avait l'habitude de garer sa voiture de sport.

— Elle peut rouler à deux cent cinquante à l'heure, s'était-il vanté un jour, pour la convaincre de faire une virée avec lui.

Carina n'était pas certaine que cela suffirait pour empêcher la catastrophe.

7

Stern se réveilla. L'espèce de linceul qui couvrait son visage parut alors avoir soudain changé de consistance. Plus ferme, il était aussi plus épais, plus compact, fait d'un tissu plus grossier qui grattait désagréablement. Comme un pull-over en laine bon marché. Il eut du mal à se retenir de vomir. Pas seulement en raison du chloroforme que son corps n'avait pas fini d'éliminer, mais aussi à cause de l'objet qu'il avait dans la bouche. Une éponge au goût à la fois sucré et salé, comme si elle avait été enfoncée sous la langue par des mains moites. Il eut un haut-le-cœur, et cette unique contraction de ses muscles de la gorge déclencha une onde de douleur entre sa nuque et le bas de son front. Jamais encore il n'avait eu aussi mal au crâne. Ni aussi peur.

Il ouvrit les yeux, et, loin de s'éclaircir, l'obscurité où il baignait lui sembla plus dense encore. Jusque-là au moins, des voiles lumineux dansaient sous ses paupières fermées, mais ils avaient disparu à présent. Pendant une seconde, son cœur cessa de battre.

Je suis paralysé. Cette idée lui traversa l'esprit. *Du cou jusqu'au bas du corps. Je ne peux même pas remuer les lèvres.*

Il voulut ouvrir la bouche, mais n'y parvint pas. Il sentit avec soulagement que les muscles de sa mâchoire étaient intacts, jusqu'à l'instant où il comprit avec horreur pourquoi il ne pouvait respirer que par le nez.

Ils m'ont bâillonné, puis m'ont mis un sac sur la tête.

— Où suis-je ? grogna-t-il aussi haut et fort que le ruban en plastique collé sur sa bouche le lui permettait. La panique se ficha, telle une tique, dans son système nerveux. Il crut qu'il allait mourir asphyxié.

Puis une petite lumière s'alluma au-dessus de lui, et il aurait aimé qu'ils lui aient aussi bandé les yeux. Ce n'était pas dans un sac que sa tête était enfoncée. Quand ses pupilles se furent accoutumées à cette source lumineuse et que les éclairs se furent peu à peu éteints sur sa rétine, il lui fallut encore quelques instants avant de comprendre à qui appartenaient les yeux qui le fixaient avec terreur à travers un passe-montagne. C'étaient les siens !

Il tourna alors la tête. Avec précaution. Comme au ralenti. Surtout, pas de mouvements brusques qui l'auraient peut-être obligé à vomir dans son bâillon.

Mais n'était-ce pas... ? Oui. Il n'y avait pas de doute. Il était assis dans une voiture vide. Sur le siège passager. Et il la reconnut. C'était la sienne !

Où est-ce que je suis ?

Les taches gris foncé qu'il distinguait derrière le pare-brise prirent lentement forme. Des mâts oscillants, crut-il d'abord, et il pensa à une illusion d'optique. Une conséquence de l'anesthésie. Mais, en réalité, il s'agissait d'arbres ployant sous le vent à une soixantaine de mètres. Entre la Mercedes et l'orée de la forêt s'étendait un espace libre, vaste comme un parking.

Il se pencha précautionneusement en avant pour soulager du poids de son corps ses poignets menottés. Plissant les yeux, il chercha d'où il connaissait cet endroit isolé. À l'instant où une vague idée s'insinuait en lui, un bruit sur la banquette arrière attira son attention. Peu après, il entendit une toux étouffée dans un mouchoir.

— Très bien, vous êtes réveillé. Avec près d'une demi-heure d'avance.

Stern reconnut la « voix ». Sans le dispositif d'altération, elle paraissait beaucoup plus humaine.

Un courant d'air froid pénétra dans la voiture quand l'homme descendit. Stern tressaillit, ce qui lui fit mal. La veilleuse avait éclairé le profil du tueur l'espace d'un instant. Cela avait suffi à Stern pour reconnaître le type dans le rétroviseur. Ses facultés intellectuelles furent alors réduites à néant. Il n'en croyait pas ses propres yeux.

— Alors, vous y croyez, maintenant, à la renaissance ? demanda Engler en riant.

Il ouvrit la portière passager et tira Stern hors de la voiture comme un vulgaire sac de pommes de terre.

Celui-ci, les mains ligotées, tomba tête la première sur la terre battue. Une couche de feuilles et de terre mouillée amortit sa chute. Stern le regretta presque : cela l'avait empêché de perdre connaissance.

Engler ? Le chef de la brigade criminelle ? Comment était-ce possible ?

Deux mains vigoureuses l'attrapèrent, et il prit alors conscience de deux choses : il connaissait ce parking, et il savait pourquoi il était ici.

— Vous ne devriez pas croire tout ce que vous voyez, dit le commissaire tout en remettant Stern sur ses pieds. Allô, Dr Tiefensee, vous êtes là ? dit-il, imitant le jeu de devinette auquel il s'était livré dans le cabinet du psychiatre.

Puis, plaçant devant sa bouche un morceau de plastique, il poursuivit d'une voix contrefaite :

— Vous voyez les ciseaux à pansement ? Enfoncez-les-lui dans le cœur.

Engler fit un pas en arrière et referma la portière passager. Le bruit rappela à Stern le claquement de porte dans le cabinet du Dr Tiefensee. Il s'avisa alors pour la première fois que les deux voix ne s'étaient jamais superposées. Engler avait utilisé la feuille de plastique chaque fois qu'il se trouvait dans l'une des pièces. Il n'avait parlé de sa voix normale que dans le couloir.

— Ma foi, je me suis bien amusé à sortir de là mon collaborateur. Vous l'aviez surpris dans le cabinet médical.

Engler se mit à rire.

— J'y ai pris presque autant de plaisir que lors de l'accident que j'ai mis en scène. Putain, mec ! Tout se déroulait comme prévu, quand vous avez tout à coup décidé de vous constituer prisonnier ! Il fallait que je vous en empêche. Heureusement que vous êtes d'une naïveté incroyable ! Trois coups de feu, un pare-brise brisé et un peu de sang de théâtre dans la bouche : avec vous, c'est suffisant. Bon, d'accord, peut-être aussi un DVD.

Le ricanement d'Engler était devenu quasi hystérique. Il cracha sur le sol humide quand il se fut un peu calmé.

— Alors, l'intermède avec le motocycliste vous a plu ? Il ne m'a demandé que cinq cents euros pour tirer dans le pare-brise et vous mettre l'arme sur la tempe. Mais ne vous faites pas de soucis. Ce n'est pas une grosse perte. Ce mec en pinçait pour les enfants. En plus, il avait Tiefensee sur la conscience. Vous vous souvenez ? C'était le type aux cheveux longs après qui vous avez couru dans le cabinet médical.

Stern avança en chancelant vers le coffre de sa Mercedes. Il sentait qu'il allait bientôt devoir trouver un appui s'il ne voulait pas s'effondrer de nouveau par terre. Ici, sur le parking de la plage de Wannsee totalement déserte.

— Ah, au fait, reprit Engler comme si une information importante lui venait subitement à l'esprit. J'ai trouvé que beaucoup trop de monde était au courant de l'existence du « Pont », alors j'ai fixé un autre rendez-vous avec l'homme qui veut me tuer, dans quarante-cinq minutes. Mais je pense que nous ne nous ennuierons pas en attendant notre hôte surprise.

8

Rien. Pas une lumière. Pas une voiture. Pas un signe de vie. Le vide total pouvait parfois être aussi tonitruant qu'une foule de braillards. Carina, sur le parking devant le « Pont », était accablée de solitude.

Où sont-ils ? Où est Robert ? Et Simon ?

À part sa voiture, il n'y avait pas un seul véhicule dans l'allée menant au bateau-restaurant. Le bruissement des feuillages, les grincements du gréement et le clapotis des vagues pouvaient certes recouvrir d'autres bruits dans les environs. Mais son instinct lui disait qu'il n'y avait ici rien à recouvrir. Elle était seule.

Carina prit son portable pour appeler la police, comme elle l'avait déjà fait en venant. Ce n'était pas la peine d'essayer encore de joindre Robert, car son téléphone était éteint ou se trouvait hors réseau.

Son pistolet à la main, elle retourna à la porte fermée devant la passerelle, hésitant à l'escalader. Au-dessus du portail grillagé, des pointes entortillées dans du fil de fer barbelé étaient une véritable invitation à s'ouvrir le ventre.

Elle songea à un film où le héros, en mauvaise posture, s'agrippe à un cordage et se hisse sur le bateau à la force des poignets. Mais ses faibles bras lui transmettaient un message sans équivoque : « Aucune chance. »

Derrière elle, le vrombissement d'une voiture passant à vive allure se mêla aux hurlements de la tempête. Prenant son téléphone, elle chercha à l'aveuglette la touche permettant d'activer la répétition de l'appel d'urgence. C'est quand elle s'adossa à la porte grillagée qu'elle le sentit. Juste à l'instant où elle fermait les yeux.

De terreur, elle laissa tomber son portable. Quand celui-ci heurta le sol, la pile se cassa, puis le reste du téléphone tomba dans l'eau sombre et agitée, de l'autre côté du sentier. Carina se retourna lentement, trop absorbée par son pressentiment pour regretter la perte de son seul moyen de communication.

Effectivement. Il était là depuis qu'elle était arrivée. De grande taille, proéminent, le panneau de carton plastifié qui lui avait labouré le dos était fixé à la porte verrouillée. Elle n'y avait pas prêté attention parce qu'il était placé de manière trop visible, si bien qu'elle s'était dit qu'il s'agissait sûrement des heures d'ouverture ou d'une mise en garde contre toute tentative d'entrée sans autorisation.

Mais, au second coup d'œil, il paraissait trop bricolé pour être un panneau permanent. On avait dû le faire sur un ordinateur, puis le fixer à la hâte aux barreaux métalliques avec des bouts de fil de fer.

De plus, elle était intriguée par un grand « smiley » à la suite du dernier mot. C'était tout ce qu'elle arrivait à distinguer à la lueur de la lune.

Elle prit un briquet dans sa banane. Quand la flamme jaune lui permit de lire le texte dans son entier, son ultime espoir se consuma.

À tous les noctambules !
Le jogging matinal part exceptionnellement,
aujourd'hui, de la plage du Wannsee.
Venez, s'il vous plaît, à 6 h 45 précises.
Robert a organisé une petite surprise.

☺

9

Plus rien n'avait de sens, pourtant il croyait discerner tout à coup avec clarté ce qui s'était passé. Ici et maintenant, dans le petit jour naissant.

Le DVD, la pseudo-exécution d'Engler par le motocycliste, sa propre Mercedes devant laquelle il risquait à tout moment de s'effondrer, tout cela ne pouvait signifier qu'une chose : dans son plan sadique, Engler ne prévoyait certainement pas de lui révéler la vérité sur Felix. Au contraire. Le commissaire aurait le plus grand plaisir à l'expédier finalement vers la mort en le laissant dans l'ignorance. Désemparé, Stern hocha la tête à la manière de quelqu'un qui vient de prendre conscience qu'il a commis une grosse erreur. Tout s'assemblait peu à peu en un tableau dans lequel, à la fin, on ne le retrouverait que sous la forme de cadavre.

— N'ayez pas l'air aussi épouvanté, dit Engler en se mettant de nouveau à rire, tandis qu'il faisait le tour de la voiture d'un pas pressé.

Moulé dans un survêtement, des chaussures de boxeur aux pieds, il avait tout – idée absurde – d'un élégant mannequin.

— Vous n'avez qu'à vous en prendre à vous-même.

Le commissaire saisit un sac de toile sur le siège arrière et le jeta par terre devant Stern.

— Harald Zucker d'abord. Puis Samuel Probtjeszki. Vous ne pouviez pas laisser ces morts en paix ?

Stern sentait le vent souffler dans les jambes de son pantalon. Il aurait voulu que les rafales se transforment en un ouragan qui l'emporte loin de ce cauchemar.

— Il y avait déjà des années que j'avais découvert les cadavres de mes anciens collègues et, s'il n'avait tenu qu'à moi, ils seraient encore en train de pourrir dans leurs cachettes.

— Pourquoi ? grogna Robert avec stupeur.

On aurait dit qu'il voulait imiter le bruit d'un animal blessé par un coup de fusil. Pourtant, malgré son bâillon, Engler arriva à le comprendre et le regarda comme s'il venait d'énoncer une ânerie.

— Parce que je ne voulais pas avoir à enquêter sur moi-même.

Oh, mon Dieu !

Ce fut comme si une écluse s'ouvrait dans le cerveau de Stern, et toute une série de conclusions s'imposèrent à lui en même temps : les assassinés avaient tous été des complices d'Engler. Tant qu'ils n'étaient que portés disparus, personne n'éprouvait le besoin de les rechercher. Tout le monde se réjouissait au contraire de la disparition de ces rebuts de l'humanité. Jusqu'à l'entrée sur scène de Simon, qui s'était mis à retrouver les cadavres. Maintenant, la meute était sur les traces du tueur. À la recherche de ses motivations. Engler avait été contraint de retrouver le « vengeur » avant tout le monde. Avant que quelqu'un ne s'avise que son nom figurait lui aussi sur la liste noire.

Stern frissonna des pieds à la tête quand il prit conscience du rôle qu'il aurait à jouer dans le dernier acte de ce spectacle.

Le commissaire regarda sa montre et hocha la tête d'un air satisfait. Quoi qu'il ait en vue, tout paraissait se dérouler comme prévu.

— Il nous reste un quart d'heure. Je vais en profiter pour vous remercier de votre avertissement. Je n'arrive toujours pas à m'expliquer où Simon a entendu parler du rendez-vous de ce matin sur le « Pont », mais à vrai dire cela m'est égal. Depuis que vous m'avez fourni ce renseignement, je sais que l'acheteur a feint de me commander un bébé. Il s'y est pris à la perfection, je dois dire. Et donc, celui que nous attendons dans quelques minutes est le « vengeur ».

Et c'est à lui que tu comptes me livrer à ta place. Je serai le bouc émissaire.

Stern tira sur ses liens et eut envie de hurler quand il se rendit compte que, ces dernières heures, il n'avait rien fait d'autre que s'enfoncer un couteau dans le ventre. C'est volontairement qu'il s'était rendu à l'abattoir. Il allait être tué ici en train de vendre un enfant. Et, avant cela, il avait tout fait pour passer pour un pédophile capable de commettre un tel forfait.

Il déglutit et sentit un goût de sang dans sa bouche. Engler, à l'évidence, l'avait bâillonné sans ménagement.

Comment ai-je pu être aussi bête ?

Il pensait être à la poursuite de la « voix » ! En réalité, il suivait les pistes que celle-ci laissait à son intention. Et elles avaient fini par l'attirer dans ce traquenard. Il avait commencé par se rendre suspect en découvrant des cadavres et en émettant des hypothèses farfelues à propos de réincarnation, puis il avait enlevé un petit garçon à l'hôpital, laissé des empreintes digitales chez le Dr Tiefensee et dans la villa d'un pédophile, et, pour couronner le tout, il avait remis en mains propres à Engler une vidéo sur laquelle on pouvait le voir se ruer, torse nu, dans une pièce où était torturé un gamin à demi nu.

Carina avait elle aussi laissé ses empreintes sur la poignée de la porte, et sa voiture était garée devant la maison de l'agent immobilier. Pour Engler, en tant que responsable de l'enquête, ce serait un jeu d'enfant de les faire accuser, lui et sa complice. Et son seul témoin à décharge était un ancien producteur de films pornos, qui avait déjà eu maille à partir avec la justice pour des histoires de viol ! C'était un plan diabolique. Engler lui mettait sur le dos ses propres méfaits. Non, pire que ça : il avait fait en sorte que Stern les endosse.

— Ne soyez pas si furieux contre vous-même, finit par grommeler Engler.

Il eut une brève quinte de toux, puis renifla et cracha à côté du sac.

— Vous n'avez pas tout loupé. Au début, je voulais seulement que vous me procuriez le nom du « vengeur ». C'est vous qui aviez accès à la source : Simon. Mon Dieu, vous avez failli me rendre fou lors du premier interrogatoire. Pendant des années, vous défendez des flopées de salopards, et voilà que vous tombe du ciel un client qui pourrait m'être utile, à moi, et vous refusez de vous en occuper. Je ne pouvais pas vous laisser faire. C'est pourquoi j'ai fabriqué dès le lendemain un moyen de pression.

Le DVD.

— Il s'agissait en fait du seul hasard dans toute l'affaire : que ce soit vous, l'avocat dont l'enfant avait été échangé par mes hommes il y a dix ans, qui déteniez les clés pour résoudre mon gros souci.

Stern leva les yeux vers le ciel tourmenté de ce matin d'automne. Le noir de la nuit cédait peu à peu la place à une lueur d'un gris sale qui lui rappela la couleur de la salle d'interrogatoire.

Engler, la « voix », éclata à nouveau de rire et se pencha vers le sac. Pendant qu'il ouvrait la fermeture Éclair, Stern ressentit un violent point de côté.

— D'ailleurs, c'est dommage que vous n'ayez pas amené Carina. Elle pourrait vous tenir compagnie. Mais laissez-moi deviner : vous étiez sans doute convenus d'une heure à laquelle elle devait avertir la police, c'est bien ça ? Eh bien, je m'en fous, et vous voulez savoir pourquoi ?

Engler sortit du premier sac un deuxième sac, plus petit, en plastique. Selon toute apparence, il contenait un objet volumineux, mais léger. On aurait dit un oreiller.

— Parce que les flics sont déjà là. Trois unités.

Stern tourna sur place, cherchant en vain à distinguer quelque chose dans l'obscurité.

— Une vingtaine d'hommes. Tous dissimulés pour ne pas gêner l'observation. Ils n'attendent que mon signal.

Il tapota un émetteur-récepteur accroché à son ceinturon.

— L'accès à la plage est une impasse. Quand je signalerai l'arrivée de l'acheteur, ils barreront les routes et s'apprêteront à intervenir.

Le commissaire porta le sac en plastique jusqu'au coffre de la voiture.

— Ne prenez pas cet air incrédule. J'ai ordonné officiellement cette discrète intervention une fois que mon enquête a montré que vous alliez rencontrer ici, aujourd'hui, un délinquant sexuel amateur d'enfants.

Il eut un large sourire.

— Je ne suis pas ici pour mon plaisir personnel. Mais pour procéder à votre arrestation. Je crains seulement d'arriver trop tard pour empêcher la tragédie qui ne va pas manquer d'avoir lieu...

Sur ces mots, Engler ouvrit le coffre de la Mercedes. Stern eut le souffle coupé quand il regarda à l'intérieur. Le bâillon, dans sa bouche, parut enfler démesurément, menaçant de faire exploser d'abord sa mâchoire, puis son crâne. D'un geste de la main, Engler écarta une blouse d'hôpital verte posée sur le corps du gamin évanoui. Dans la pâle lumière du coffre, Simon avait l'air mort.

10

Stern n'arrivait pas à détourner les yeux du jeune garçon qui, enroulé sur lui-même, était abandonné là comme un pneu neige en été.

— Ne bougez pas !

Engler était passé derrière lui, et il sentit brusquement une pression dans son dos. Le commissaire lui tordait les poignets sans ménagement, au point que Stern crut qu'il allait les lui briser. Mais il y eut un claquement, et ses mains furent soudain libres. Engler avait coupé les liens en plastique.

— Pas de faux mouvement, lui chuchota-t-il à l'oreille.

Stern sentit son haleine humide à travers le tissu épais du bonnet de ski.

— Tournez-vous sur le côté !

Il eut un étourdissement. Il lui fallut toute son énergie pour quitter Simon des yeux, tandis qu'il obéissait aux ordres du commissaire. Quand Engler lui fit de nouveau face, il tenait à la main gauche un pistolet sur le canon duquel était fixée une lampe à halogène. De l'autre main, il serrait un bébé contre lui.

Stern écarquilla les yeux, et il eut besoin d'un moment pour comprendre que la tête couleur chair était celle d'une poupée. C'était la seule partie du corps émergeant de la couverture de lin blanc qui l'enveloppait.

— Elle sait aussi parler, précisa Engler avec un sourire cynique en lui appuyant sur le ventre.

C'était donc ça, pensa Stern en se rappelant les gémissements qu'il avait entendus devant le « Pont ».

Engler referma le hayon. Pas une plainte. Pas un tressaillement. Rien. Simon n'avait pas donné le moindre signe de vie.

— Je vais maintenant vous donner les dernières consignes. Puis je m'installerai sur la banquette arrière de votre voiture et je vous tiendrai à l'œil. Si, pour une raison ou pour une autre, il vous venait l'idée de ne pas respecter mes indications, je descendrais, j'ouvrirais le coffre et j'étoufferais votre petit protégé. Nous sommes-nous bien compris ?

Stern opina de la tête.

— Si vous vous comportez bien, Simon sera retrouvé évanoui à côté de votre cadavre. Comme il est sous anesthésiant, il ne se souviendra de rien. Je ne bluffe donc pas. Je peux lui laisser la vie sauve. Que vous le croyiez ou non, je ne tue les enfants qu'à contrecœur, à la différence de Probtjeszki. Un bon commerçant ne détruit pas de son plein gré sa marchandise. Mais tout ne dépend maintenant que de vous.

Sous le masque, la sueur était âcre comme de l'acide. Stern avait l'impression d'être pris dans un serre-joint en laine qui l'étouffait lentement. Quand il eut répété tous les ordres d'Engler, celui-ci lui remit la poupée couchée dans une nacelle en rotin qu'il avait prise sur la banquette arrière. Puis Stern sentit le policier lui fourrer une enveloppe dans la poche arrière de son pantalon.

— Qu'est-ce que c'est ?

Engler lut la question dans les yeux traqués de Stern.

— Je tiens mes promesses, déclara-t-il d'un ton ironique. J'y ai écrit l'adresse de Felix. Qui sait, peut-être vous sera-t-elle utile dans une autre vie ?

Le rire d'Engler s'éloigna puis mourut quand la lourde portière de la Mercedes se referma.

Stern dut recourir à toute sa volonté pour, sous l'effet de la peur, ne pas respirer trop fort par le nez. Il pencha un peu la tête afin que ses yeux s'habituent plus rapidement à l'obscurité qui régnait encore, mais il ne voyait toujours pas, entre les arbres de l'allée, le faisceau lumineux annoncé.

Cela n'allait pas tarder ! La mort était en route et serait là dans quelques minutes. Le haut de son corps se contracta dans l'attente de la douleur qui le traverserait bientôt. Puis il avança d'un pas hésitant.

11

C'est chaque fois un miracle de constater la force que Dieu confère à celui qui veut combattre le mal, songea l'homme en se raclant la gorge. Peu après, il toussa. Il releva le pied précipitamment quand il s'aperçut que, dans un moment d'inattention, il avait dépassé la vitesse maximale autorisée. La sueur coulait sur son front ridé et se perdait dans ses sourcils broussailleux.

En réalité, son corps n'était plus capable des efforts qu'il allait lui demander aujourd'hui. Il avait trop exigé de lui par le passé. Pendant la décennie de la vengeance. Tout avait commencé par un petit article sur les abus sexuels dont les enfants étaient victimes. Il ne l'avait écrit pour un modeste hebdomadaire qu'en raison de la maladie de la rédactrice en chef. Il était le seul à pouvoir la suppléer au pied levé.

Aujourd'hui, il voyait dans cette circonstance un signe du destin. Ce ne pouvait être un hasard si c'était justement lui qui écrivait sur ces crimes atroces, lui dont le propre frère avait disparu à huit ans. On avait retrouvé son cadavre six mois plus tard dans un tel état qu'on avait déconseillé à ses parents de lui accorder un dernier regard.

Son premier article avait donné naissance à une série, la série à un manuscrit qui n'avait d'ailleurs jamais trouvé d'éditeur. Il n'avait plus vu d'utilité à la publication de ces sombres chapitres. Les enfants victimes n'en oublieraient pas pour autant les souffrances endurées. Et aucun criminel ne renoncerait, à cause de ce livre, à ses desseins morbides. Tout continuerait comme avant. Quand, un dimanche, cette amère réalité lui était apparue avec autant de netteté que les images qui le poursuivaient jour et nuit, il avait décidé de passer à l'action. Les deux premiers assassinats avaient été les plus difficiles. Les autres, ensuite, il les avait tués plus facilement. Pas Zucker, pour qui il n'avait initialement pas prévu de recourir à la hache. Mais l'homme était robuste, s'était défendu bec et ongles et avait même réussi à lui prendre son revolver. Par chance, Dieu lui avait mis une hache entre les mains. Encore un signe, donc. Bien que l'usine ait déjà été incendiée, la hache était restée accrochée à un mur, à côté d'un extincteur carbonisé. Depuis, il ne pouvait plus manger de noix. Il ne supportait plus d'entendre craquer la coquille.

Le vieil homme s'essuya la sueur sur son front et voulut mettre la radio. Puis s'abstint. Il aimait la musique, mais il préférait ouvrir ce dernier acte dans le silence.

Sa voiture, qui l'avait fidèlement accompagné sur les sentiers obscurs qu'il avait parcourus toutes ces années, passa devant la sortie de Hüttenweg. Plus que quelques kilomètres. *Nous y serons bientôt.*

Comme toujours, il ressentait le besoin d'uriner avant le début des opérations. De la nervosité, rien d'autre. Il oublierait les tiraillements de sa vessie dès qu'il regarderait le mal en face. Les préparatifs en vue de cette journée avaient duré des mois. Il lui avait fallu, comme souvent par le passé, se nier lui-même et prendre la pire des identités, celle d'un pédophile. Cela faisait un bail qu'il n'avait pas liquidé une ordure. Deux ans et demi. Nombre de ses contacts n'étaient plus dans la course, d'autres se seraient méfiés en le voyant refaire surface. Il avait pourtant fini par réussir à entrer en contact avec l'homme que tous appelaient le « marchand ». Par le biais d'Internet. Et il allait le rencontrer aujourd'hui. Bien entendu, il ne pouvait être certain d'avoir cette fois l'occasion de couper le mal à la racine. Il ne savait pas non plus que penser du fait que le rendez-vous avait été repoussé de quarante-cinq minutes au dernier moment. Il savait seulement que c'était Dieu qui avait son destin en main. Il était vieux. Contrairement aux enfants, il n'avait plus rien à perdre.

L'homme prit la sortie « Spanische Allee » et caressa le revolver posé sur le siège passager. Il s'était souvent demandé si le droit était de son côté quand il agissait ainsi. Tous les dimanches, il parlait avec le Seigneur. Il l'implorait de lui envoyer un signe. De lui indiquer s'il devait arrêter. Un jour, quand on lui avait parlé de Simon, il avait pensé l'avoir enfin reçu, cet avertissement. Mais il s'était trompé.

Et il avait continué. Jusqu'à aujourd'hui.

Le vieil homme alluma ses feux de route quand il arriva sur le sombre chemin forestier. L'impasse menant à la plage de Wannsee.

12

Plus que quarante mètres.

Stern marchait posément, pas à pas. Il avait attaqué de son bon pied, le pied enflé venant en second. Tout droit en direction de la lumière, comme le lui avait ordonné Engler.

L'attente angoissée dans le froid et la pluie lui avait semblé durer une éternité, bien que le véhicule venant de la voie d'accès se fût engagé, pleins phares, sur le parking désert quelques minutes seulement après qu'il s'était retrouvé seul. Il réfléchit, cherchant une dernière fois s'il n'y avait pas un moyen quelconque de retarder l'inexorable fin. Sans succès. Aussi, tel un bœuf allant à l'abattoir, avançait-il à pas comptés vers la voiture, s'approchant lentement de sa propre mort.

Son pouls s'accéléra quand la petite voiture s'arrêta.

Le vent lui apporta le crissement métallique d'un frein à main au bout du rouleau. Au même moment ou presque, la portière du conducteur s'ouvrit et une silhouette sortit avec des gestes gauches.

Qui est-ce ?

Tous les deux pas, des décharges électriques lui parcouraient douloureusement la colonne vertébrale. Elles étaient si fortes que Stern s'attendait presque à les voir illuminer le parking noyé de pluie. Il cherchait des indices lui permettant de reconnaître l'homme qui, d'une allure traînante, passa devant le capot de sa voiture et s'immobilisa entre les phares. En vain. Il ne pouvait d'ailleurs pas exclure de l'avoir déjà rencontré. Pour l'instant, il se faisait l'effet d'un mort de soif avançant vers un mirage dans le désert. Tout était irréel. Les contours de la forme humaine devant lui devenaient de plus en plus flous à mesure qu'il s'approchait des phares. L'homme n'était pas jeune, peut-être même âgé, c'était sa seule certitude. Il avait des gestes lents, marchait à petits pas, légèrement voûté. Stern essayait de détailler ce qu'il voyait de la silhouette, qui ne bougeait plus du tout, maintenant, dans les phares aveuglants. La pâle lumière du soleil levant perçait difficilement l'épaisse couverture de nuages et nimbait l'inconnu d'un reflet sinistre. *On dirait un ange de la mort avec son auréole*, se dit Stern en chassant une goutte de pluie d'un clignement de l'œil.

Plus que trente mètres.

Il ralentit l'allure. C'était la seule marge de manœuvre qui lui restait. Ne transgressant pas la règle, il ne s'exposait pas à une mort immédiate.

Juste avancer tout droit, avait précisé Engler. *Ni à droite. Ni à gauche. Ne pas s'enfuir en courant.*

Il connaissait les conséquences. Il saisissait la perfidie du plan qu'il était en train d'exécuter. Chaque pas réduisait l'écart entre l'homme et lui, abrégeait le temps lui restant à vivre.

Il serrait contre sa poitrine la nacelle contenant le faux bébé dont Engler avait enlevé les piles. Rien ne devait distraire l'attention du « vengeur ». Rien ne devait lui signaler qu'il avait affaire à une tromperie. Engler avait organisé un duel où Stern se présentait sans arme. Si l'homme était effectivement le « vengeur », il verrait dans celui qui venait à sa rencontre le « marchand » et il chercherait à l'abattre. À la première occasion. En quelques secondes.

Plus que vingt mètres.

Il était maintenant à portée de voix. Mais le bâillon qui paraissait gonfler dans sa bouche desséchée empêchait toute prise de contact. Un sentiment d'impuissance infinie envahit Stern, aussi totale que lors de l'enterrement de Felix.

Ou l'enterrement d'un bébé inconnu ?

Il n'avait plus aucun espoir. Toute échappatoire était exclue. Tout ce qu'il entreprendrait mettrait en danger la vie de Simon. S'il ne tentait rien, c'était la mort pour lui-même.

Plus que quinze mètres.

Stern prit soudain conscience qu'il était invraisemblable qu'Engler, après avoir provoqué cette exécution, laisse survivre qui que ce soit. Dès que lui-même aurait reçu une balle dans la tête, Engler réglerait son compte au « vengeur » puis abattrait Simon. Il lui suffirait ensuite d'une minute pour effectuer une mise en scène avec les cadavres avant de donner à ses collègues le signal de l'intervention. Stern imagina sans peine le rapport d'opération :

Le vendeur (Robert Stern) remet l'enfant (Simon Sachs), l'objet de la transaction, au pédophile (?). La transaction se passe mal. Il y a échange de coups de feu, à la suite duquel les trois individus sont mortellement blessés. Le témoin (le commissaire Martin Engler) était dissimulé et ne pouvait empêcher l'escalade sans mettre sa propre vie en danger.

Plus que dix mètres.

Mais qui sait ? Un fol espoir envahit Stern. *Simon est endormi et ne peut être un témoin dangereux. Plus il y a de cadavres et plus les risques sont grands.* Peut-être Engler ne tuerait-il pas plus de personnes qu'il n'était strictement nécessaire ? Peut-être laisserait-il vivre Simon ?

L'ombre en face de lui acquit soudain contours et reliefs, éveillant en Stern le vague sentiment d'avoir déjà rencontré cet homme.

— La marchandise est-elle en bon état ?

Stern, effrayé, tressaillit et faillit s'arrêter. Engler l'avait bien sûr mis au courant de la phrase codée, mais, maintenant qu'elle avait été prononcée, il avait l'impression que le bourreau venait de lui demander s'il avait encore quelque chose à dire.

Plus que sept mètres.

Il s'arrêta. Comme convenu, il s'accroupit et posa aussi précautionneusement que possible la nacelle sur le sol boueux du parking. Il devait ensuite se redresser et former le V de la victoire avec l'index et le majeur de la main gauche.

— Le signe que l'affaire est conclue, avait précisé Engler.

Ce qui me transforme illico en cible, songea Stern en s'attardant une seconde de plus que nécessaire, penché au-dessus de la nacelle.

Et cette seconde changea tout. Peut-être le nouvel angle de vue modifiait-il la réfraction de la lumière des phares. Cela résultait peut-être aussi de la réduction de la distance ou du fait que le soleil était plus haut dans le ciel. Stern, lui, se moquait de savoir pourquoi ; d'un seul coup, il reconnut qui se tenait devant lui, avec ses cheveux clairsemés, ébouriffés par le vent. Pourtant, il n'avait vu cet homme qu'une seule fois.

Il fit un effort, sortit de sa torpeur et se releva lentement.

Que faire, maintenant ?

La sueur s'accumulait sous son masque de laine qui le grattait furieusement.

Comment lui donner un signal sans éveiller la méfiance d'Engler ?

Stern leva un bras qui, tout à coup, se mit à jouer les balanciers comme s'il était un morceau de plomb incontrôlable pendu à son épaule.

Il doit y avoir un moyen. Tu dois pouvoir faire quelque chose.

Il pensa arracher de sa tête le passe-montagne et la bande adhésive maintenant le bâillon, mais ce geste suspect aurait entraîné la mort de Simon.

Le bras de l'inconnu était déjà remonté à mi-distance de la hanche. Stern devina plus qu'il ne vit l'homme sortir un objet de la poche de son pantalon.

Un revolver ? Peu importe. Deux secondes encore, et tu appartiendras à l'histoire. Stern fut secoué par une nausée. Il était sûr, bien que n'apercevant pas les mains du « vengeur », qu'en cet instant une arme était braquée sur lui.

Un son guttural, si faible que lui-même ne l'entendit pas, échappa à sa gorge desséchée. Et cela suffit à supprimer le blocage dans sa tête.

Mais bien sûr ! C'est ce qu'il faut faire !

C'était idiot, banal et vraisemblablement voué à l'échec. Mais au moins il ne mourrait pas sans avoir rien tenté.

Clic.

À sept mètres de lui, celui qui n'était plus un inconnu avait armé son revolver. Stern leva néanmoins un bras, ferma les yeux et se mit à fredonner. Six notes, l'air le plus banal qu'il connaisse. Mais le seul aussi qui ait une signification et qu'il était en mesure de chanter avec sa face de momie.

— Money, Money, Money.

Il espérait que le vieux fan du groupe Abba le reconnaîtrait. Il pria le ciel que fût ainsi démenti le signe de la victoire de sa main gauche. Il espérait que cela suffirait à faire hésiter l'homme dont il avait percuté la chaise roulante l'avant-veille, lors de sa visite à l'hôpital.

— Money, Money, Money.

Il fredonna le refrain une dernière fois. Puis il ferma les yeux dans l'attente d'une explosion mortelle dans son crâne.

Quand, au bout de deux secondes, il ne se fut toujours rien produit, il cligna timidement des yeux. Reprit un peu espoir, sentit son pouls s'accélérer et, euphorisé par la perspective que son signal avait été compris, il ouvrit les yeux. C'est exactement à cet instant que le premier coup partit.

13

Engler vit Stern projeté en arrière par la déflagration et vaciller avant de heurter durement l'asphalte de la tête. À l'instant même où l'avocat s'effondrait, le commissaire bondit et se jeta sur le tireur. La violence du choc brisa deux vertèbres lombaires et une côte du vieil homme. Le commissaire se releva et arracha l'arme des mains de sa victime, qui hurlait de douleur. Puis il plaqua le vieillard sur le dos, s'assit sur ses hanches de manière à lui immobiliser les bras et lui braqua un revolver sur le front.

— Qui es-tu, nom de Dieu ? vociféra-t-il.

La lumière de la lampe fixée sur le canon tomba sur un visage ridé qu'il n'avait jamais vu de sa vie.

— Losensky. Je m'appelle Frederick Losensky, haleta le vieux.

Il cracha alors à la face du commissaire un jet de salive sanguinolente. Celui-ci s'essuya avec sa manche et força les mâchoires du vieillard avec ses doigts. Avant de lui enfoncer le pistolet dans la bouche ouverte, il s'immobilisa.

— Avec qui es-tu ? Tu travailles pour qui ?
— Je travaille avec Lui.
— Qui ? Qui est ton chef ?
— Celui qui est le tien aussi. Dieu.
— C'est pas possible, s'étonna Engler. C'est un retraité accro à la Bible qui s'est foutu de notre gueule pendant des années !

Le rire d'Engler se termina par une quinte de toux.

— OK, alors j'ai une bonne nouvelle pour toi, dit-il, hors d'haleine. Ton chef, le bon Dieu, t'a convoqué aujourd'hui pour un entretien important, et je dois t'emmener chez lui. C'est un peu pressé, alors...

— Haut les mains !

Engler haussa les sourcils, leva la tête et regarda sur sa gauche, en direction de trois pins. Une femme avait surgi de sa cachette.

— Soyez la bienvenue à notre petite fête, dit-il en riant, quand il eut reconnu Carina. Il était temps.

Elle avança vers lui et s'arrêta à environ trois longueurs de voiture.

— Laissez cet homme en paix et lâchez votre arme !

— Et quoi, sinon ?

En dépit de la courte distance, Engler était obligé de crier contre le vent, qui, depuis l'arrivée de Carina, avait encore gagné en violence.

— Je vous abats.

— Avec le truc que vous avez à la main ?

— Oui.

Engler rit à nouveau.

— N'est-ce pas le revolver qui était dans la banane que vous portiez hier ?

— Où voulez-vous en venir ?

— Je vous en prie, appuyez voir sur la gâchette.

Carina, qui ne tenait jusqu'ici le revolver que d'une main, posa alors l'autre aussi sur le canon. On avait presque l'impression qu'elle allait prier.

— C'était une simple invitation, cria le commissaire.

Le vieil homme, sous son poids, avait de la peine à respirer.

— Vous n'êtes pas obligée de me viser. Contentez-vous de tirer une fois en l'air.

— Mais pourquoi ?

Les bras de Carina se mirent à trembler comme si l'arme entre ses mains devenait plus lourde de seconde en seconde.

— Pour que vous constatiez que ce foutu machin n'est pas chargé. Croyez-vous vraiment que je vous rendrais une arme sans en avoir au préalable vidé le chargeur ?

— Qui vous dit que je ne l'ai pas rempli ?

— Votre regard épouvanté, madame Freitag.

Engler enleva son arme du visage de Losensky et la braqua sur la poitrine de Carina.

— Bye bye, dit-il.

Clic, entendit-on quand Carina appuya sur la détente. *Clic, clic.* La quatrième tentative fut couverte par l'éclat de rire d'Engler. Le pistolet inutile glissa des doigts de Carina, tombant dans la boue à ses pieds.

— Tant pis pour vous !

Le commissaire arma et dirigea le faisceau lumineux sur le front de la jeune femme.

Quand la détonation retentit au-dessus des eaux agitées du Wannsee, la tempête parut un instant retenir son souffle furieux. Puis les rafales de vent reprirent et engloutirent le bruit mortel.

LE DÉBUT

« Il n'est pas plus étonnant de naître deux fois qu'une. »
VOLTAIRE

« Vis chacune de tes vies comme si c'était la dernière. »
Viktor LARENZ

« Une balle dit toujours la vérité. »
Christopher WALKEN dans *Man on Fire*

« Les hommes diront de moi que je suis mort.
Je ne les crois pas, ils mentent.
Je ne pourrai jamais mourir. »
Klaus KINSKI

1

Un sifflement métallique, qu'on aurait dit provenant d'un casque de lecteur MP3 au volume réglé trop fort, se mêlait aux voix. À chaque cahot de la voiture, elles devenaient plus fortes, plus distinctes, sollicitant ses sens au point d'interrompre son sommeil. Simon ouvrit les yeux et se retrouva face à un instantané surexposé. Assez long et assez net pour lui permettre de constater que deux hommes étaient assis dans la partie arrière d'une ambulance.

— La cryptomnésie ? demanda une voix rauque qu'il reconnut aussitôt.

Borchert !

— Oui, répondit le professeur Müller. Dans le domaine de la recherche sur la réincarnation, tout est bien sûr sujet à controverses, mais elle est pour l'heure considérée comme l'approche la plus plausible pour expliquer de manière logique et scientifique ce que les gens vivent comme une renaissance paraissant relever du surnaturel.

Simon eut envie de se lever. Il avait soif, son genou droit le démangeait sous son pantalon de pyjama. D'ordinaire, il était seul au réveil. Il avait besoin de ce moment de solitude pour « s'éclaircir la tête », selon l'expression de Carina. Chaque fois qu'elle l'utilisait, il pensait à ces globes de neige que l'on secoue pour voir ensuite les flocons de polystyrène expansé retomber lentement. Une fois réveillé, il se disait souvent que ça se passait comme ça dans sa tête. Durant les premières minutes de la journée, il voulait d'abord attendre que les images, les voix et les visions aient repris leur place. Aussi décida-t-il de feindre de dormir encore un peu, pendant qu'il trierait entre ses idées tout en écoutant en cachette les deux hommes parler à voix basse.

— Je peux piger ça sans avoir mon bac ? demandait justement Borchert.

— Je crois, oui. C'est très simple, en fait. Jusqu'à récemment, la science partait de l'idée que notre cerveau dispose d'un filtre. Vous devez savoir que le cerveau est équipé pour traiter à chaque seconde des milliards d'informations en parallèle. Mais toutes ne sont pas importantes. En ce moment, par exemple, vous voulez m'écouter et comprendre mes explications tout en essayant de ne pas glisser de votre siège quand l'ambulance penche dans un virage. Mais, pendant ce temps, connaître le code de cette caisse de médicaments ou savoir si je porte des chaussures à lacets ou non n'a pas d'importance à vos yeux.

— Ce sont des mocassins.

— Oui. Votre œil l'a vu, mais le filtre dans votre cerveau n'a pas laissé passer cette information sans intérêt jusqu'au moment où j'ai attiré votre attention sur elle. Et heureusement qu'il en est ainsi. Imaginez qu'au cours d'une promenade en forêt vous comptiez chacune des feuilles des arbres. Qu'au cours d'un entretien au café, vous ne puissiez soudain plus faire abstraction des conversations des tables voisines ?

— Je crois que j'en ferais dans mon froc.
— Vous plaisantez. Mais en fait, vous avez raison. Sans filtre, votre cerveau serait si occupé à traiter un flot inimaginable d'informations qu'il n'aurait sans doute plus le loisir de contrôler les fonctions corporelles les plus élémentaires.
— Mais vous disiez à l'instant que cette théorie du filtre était déjà bonne à mettre à la poubelle ?

Simon sentit alors une force invisible tirer sa tête vers l'avant. Il devait donc être allongé dans le sens de la marche et l'ambulance s'était probablement arrêtée.

— Pas vraiment, répondit Müller. Il existe en réalité une nouvelle théorie, fort plausible, tirée de la recherche sur le syndrome du savant.
— Qu'est-ce que c'est que ce truc ?
— La notion d'autiste vous est sans doute plus familière.
— Rain Man ?
— Oui, par exemple. Permettez que je réfléchisse brièvement à la manière la plus simple d'expliquer cela à un non-initié.

Bien qu'ayant les yeux clos, le gamin pouvait voir aussi bien que s'il les avait ouverts les commissures des lèvres du médecin-chef qui s'abaissaient quand il réfléchissait. Il réprima un sourire.

— Bon, alors oubliez le filtre et pensez plutôt à une soupape.
— D'accord.
— Compte tenu de la capacité quasi illimitée de notre cerveau à stocker des données, il est fort probable que, dans un premier temps, nous mémorisions tout. Mais uniquement au niveau inconscient. Une soupape biochimique, dans notre cerveau, empêche le surme-

nage de notre mémoire longue et débloque les seules données dont nous avons véritablement besoin.

— Donc tout est rangé dans une boîte, mais il n'est pas facile d'ouvrir le couvercle.

— On peut dire les choses comme ça.

— Et qu'est-ce que tout ça a à voir avec la deuxième naissance de Simon ?

— C'est très simple. Vous arrive-t-il de vous endormir devant la télévision ?

— Constamment. La dernière fois, c'était devant un documentaire assommant sur les sorcières brûlées sur des bûchers.

— Bon. Vous avez donc dormi, mais votre cerveau était bien entendu actif. Il a absorbé toutes les informations en provenance de la télévision.

— Je n'ai aucune idée de ce qui a été dit.

— Justement. Vous avez stocké tous ces renseignements, mais la soupape vous a empêché de vous en souvenir de manière active. Sous hypnose, un thérapeute qualifié pourrait toutefois stimuler votre subconscient.

— Et ouvrir le couvercle.

— Exact.

Simon entendit un clic, puis un léger grattement non loin de son oreille droite. Il supposa que le médecin-chef dessinait quelque chose pour expliquer son propos de manière imagée.

— Lors de la plupart des régressions, quand le patient est mis en transe ou placé sous hypnose, c'est ce qui se passe. Les gens s'imaginent parcourir en esprit une vie antérieure. En réalité, ils se souviennent simplement de quelque chose qu'ils ont, sans le savoir, stocké au plus profond de leur conscience. Si l'on vous soumettait à une régression, par exemple, monsieur Borchert, il est possible que vous vous rappeliez ce documentaire sur le Moyen Âge et qu'à cause de cela vous vous preniez pour une sorcière brûlée sur un bûcher. Et vous citeriez même des dates et des lieux exacts, car vous les auriez entendus de la bouche du commentateur.

— Je n'ai pourtant pas vu d'image.

— Si, vos propres images imaginaires, souvent bien plus fortes que les impressions réelles. Vous avez peut-être vécu cela à la lecture d'un livre.

— Hum, oui. Mais ça remonte à loin. Et c'est ça que vous appelez cryptomachinchose ?

Simon sentit que l'ambulance accélérait de plus en plus. La dernière fois qu'il avait roulé si vite, c'était lorsque Carina l'avait conduit à la friche industrielle pour rencontrer son avocat.

Robert et Carina. Mais où étaient-ils ?

— On appelle ça cryptomnésie. C'est le terme scientifique pour dire que vous faites passer pour votre propre savoir des choses que vous avez enregistrées dans votre subconscient. Vous me suivez ?

— Ça va encore. Mais Simon ne s'est pas endormi devant un ordinateur ?

Simon eut envie de cligner des yeux et il serra les paupières d'autant plus fort. Plus il les pressait, plus se précisaient les contours d'une image dont il venait encore de rêver à l'instant.

L'image d'une porte. Numéro 17.

— Non, répondit Müller. Mais quelque chose d'approchant. Je crois que vous savez que nous avons interrompu sa radiothérapie voici un bon mois ?

— Oui.

— À cause des effets secondaires. Simon a été transféré en soins intensifs avec quarante et un de fièvre et une pneumonie. Un autre patient y a été hospitalisé au même moment.

— Frederick Losensky.

— Exactement. Soixante-sept ans, journaliste, avec suspicion d'un petit infarctus du myocarde. En dehors de douleurs thoraciques irradiantes, il ne présentait pas de signes caractéristiques importants. Il était pleinement conscient et on l'a placé en réanimation uniquement afin de le garder sous surveillance.

— Je devine : il était à côté de Simon.

— Effectivement. Comme vous l'avez certainement appris par la presse, c'est Losensky le responsable des assassinats en série de pédophiles.

— Le « vengeur ».

— C'était un homme très pieux. Dès cette époque il était en relation avec le chef de cette bande de marchands d'enfants. Je pense qu'il n'est pas fortuit qu'il ait eu cet infarctus peu après avoir reçu confirmation que le « marchand » voulait le rencontrer personnellement.

— Et Losensky s'est entretenu avec Simon pendant cette nuit qu'ils ont passée ensemble aux soins intensifs ?

— Non. Simon n'était absolument pas en mesure de bavarder. Sa fièvre était si violente que nous craignions tous pour lui une fin imminente. Mais Losensky lui a parlé malgré tout, ou précisément pour cette raison.

— Comme un téléviseur ?

— Si vous voulez. Nous supposons que Losensky a considéré comme un signe de Dieu le fait d'être couché à côté d'un petit orphelin condamné à mort. C'était précisément pour des enfants comme lui qu'il avait endossé toute cette culpabilité. Il a donc mis à profit cette nuit aux soins intensifs pour se confesser. Il a raconté à Simon ses crimes successifs. Comme il en était l'auteur, il pouvait décrire ces forfaits en détail et de manière vivante.

— C'est fou.

Borchert toussa et Simon aurait bien aimé l'imiter, mais il ne voulait pas attirer l'attention.

Pas avant d'avoir compris ce que la conversation entre les deux adultes avait à voir avec la chambre d'hôtel dans le rêve dont il venait de s'éveiller.

— Oui, c'est fou. Mais peut-être que nous aurions nous-mêmes perdu la raison si nous avions vécu tout ce que Losensky a pu voir de la violence infligée aux enfants. Quoi qu'il en soit, Simon s'est rétabli contre toute attente et l'histoire a démarré. Car lorsque, pour son dixième anniversaire, on l'a mis en état de transe hypnotique au cours d'une régression, cela a eu le même effet que si le Dr Tiefensee avait piqué avec une aiguille chirurgicale une région bien déterminée de son subconscient. La bulle des souvenirs a alors éclaté, et Simon s'est souvenu de ce qui, un mois plus tôt, était parvenu jusqu'à son cerveau à travers le brouillard des rêves provoqués par la fièvre.

— La confession de Losensky.

— Il est logique qu'il ne se soit pas souvenu de la manière dont il avait hérité de ces souvenirs. Vous comprenez ce que je veux dire ?

Borchert eut un rire bref.

— Je pense que ça doit être comme quand on retrouve un billet de vingt dans un vieux pantalon, mais qu'on ne se souvient pas d'avoir jamais porté ce machin horrible.

— Bon exemple. Vous trouvez l'argent et vous le dépensez, simplement parce que vous partez de l'idée qu'il vous appartient. Simon a trouvé dans sa tête le souvenir de ces crimes épouvantables et il s'est convaincu que c'était lui le coupable. C'est pour cette raison qu'il a réussi le test du détecteur de mensonges.

— Et comment pouvait-il connaître l'avenir ?

— Losensky a terminé sa confession en adressant une prière à Simon. Tenez...

Simon entendit le bruit sec d'un papier journal.

— Ça traîne aujourd'hui dans n'importe quelle feuille à scandale. Ils ont trouvé le journal intime de Losensky dans son armoire à l'hôpital et en publient des passages.

Müller lut à haute voix :

— « J'ai donc parlé à Simon de mon dernier grand projet. Je lui ai dit que je voulais recommencer. Le 1er novembre, à 6 heures du matin sur le "Pont". Je lui ai annoncé textuellement : "Simon, je vais abattre le mal quand il m'aura remis le bébé. Mais je ne suis pas certain de suivre le bon chemin. Voilà pourquoi je te prie de me rendre un dernier service. Quand tu rencontreras bientôt..." »

— « ... notre Créateur, dis-Lui que tout ça je l'ai fait dans une bonne intention, poursuivit Simon, qui avait ouvert les yeux et récitait les derniers mots de Losensky, à la stupéfaction de Müller et de Borchert. Demande-Lui si j'ai mal agi. Et si c'est le cas, qu'Il m'envoie un signal. Je cesserai alors aussitôt. »

— Mais tu es réveillé !

— Oui, depuis un petit moment, avoua Simon.

Se raclant la gorge, il lança au médecin-chef un regard coupable.

— C'est donc vrai ? demanda Borchert penché sur lui.

— Je n'ai pas compris tout ce que vous avez dit. Mais je me souviens à présent de la voix. Elle était... elle donnait l'impression d'être la voix de quelqu'un de très gentil.

L'ambulance ralentit. Simon essaya timidement de se redresser.

— Je n'ai donc rien fait de mal ?

— Non, absolument rien, répondirent d'une même voix Borchert et le médecin.

— Je n'ai tué personne ?

— Non, tu n'as tué personne.

— Alors, pourquoi Robert et Carina ne sont pas là ?

— Tu sais..., répondit le professeur dont les longs doigts se posèrent sur son front et lui communiquèrent leur chaleur, tu as dormi la plupart du temps pendant trois jours.

— Et durant ces trois jours, eh bien... il s'est passé quelque chose, poursuivit Borchert.

— Mais quoi ?

Simon était désemparé. Les deux hommes parlaient sur un drôle de ton, comme s'ils lui cachaient quelque chose.

— Est-ce que j'ai fait quelque chose de mal ? Vous ne m'aimez plus ? implora-t-il en regardant cette fois Borchert.

— Ne dis pas de bêtises. Ne va pas penser ça !

— Alors, je ne comprends pas.

— Tu ne te souviens de rien ? s'enquit Andi.

Simon se contenta de secouer la tête. Il s'était réveillé plusieurs fois ces dernières nuits. Brièvement. Il était seul à chaque fois.

— Non. Qu'est-ce qu'il se passe ?

Soudain, le soleil sembla se coucher derrière les vitres de verre dépoli, et le changement de bruit du moteur évoqua à Simon un souvenir désagréable : le moment où, dans la voiture de cette femme si laide, ils étaient entrés dans le garage de la villa.

— Nous y voilà ! cria quelqu'un à l'avant en descendant de voiture.

— Qu'est-il arrivé à Robert et à Carina ? demanda une nouvelle fois Simon.

On ouvrit les portes de la fourgonnette.

— Eh bien, je crois qu'il vaut mieux que ce soit quelqu'un d'autre qui te l'apprenne, dit le professeur Müller en lui prenant la main avec précaution.

2

Les images, muettes et en noir et blanc, étaient de piètre qualité, tout juste dignes d'une vidéo d'amateur. De plus, comme les phares de la voiture éblouissaient la caméra, les prises de vue faisaient penser à des images d'échographie surexposées.

— Ça sera un garçon ou une fille ? avait plaisanté le procureur la première fois qu'on lui avait montré la bande.

Lors de cette projection, Brandmann eut lui-même de nouveau besoin d'un petit moment avant que ses yeux parviennent à distinguer les deux hommes devant la voiture.

— Ici, vous voyez Losensky sortir son arme, dit-il en s'éclaircissant la voix et en tapotant avec l'arête d'un briquet jetable sur l'endroit voulu de l'écran.

— Vous êtes devant l'image.

— Oh, excusez-moi.

Brandmann sortit du faisceau lumineux du vidéoprojecteur.

— Bon. Regardez bien : le vieil homme semble encore hésiter. Mais maintenant il lève un peu son pistolet. Et puis : boum !

Un éclair jaillit du canon, traçant sur l'écran une espèce de fil jaune. Puis, comme frappé de plein fouet par un boulet de démolition, Robert fut projeté en arrière et l'arrière de sa tête heurta le sol du parking. Il resta allongé, inerte.

— C'est Engler qui a filmé ça lui-même. Sa caméra était posée sur la plage arrière de la voiture où il se cachait.

Le commissaire se racla la gorge, comme il le faisait après presque chacune de ses phrases. Il s'abstint de demander une cigarette et arrêta momentanément la bande.

— Ç'aurait été la preuve vidéo parfaite. Une vente d'enfant ratée. Des salopards qui se suppriment les uns les autres. Engler était un accro de la vidéo. Nous supposons qu'il a laissé tourner la caméra pour vendre ultérieurement la bande comme *snuff movie*. Ou pour la regarder chez lui. Qui sait ? Bien entendu, nous n'étions pas censés voir les images qui suivent.

3

— Où m'emmenez-vous ?

Le pied du fauteuil roulant laissa une éraflure noire sur le papier peint du mur de l'escalier. Simon se retourna vers Borchert en sueur qui le tirait de l'arrière, agrippé aux poignées.

— Il faut que tu ailles en réanimation, haleta-t-il.

Même le conducteur de l'ambulance qui poussait la chaise par en dessous commençait à respirer plus vite sur les derniers mètres.

— Quelle sorte de réanimation ?

— Traitement spécial. Pour les cas particulièrement... (Borchert, avant de prononcer le mot, gémit de manière théâtrale)... graves, comme le tien.

— Et où sommes-nous ?

Ils avaient atteint la dernière marche, et Simon lança un regard au professeur Müller, resté au pied de l'escalier de la cave.

— Dans une clinique, dit en souriant le médecin-chef avant de les rejoindre.

— Drôle de clinique ! Y a même pas d'ascenseur !

— Eh bien, visite-la tout seul. Et hop...

Simon pouffa de joie. D'un seul coup, il se crut sur une auto tamponneuse, à la foire. Il fut d'abord propulsé en avant, puis en arrière, avant de tourner sur lui-même comme une toupie.

— Arrête, s'il te plaît, s'écria-t-il en riant à gorge déployée, mais Borchert lui fit faire encore deux tours sur lui-même avant de le pousser dans un couloir dénudé.

— Je me sens mal, gémit Simon.

Sa chaise roulante s'était enfin immobilisée. Contrairement aux images qui ne cessaient de se balancer devant ses yeux. Les visages de Borchert, Müller et du chauffeur arrêtèrent lentement d'osciller.

— Qu'est-ce que c'est que ça ?

Pour être sûr, Simon toucha sa perruque. Quand il dormait, elle était posée à côté de lui, sur la table de nuit. Mais il la sentit sans erreur possible sous ses doigts qui le picotaient. Ce ne pouvait donc être un rêve malgré les apparences.

— Eh bien, qu'est-ce que tu en dis ?

L'étonnement muet de Simon valait toutes les réponses. À gestes lents, comme s'il venait de prendre ses médicaments, il replia maladroitement la couverture blanche qu'il avait sur les genoux et prit appui sur les accoudoirs.

Il n'arriva pas à s'expliquer pourquoi il avait agi ainsi. Sans doute uniquement pour occuper ses mains qui tremblaient, avant que le spectacle merveilleux s'offrant à lui l'ait totalement paralysé. Puis il ne put s'empêcher de sourire, et, en même temps que son visage se relâchait, la lourde carapace dans laquelle il était enfermé tomba.

Simon se retourna, regarda d'un air interrogateur ses accompagnateurs qui l'encourageaient d'un sourire. Le plus souriant était Borchert, dont les yeux disparaissaient au milieu de sa figure luisante de sueur. Simon osa alors se lever et fit deux pas dans cet espace incroyablement vaste. Malgré la présence de bien d'autres merveilles, il ne réussissait pas à détourner les yeux des palmiers à l'entrée. Il ferma les yeux, et eut peur que le mirage ne se soit évanoui quand il les rouvrirait. Mais, une seconde plus tard, tout était encore là : la cabane en bambou, brune comme du sucre de canne, le ronflement de la mer et, un peu plus loin, une femme en train de rire, avec une couronne de fleurs dans les cheveux.

— Bienvenue, dit Carina, qui venait à sa rencontre.

Une vague de chaleur bienfaisante, surgie du plus profond de son être, déferla dans sa poitrine.

— Est-ce que je peux ? demanda-t-il timidement, s'étonnant lui-même de l'altération de sa voix.

Puis, les hommes s'étant mis à applaudir en riant, pataud comme un chiot, il posa son pied nu dans le sable blanc crème de la colline.

4

Brandmann enfonça de nouveau la touche « play » et la bande reprit sa marche cahotante en avant. Sur l'écran, Engler était en train de maîtriser Losensky.

— C'est là que Mme Freitag entre en scène, intervint Brandmann pour expliquer pourquoi Engler tournait soudain la tête de côté. Elle n'entre jamais dans le champ de la caméra. Malheureusement, son pistolet n'était pas chargé.

— Ou bien heureusement.

— Oui. C'est selon.

On vit Engler lever le bras et viser Carina. Puis il y eut l'éclair d'un coup de feu derrière lui. Une balle lui percuta l'occiput.

— C'est bien ainsi que ça s'est passé, confirma Robert Stern.

Retirant son petit doigt enfoncé dans un trou de cigarette du canapé fatigué où il était assis, il se releva avec peine. Puis il se mit à fredonner.

— Abba, dit Brandmann en souriant. Je crois vraiment que Losensky l'a pris pour un signe de Dieu et qu'il n'a tiré en l'air qu'après avoir entendu « Money, Money, Money ».

— Je comptais sur une réaction de ce genre. C'est la frayeur qui m'a fait tomber. Pas sa balle. Quand je me suis aperçu que je n'étais pas touché, j'ai compris que je ne devais pas freiner ma chute. Sinon, Engler ne m'aurait pas cru mort. Au fond, je l'ai battu en utilisant ses propres méthodes. Feindre la mort est une stratégie qui a marché pour moi aussi. Ça m'a d'ailleurs valu ceci.

Stern tapota sa minerve couleur chair, puis le pansement autour de son front. Malgré sa commotion cérébrale, il avait réussi à se traîner sur le parking, centimètre après centimètre, en direction de l'arme qu'Engler venait d'arracher à Losensky. Pourtant, sans les quelques secondes que lui avait fait gagner la diversion de Carina, il n'aurait pas eu le temps de ramasser le revolver, de viser et de tirer.

Stern se dirigea en boitillant vers l'enquêteur extraordinaire.

— J'ai constamment pensé que c'était vous mon adversaire. C'est pour cette raison que je ne me suis pas confié à vous, mais à votre partenaire.

— C'est compréhensible, acquiesça Brandmann en se raclant la gorge pour la vingtième fois au moins, tout en passant nerveusement son gros pouce autour de la molette de son briquet. Mais Engler n'était pas mon partenaire. Officiellement, je suis un conseiller psychologique de l'Office fédéral de la police criminelle. En réalité, je travaille au département des enquêtes internes. Cela faisait un certain temps qu'on soupçonnait

Engler d'être impliqué dans des affaires louches. On disposait de renseignements relatifs à des résidences secondaires à Majorque et à des placements d'argent incompatibles avec son salaire de policier. Mais personne ne s'attendait à ce que ses activités annexes aient une telle ampleur. Pas moi, du moins.

Brandmann avait un air de reproche qui, manifestement, s'adressait à lui-même.

— Vous n'étiez donc pas du tout habilité à enquêter sur mon cas ?

Brandmann acquiesça de sa tête imposante.

— Pas au début, non. Nous ne pensions pas que la corruption d'Engler et la découverte des cadavres par le biais de Simon étaient liées.

Se raclant une nouvelle fois la gorge, il passa la langue sur ses lèvres sèches.

— Notre stratégie était de le rendre nerveux par mon intrusion maladroite et perturbante dans son travail. Nous espérions le pousser à commettre des imprudences, écrire un e-mail en clair ou utiliser une liaison téléphonique non protégée par exemple, si nous le soumettions à une pression suffisante pour lui faire perdre son sang-froid. À agir d'une manière qui nous permette de remonter à la source de ses revenus. Mais comme l'affaire avec Simon devenait de plus en plus embrouillée, le commissaire principal a estimé qu'il ne serait pas inutile d'avoir l'aide de quelqu'un disposant de mon expérience. C'est alors que j'ai donné un coup de main à l'équipe, en m'occupant de soumettre Simon à un détecteur de mensonge, en rassemblant des témoignages et en prêtant main-forte à Engler pour les enquêtes sur le terrain.

— Et c'est là que vous avez donné à Picasso votre numéro de téléphone ?

— Oui. À votre père aussi d'ailleurs. Ils devaient m'appeler dès qu'ils remarqueraient quelque chose. Malheureusement, l'infirmier a été mis hors circuit avant de pouvoir constater qu'on enlevait Simon. Nous savons d'ailleurs qui a versé du rohypnol dans le café de Picasso.

Stern haussa les sourcils.

— Le policier de garde. C'était un complice d'Engler. D'après son témoignage, c'est vous qui l'auriez maîtrisé. Dommage pour lui que, lors de son interrogatoire, il n'ait pas été au courant de la mort d'Engler.

Brandmann ne put réprimer un sourire.

— C'était parfaitement organisé. Je pense qu'après toutes ces années de double vie, Engler s'estimait intouchable. Son plan était génial, mais empreint de mégalomanie. Il vous a attirés dans un piège sur le parking de la plage, vous, Carina, Simon et même celui qui voulait le tuer – et cela sous les yeux de la police.

— Et où étiez-vous durant tout ce temps ?

Le ton sur lequel Stern posa cette question était un peu plus discourtois qu'il ne le souhaitait.

— Sachant que vous deviez surveiller Engler, comment se fait-il que vous n'ayez rien su de son dernier grand coup ?

Brandmann s'éclaircit derechef la voix et leva les mains en un geste d'excuse.

— Hertzlich, le commissaire principal, m'a écarté de l'affaire quand elle a dégénéré. Comme je vous l'ai dit, je n'étais là que pour m'occuper des irrégularités financières. Mon travail devait cesser afin de ne pas perturber la suite des investigations. J'étais en fait déjà en train de boucler mes valises.

— Et maintenant ? Comment les choses vont-elles se passer ? Qu'en est-il des complices d'Engler ? Il faut bien que quelqu'un l'ait aidé pour faire tout ça ?

Brandmann accueillait chacune des questions d'un grognement d'assentiment, sa pomme d'Adam montant, tel un cylindre, sous son cou plein de replis.

— Oui, malheureusement. Le « vengeur » a procédé ces dernières années à une épuration importante, mais Engler n'a pas eu beaucoup de peine à reformer autour de lui une bande de psychopathes. En tant qu'enquêteur de la brigade criminelle, il était idéalement placé. Mais nous avons saisi des tonnes de matériel, ce qui nous aidera à mettre hors d'état de nuire le reste de ses troupes. Nous avons des ordinateurs, des carnets, des bandes, des DVD, sans oublier la voiture d'Engler dont le coffre était rempli des derniers modèles de système vidéo…

Pendant cette énumération, Stern se rappela comment Engler s'était filmé lui-même, en compagnie de Brandmann, dans le cimetière pour animaux. Stern avait alors pensé que les images étaient retransmises en direct. Alors qu'en réalité elles avaient été diffusées en différé. Un truc grossier. Tout comme la comédie qu'il avait mise en scène dans le cabinet du Dr Tiefensee.

— Le seul point réjouissant lors de notre perquisition, c'est que nous sommes tombés sur son chien. C'est moi qui héberge son labrador pour le moment, conclut Brandmann en souriant.

— Et à part ça, vous n'avez rien découvert d'autre ? demanda timidement Stern.

— Rien concernant ce à quoi vous faites allusion. Et pour ne rien vous cacher, je ne voudrais pas que vous nourrissiez de trop grands espoirs sur ce point.

Le pouls de Robert s'accéléra. En même temps, la moitié gauche de son corps s'engourdit, comme si quelqu'un l'avait, de l'intérieur, aspergée de spray cryogène. Il s'y attendait, mais c'était tout autre chose d'entendre de noires suppositions confirmées de première main.

— Nous sommes encore en cours d'exploitation des informations, mais jusqu'ici, parmi toutes ces pièces à conviction, nous n'avons rien trouvé concernant votre fils. Aucun document, aucun film, aucune photo. Ni à l'époque où il était nourrisson, ni plus tard. Et même la théorie de la « trappe à bébés », ajouta-t-il, se raclant à nouveau la gorge.

À en juger par sa voix cassée, Brandmann semblait maintenant avoir véritablement une boule dans la gorge.

— Bien entendu, nous vérifions tous les indices et nous sommes en train d'interroger tous les hôpitaux fédéraux pour savoir si une telle chose serait possible. Mais jusqu'ici nous n'avons rien trouvé qui corrobore votre témoignage.

Bien sûr.

Stern porta le poids de son corps sur sa béquille droite et essaya de l'enfoncer dans le béton de la cave de toutes ses forces. De la main gauche, il chercha à tâtons l'enveloppe froissée dans la poche arrière de son pantalon. En guise d'ultime adieu, Engler lui avait remis une photo du garçon en train de souffler les dix bougies de son gâteau d'anniversaire. AVRIL, était-il écrit en caractères d'imprimerie en travers du gâteau.

Là encore, il avait été joué. Stern cligna des yeux comme si une poussière l'incommodait. Un jour, on découvrirait peut-être comment Engler s'était procuré les vidéos de surveillance et comment il avait réussi à les retoucher pour leur donner l'apparence de la réalité. Peut-être même retrouverait-on l'enfant fêtant son anniversaire et comment, avec l'aide d'un logiciel de traitement d'images, on avait transformé ses traits au point de les faire ressembler aux siens. Il était aussi possible qu'il s'agisse d'un personnage purement artificiel. Un miracle de création numérique.

Stern relâcha la pression provoquée par sa fureur quand il sentit le sang bourdonner dans ses oreilles. Toutes ces considérations ne changeraient rien au fait que cette vidéo n'avait été qu'un leurre. Felix était mort, il l'avait toujours été. Stern fut heureux de n'avoir jamais fait part à Sophie de ses espoirs irrationnels.

— Nous vérifierons tous les indices et chercherons à savoir si votre fils, à l'époque...

Le policier s'interrompit au milieu de sa phrase et leva des yeux étonnés vers le plafond. Des étages supérieurs, une sourde musique reggae parvenait jusqu'à leurs oreilles.

— Qu'est-ce que c'est ? demanda-t-il.

— Ça ? C'est notre réveil.

Stern se dirigea en boitillant vers la porte de la cave.

— Je vous remercie infiniment de m'avoir montré la bande qui m'innocente. Mais je crains que vous ne deviez à présent retirer vos chaussures.

— Pourquoi ?

On aurait dit que Stern venait de renverser un verre d'eau glacée sur l'entrejambe de Brandmann.

Il ouvrit la porte et le son de la musique des Caraïbes enfla.

— Parce que la partie officielle est maintenant terminée et que je vais m'acquitter d'une promesse.

5

— Ah, te voilà !

Riant de bonheur, Simon vint au-devant de Stern en s'enfonçant dans le sable de la plage artificielle. Une douzaine d'employés d'une agence d'événementiel avaient dû travailler toute la nuit pour étaler le sable fin dans le sous-sol de la villa. Puis on avait en toute hâte collé sur les murs et les fenêtres des motifs évoquant les mers du Sud et disposé dans les dunes une armée de faux palmiers et bananiers ainsi que des torches électriques. Même la cheminée remplie de bois flotté évoquait un feu de camp à la Robinson Crusoé.

Mais le clou de ce décor d'île paradisiaque était le bar en bambou, au beau milieu de l'ancien salon. Borchert s'y affairait à confectionner des cocktails de jus de fruits.

Stern fut tout à coup saisi du besoin de s'enfuir. Dans la direction où ses sombres pensées l'attiraient. Peu importait où, pourvu que ce soit loin, très loin de cet endroit où il ne reconnaissait plus sa villa. Pas à cause du sable couleur corail ou des palmiers, mais parce que les lieux étaient pleins de bruits qu'il n'avait cessé de bannir de sa vie pendant des années : des rires, de la musique, des cris de joie. Il apercevait Simon, Carina, Borchert, Brandmann, le professeur Müller et même son père. Rien que des visages connus, rien que des gens qu'il avait lui-même invités, mais qui pourtant lui restaient étrangers.

Ensuite, Simon s'approchant de lui et l'envie de fuir devenant irrésistible, un changement s'opéra subrepticement. Ce fut comme si le gamin portait un flambeau invisible. Tout s'illuminait autour de lui. Et Stern remarqua alors pour la première fois à quel point il lui avait manqué.

Quand Simon fut en face de lui, souriant avec une franchise dont la plupart des adultes n'étaient plus capables, Stern comprit enfin pourquoi Carina lui avait donné rendez-vous dans cette friche industrielle. Ce n'était pas le gamin qui avait besoin de son aide. C'était exactement le contraire.

— Merci ! dit Simon en riant, et, l'espace d'une seconde, c'en fut fini, pour Stern, des questions obsédantes. C'est super, merci !

En touchant la main du jeune garçon, Stern eut le vague pressentiment que les réponses qu'il avait cherchées ces derniers jours n'étaient peut-être pas si importantes que cela. Et tandis que Simon l'entraînait vers le bar, il vit enfin ce que ses yeux ouverts avaient jusqu'ici ignoré : Simon, Carina, les jumelles, lui-même. Tous avaient survécu. L'enfant à ses côtés, ayant cessé d'être tourmenté par d'inexplicables et macabres chimères, pouvait désormais rire, manger des glaces, danser la lambada et jouir de ce moment heureux, malgré la présence dans sa tête d'un élément bien plus destructeur que de sombres pensées.

Si lui le peut, j'y arriverai peut-être aussi, se prit à espérer Stern. Pas pour toujours. Pas pour longtemps. Mais peut-être aujourd'hui. Maintenant. En ce bref instant.

Il s'accouda au comptoir, fit un signe de tête à Borchert, puis à Carina, et fut heureux de voir que ses amis le comprenaient sans qu'un mot soit échangé : ils lui donnèrent la glace promise à Simon !

La fête dura plus de deux heures. On commença par allumer le feu de camp, puis on improvisa un barbecue sur la plage et on dansa pour finir. Quand l'excitation commença à retomber, Stern vint s'asseoir à côté d'eux sur le sable. Simon et Carina interrompirent brusquement leur conversation.

— Eh bien, sur le dos de qui cassiez-vous du sucre ? demanda-t-il.

— De personne, répondit Simon avec un sourire espiègle. Je n'arrivais simplement pas à croire que c'était ta maison, ici.

— Oui, et, sur ce point, Carina a raison. Exceptionnellement.

— C'est là que tu habites ?

— Quand je ne suis pas obligé de dormir dans un camping-car, oui.

Stern adressa à Carina un large sourire qu'elle lui rendit avec la même générosité.

— Mais où sont tes meubles, alors ?

— Oh, ne te fais pas de soucis pour ça, rigola Carina qui savait fort bien que jamais encore la villa de Robert n'avait été aussi confortablement aménagée qu'en cette journée.

Elle se leva pour aller chercher à boire. Stern considéra avec émotion les traces que ses pieds délicats laissaient dans le sable.

— Écoute un peu, dit-il au bout de quelques secondes à Simon qui, allongé, examinait le plafond où, à la place du lustre qui aurait dû normalement être là, se balançait un filet rempli d'authentiques noix de coco. Le professeur Müller vient de me dire qu'il allait peut-être tenter de reprendre une thérapie avec toi. Parfois, l'image d'un scanner cérébral est trompeuse, tu sais ? Il va vérifier demain jusqu'où ta tumeur a pénétré dans la deuxième moitié de ton cerveau et alors...

Stern s'arrêta net.

— Simon ?
— Oui ?
— Qu'as-tu ?
— Je... je ne sais pas.

Le garçon se redressa et regarda son pied gauche avec le même regard épouvanté que Stern.

— Carina ? cria ce dernier en se relevant. Ne te fais pas de soucis, ce n'est qu'une crise d'épilepsie, dit-il, plus pour se rassurer qu'à l'intention du petit.

Entre-temps, le tremblement avait gagné la jambe entière. Et pourtant, il ne ressemblait pas au tressaillement que Stern avait déjà observé. Bien que ne touchant pas le corps entier, il paraissait encore plus menaçant.

— Laissez-moi passer, cria Carina qui les rejoignait précipitamment en compagnie du médecin-chef.

Elle avait déjà dans la main les gouttes de lorazépam.

— Ça va aller, tout va bien.

La perruque de Simon glissa de sa tête quand elle lui caressa les cheveux.

— Il faut le ramener immédiatement, déclara à voix basse le professeur Müller.

Stern acquiesça. Il avait l'impression d'avoir été victime d'un télescopage. Ils riaient encore à l'instant, et voilà qu'il devait assister au spectacle de Borchert portant un enfant malade jusqu'à la porte.

— Avancez l'ambulance, vite, entendit-il Carina ordonner, tandis qu'il suivait le groupe.

Le sable chaud, sous ses pieds, n'était plus que du sable mouvant emprisonnant ses chevilles de manière à l'empêcher de courir. Il eut l'impression de mettre une éternité pour atteindre le jardinet, devant la maison. Il le traversa au sprint afin de prendre place à côté du brancard de Simon, dans l'ambulance.

— Écoute, dit-il à voix basse, craignant que le gamin ne se rende compte de son angoisse s'il parlait plus fort. N'aie surtout pas peur, OK ? Tout ira bien.

— Oui, peut-être.

— Non, écoute-moi. Dès que le professeur Müller aura réglé le problème, on ira sur une vraie plage.

Il prit la main de Simon, mais ne sentit pas qu'elle répondait à sa pression.

— Il ne faut pas être triste, dit le gamin.

— Je ne suis pas triste, sanglota Stern.

— C'était si bien. On s'est drôlement amusés, ajouta Simon d'une voix de plus en plus lasse. Je n'avais encore jamais connu tout ça. La discothèque, le zoo, le film vidéo avec les jumelles et puis cette fête géniale...

— Ne parlons pas du passé, d'accord ? Tu ne te souviendras pas !

— Mais je veux me souvenir, moi !

Stern renifla.

— Qu'est-ce que tu veux dire ?

— Il faut partir maintenant, lança le conducteur à l'avant.

La main de Carina s'était posée sur le dos de Stern, le tirant en arrière avec douceur. Il la fit lâcher prise en se secouant.

— De quoi veux-tu parler, Simon ?

Les paupières du jeune garçon s'abaissèrent comme des fleurs fanées.

— De la lampe de la cave.

— Hein ?

Le moteur se mit en branle et, au même instant, Simon sentit quelque chose expirer au plus profond de son être.

Crac.

— Elle a de nouveau vacillé. Avant. Quand j'ai dormi si longtemps.

Non, non, non, hurlaient les douleurs qui enflaient dans la tête de Stern.

Crac. Crac.

— Cette fois, il faisait encore plus sombre. Horriblement sombre. C'est à peine si je pouvais voir quoi que ce soit.

Non, pitié. Ne fais pas recommencer ce cauchemar depuis le début, pensa Stern. Il sentit un poison glacé se déverser dans ses veines quand Simon lui donna une ultime adresse. Puis le gamin perdit connaissance.

Dix jours plus tard

« Park Inn
Demandez nos offres de la semaine »

Il y a une éternité, quelqu'un avait piqué les lettres jaunies dans le panneau en feutre marron au-dessus du comptoir. À cette époque de l'année, la personne en question n'espérait manifestement plus que ces offres retiennent l'attention de quiconque. La réception du motel bon marché était aussi déserte que les rues de la localité qu'ils avaient traversée à leur arrivée en voiture.

— Y a quelqu'un ? appela Stern, cherchant des yeux une de ces clochettes de table qui permettent habituellement de signaler sa présence dans les hôtels.

Mais il ne vit que deux petits porte-revues en plexiglas, chargés de prospectus.

— Bon ! Je fais quoi alors ? Je les jette par terre ? dit-il en haussant les épaules, tout en se retournant vers Carina qui, faute de siège, s'était assise sur son sac de voyage.

— Hé, il y a des clients, lança-t-il à nouveau, cette fois le plus fort qu'il put sans avoir à hurler.

En guise de réponse, quelqu'un tira une chasse d'eau.

— Eh bien, tu vois ! murmura Carina.

Peu après, une femme énorme se glissa derrière le comptoir par une porte à lamelles.

— Pourquoi s'énerver comme ça ? demanda-t-elle, le souffle court.

— Je suis M. Stern, se contenta de répondre Robert qui, ignorant l'accueil désobligeant, posa sa carte d'identité sur le comptoir. Nous avons réservé.

— Oui, oui. Ce n'était pas la peine. Tout est libre.

La femme montra de ses doigts calleux, à sa droite, le tableau où aucune clé ne manquait.

— Je pourrais vous faire un bon prix pour la suite.

Stern imagina sans peine à quoi la fameuse suite pouvait ressembler. Elle possédait sans doute un téléviseur, contrairement aux autres chambres du motel.

— Non, c'est celle-ci que je veux. Je vous l'ai expliqué au téléphone.

— Sans rire ? La dix-sept ? Hum. Vrai de vrai ? C'est pourtant loin d'être notre meilleure chambre.

— Ça m'est égal, dit Stern.

Il ne mentait pas. Ils n'avaient de toute façon pas l'intention de passer la nuit ici.

— La dix-sept, rien d'autre !

— Comme vous voulez.

Les doigts de Stern effleurèrent la peau sèche de la femme quand il lui prit la clé des mains. Il tressaillit comme s'il venait de s'enfoncer une écharde dans la chair.

— Voyage de noces ? s'enquit-elle en jetant à Carina un regard malveillant.

— Oui, dit-il, ne trouvant pas de réponse plus brève.

— Vous n'avez qu'à sortir et suivre les panneaux, leur lança-t-elle tandis qu'ils s'éloignaient déjà. La dernière au fond, sur votre droite.

La pluie des derniers jours avait cessé et le vent jouait au billard avec les nuages gris au-dessus de leur tête. Il n'était que midi, mais on avait l'impression qu'il était beaucoup plus tard. Même à cette heure, un voile de couleur sale cachait le soleil, assombrissant le chemin bétonné menant aux chambres.

La chambre 17 était le seul bâtiment isolé du motel. La serrure ne donnait pas le sentiment que l'introduction d'une clé la ravissait. Stern ne réussit à la faire tourner qu'à sa deuxième tentative.

— Je reste dehors ? demanda Carina.

— Non, mais ne touche à rien.

Il tâtonna pour trouver l'interrupteur sur le mur, et une simple ampoule électrique éclaira la pièce où, étonnamment, le ménage avait été fait.

Carina aspira bruyamment l'air par le nez. Stern fut lui aussi surpris de l'absence des odeurs de poussière ou de moisissure auxquelles il s'attendait.

— C'est vrai qu'elle savait que nous venions, murmura-t-il en se mettant au travail.

Il commença par les placards. Rassemblant d'un geste les quelques cintres, il les jeta sur le lit, à côté de Carina et du sac de voyage. Puis il tapa sur le fond en contreplaqué à la recherche de cavités. Rien.

Il passa dans le cabinet de toilette. Il constata avec déception qu'il n'y avait qu'une douche. Il s'attendait à devoir inspecter les emplacements sous une baignoire. Mais il n'y avait même pas de cabine. L'eau se déversait simplement sur le sol carrelé par un petit pommeau.

— Alors ? l'interrogea Carina quand il revint dans la chambre cinq minutes plus tard, après avoir recherché des indices qui pouvaient être dissimulés dans le réservoir de la chasse d'eau ou dans le tuyau d'écoulement.

— Rien, avoua-t-il en retroussant ses manches de chemise toutes trempées. Rien encore.

Il s'allongea par terre pour regarder sous le lit. Carina se leva à sa demande. Pendant qu'il déchirait le matelas en divers endroits à l'aide d'un couteau, elle cherchait sur le dallage une irrégularité dans les veinures, un creux, la moindre anomalie qui aurait pu dissimuler une issue, un passage secret. Mais il lui fut impossible de découvrir l'ombre d'une rainure.

Entre-temps, Stern avait pris dans le sac une bombe jaune, analogue à celles qui servent habituellement à arroser les plantes d'intérieur. Il aspergea le plancher de la chambre d'un voile de produit de contraste incolore.

— N'aie pas peur, dit-il quand il eut terminé cette opération préalable.

Puis il éteignit l'ampoule au-dessus d'eux, plongeant la pièce dans une obscurité totale.

— Qu'est-ce qu'on recherche ? demanda Carina quand la lampe de poche à ultraviolets de Robert projeta sur leurs visages une lueur spectrale.

— Tu le verras bien.

Stern se mit à pivoter sur lui-même dans le sens des aiguilles d'une montre.

— Ou tu ne verras rien du tout, ajouta-t-il au bout d'une minute.

Un client avait pu saigner du nez quelque part, mais la lumière des ultraviolets ne révéla aucune tache de sang qui aurait été nettoyée.

— Et maintenant ?

Stern, reprenant difficilement son souffle, allongé sur le matelas percé de trous, gardait les yeux rivés sur la lampe qu'il avait rallumée.

— Je vais lui passer un coup de fil.

Il sortit son portable de la poche de son jean et composa un numéro inscrit sur une petite fiche.

— Robert Stern, dit-il en guise de salutation.

— Vous appelez un peu tard. L'autorisation exceptionnelle pour recevoir des coups de téléphone n'est valable que jusqu'à 13 heures.

— Il est 12 h 47, alors passez-le-moi !

La voix renfrognée à l'autre bout du fil fut remplacée par une autre, beaucoup plus amicale et cultivée. Pourtant, contrairement au responsable de l'hôpital de la prison, son interlocuteur avait sur la conscience la vie d'un grand nombre de personnes.

— Losensky ?

— Lui-même.

— Vous connaissez la raison de mon appel ?

— Oui. C'est à cause de la chambre 17.

— Que savez-vous à ce propos ?

— Rien.

— Ce n'est pas vous qui avez parlé de cette adresse au gamin ?

— Non, je ne connais absolument pas cet établissement. Je n'en ai pas parlé à Simon et j'ignore pourquoi il vous a envoyé là-bas.

Énervé, Losensky eut une quinte de toux.

— Pourquoi mentirais-je ? J'ai déjà fait des aveux circonstanciés aux policiers et je les ai conduits sur tous les lieux que Simon n'a pas révélés. Sept cadavres en quinze ans. Il n'y en a pas davantage. Pourquoi en cacherais-je un autre ?

Je ne sais pas.

— Je suis dans un hôpital de prison et je vais y mourir de toute façon. Qu'aurais-je donc à perdre, jeune homme ?

Rien, concéda Stern. Il remercia le vieillard et raccrocha.

— Est-ce que je peux prendre une douche avant de payer et de rembourser les dégâts ? demanda Carina.

Stern se contenta d'acquiescer de la tête. Quand il entendit l'eau couler dans le cabinet de toilette, il se leva et tira le rideau. Il décoinça la porte en verre coulissante et l'ouvrit le plus grand possible. L'air vif et la lumière entrèrent dans la petite pièce.

Il sortit et regarda au loin. La plage au bord de laquelle se trouvait le Park Inn - Motel s'étirait sur des kilomètres le long de la mer. Les puissantes vagues qui déferlaient sur la rive à leur arrivée s'étaient un peu calmées. Stern ferma les yeux et le vent était comme un foulard en soie sur son visage. Puis il sentit une chaleur bienfaisante sur sa peau. Quand il rouvrit les yeux, les premiers filets de lumière ayant percé la couverture nuageuse l'aveuglèrent. Soudain, ce fut le tissu sale dans sa totalité qui se déchira, et le soleil l'enveloppa de rayons aussi lumineux qu'en une première journée de printemps.

— Carina, s'apprêtait-il à appeler quand quelque chose frôla sa jambe.

Baissant les yeux, il aperçut à ses pieds un ballon de caoutchouc gros comme une boule de bowling. Le soleil tapait de plus en plus fort et il dut mettre les mains en visière pour déterminer d'où le ballon avait roulé jusqu'à lui.

— Est-ce que je peux le récupérer ? lui demanda une voix claire et juvénile.

Stern avança de deux pas en direction de l'enfant. Et soudain, la chaleur, au plus profond de son être, devint à peine supportable. Le garçon n'était qu'à deux coudées de lui, debout dans le sable, occupé à mordre dans une glace au citron. En cet instant, Stern sut pourquoi il était là, bien que ne comprenant rien du tout à ce qui lui arrivait.

Il reconnaissait l'enfant. Sa photo froissée, une capture d'écran de télévision, était toujours dans la poche arrière de son pantalon.

Et, quand le gamin de dix ans lui sourit, Robert Stern eut la sensation de se voir dans un miroir.

REMERCIEMENTS

Bon, où est-ce que je vous surprends ? Dans votre fauteuil, sur votre canapé, dans le métro, au lit ? Ou bien peut-être êtes-vous encore dans la librairie, en train de vous demander si vous allez réellement faire des frais pour un auteur allemand de thrillers doté, de surcroît, d'un nom bizarre ? Peu importe : je tiens à vous remercier. Mon roman entre les mains, vous jetez un œil à l'intérieur, ne serait-ce que pour vérifier, à la fin du livre, si quelqu'un capable d'écrire une histoire pareille a des amis à remercier. Et – chose à peine croyable – tel est pourtant bien le cas !

Je commencerai par ceux qui m'ont donné le plus de fil à retordre si je devais jamais oublier que, chaque jour ou presque, je les ai soumis à rude épreuve :

Manuela – continue à faire beaucoup de sport et à manger sainement s'il te plaît. Si tu devais un jour me faire défaut et ne plus organiser mon existence, je serais un homme foutu.

Gerlinde – merci pour ton aide, ton soutien et surtout pour l'amour que tu m'as notamment témoigné en ne te lassant pas de me jeter mon repas sur le bureau pendant la phase de rédaction intense. Ce qui m'a certainement empêché de mourir de faim.

Clemens et Sabine – l'envie doit sans doute poindre en vous de me voir écrire un jour un livre où il ne sera plus essentiellement question de maladies et de psychoses. Vous allez malheureusement devoir continuer à jouer les conseillers médicaux. Vous êtes tout simplement trop bons.

Patty – merci pour l'impressionnante description de la « régression » à laquelle tu t'es un jour soumise et pour m'avoir autorisé à utiliser ton expérience en la matière dans ce livre.

Zsolt Bács – je t'aimais déjà alors que je n'arrivais pas encore à prononcer ton nom. Il n'est au monde de meilleur « brainstormer » que toi !

Ender – merci de m'avoir sans cesse fait rencontrer d'étranges personnages, sources d'inspiration, pour mes histoires, de figures pittoresques (Borchert !). Mais dis-lui, je t'en prie, que je suis en réalité quelqu'un de bien et qu'il ne se croie pas obligé de me briser les pouces.

Sabina Rabow, Thomas Koschwitz, Arno Müller – merci pour votre aide aussi amicale que professionnelle durant toutes ces années, et cela en dépit de mon obstination à vous remettre mes manuscrits dans d'infâmes classeurs.

Peter Prange – c'est en véritable rouleau compresseur que tu as aplani la voie que je peux à présent suivre, mérite qui suffirait à te conférer une place d'honneur dans chacun de mes remerciements. En outre, cela fait très bien de pouvoir citer ici au nombre de ses amis un auteur de best-sellers.

Roman Hocke – j'ignore comment tu t'y prends, mais il n'y a pas meilleur que toi. Sans tes talents d'agent littéraire, mes livres ne seraient pas aujourd'hui édités et portés à l'écran dans quelque vingt pays et je continuerais à écrire pour moi et mes chiens. Tu es au demeurant, en les personnes de Claudia von Hornstein, de Christine Ziel et du Dr Uwe Neumahr, à la tête d'une fabuleuse équipe que je tiens également à remercier.

Puisqu'il est question d'agent(e), je me contenterai de deux mots pour évoquer Tanja Howarth : Angleterre et Amérique. Merci pour tout !

Dans l'incapacité de citer chacun des membres de l'excellente équipe à l'œuvre chez Droemer Knaur, je remercierai particulièrement :
- le Dr Hans-Peter Übleis – d'avoir suffisamment cru en moi pour m'ouvrir les portes de votre maison d'édition.
- le Dr Andrea Müller – de ne pas m'avoir épargné ses nombreuses et impitoyables remarques, et, au prix d'un labeur sans répit, de m'avoir ainsi obligé, à son habitude, à tirer le meilleur de moi-même. Pour cela et pour avoir assisté mes premiers pas d'auteur, soyez mille fois remerciée.
- Caroline Graehl – avec qui j'ai eu grand plaisir à effectuer un si incroyablement fructueux sprint final. J'attends déjà avec impatience le prochain marathon de relecture !
- Beate Kuckertz – de savoir déceler avec un flair infaillible laquelle de mes idées saugrenues pourra donner matière à un véritable thriller.
- Klaus Kluge – de gaspiller ta science du marketing à me promouvoir, moi et mes ouvrages. Collaborer avec un pro de ton envergure est un immense plaisir. Il en va de même pour Andrea Fischer.
- Andrea Ludorf – de me trimballer sans pitié d'un bout à l'autre de la République. Et c'est bien ainsi ! Je vous en prie, continuez à organiser mes rencontres et mes tournées de lecture avec la même perfection !
- Susanne Klein, Monika Neudeck et Patricia Kessler d'être parvenues – elles n'étaient pas trop de trois – à faire chanter à l'unisson la forêt de mes feuillets.
- Dominik Huber – maître du monde virtuel – dont je me réjouis d'avoir fait la connaissance dans le monde réel.

Je remercie en outre tous les libraires et les représentants qui portent mes livres à la place qui leur revient. À l'intention de la foule de ceux qui l'auraient eux aussi mérité, j'adresse mes remerciements tout particuliers à Iris Haas, directrice des ventes de Droemer, à Heide Bogner, Roswitha Kurth, Andreas Thiele, Christiane Thöming et Katrin Englberger.

Ah oui, et bien sûr aussi à toi, Georg Regis, dont l'infatigable engagement rend superflu le recours à la chiromancie pour me prédire un avenir favorable.

Bon, et qui manque-t-il encore ? Des milliers de personnes, tel par exemple mon père, Freimut Fitzek, dont je n'ai pas hérité que l'amour de la littérature, mais aussi Simon Jäger, Dirk Stiller, Michael Treutler, Tom Hankel, Matthias Kopp, Andrea Kammann, Sabine Hoffmann, Daniel Biester, Cordula Jungbluth – vous tous qui savez bien ce qui vous vaut ma gratitude. Si vous l'ignorez, me voilà créditeur !

Je serai par ailleurs toujours heureux de chacune de vos visites sur mon site www.sebastianfitzek.de. Vous pouvez aussi m'écrire directement à fitzek@sebastianfitzek.de et me dire si le livre vous a plu ou non et pourquoi. Vous pouvez être certains que je vous répondrai dans le courant de ma présente existence.

Sebastian Fitzek, Berlin, septembre 2007

P-S : Et je te remercie bien sûr toi aussi, Simon Sachs. Où que tu sois...

Découvrez le début
du nouveau roman
de Sebastian Fitzek

Le Briseur d'âmes[1]
aux éditions de l'Archipel

71 jours avant la Peur

Dossier médical n° 131071/VL

Elle n'était pas nue, cette fois-ci, ni attachée au vieux fauteuil de gynécologue. Le psychopathe qui la séquestrait fouillait parmi des instruments disposés sur une table d'appoint rouillée. Lorsqu'il se retourna, elle ne vit pas tout de suite ce qu'il tenait dans sa main ensanglantée. Mais, une fois qu'elle eut compris, elle essaya de fermer les yeux. En vain. Elle ne parvenait pas à détourner le regard du fer à souder qui approchait lentement de son entrejambe. L'inconnu au visage ébouillanté lui maintenait les paupières ouvertes grâce à un jet d'air comprimé. Alors qu'elle pensait ne pas pouvoir connaître pire douleur au cours des quelques minutes qu'il lui restait à vivre, le fer à souder disparut de son champ de vision et elle ressentit une atroce brûlure entre ses cuisses. Elle réalisa

---

1. Parution en mars 2012.

alors que le calvaire de ces dernières heures n'était rien comparé à ce qui l'attendait.

Puis, au moment où elle crut sentir une odeur de chair calcinée, elle revint à la réalité. La cave humide, la lumière faiblarde de l'halogène qui dansait au-dessus de sa tête, la chaise de torture et la table en métal, tout disparut pour laisser place au néant, à l'obscurité.

Dieu merci, se dit-elle, ce n'était qu'un rêve.

Elle ferma les yeux. Et demeura perplexe.

Le cauchemar dont elle était prisonnière n'était pas terminé, il avait seulement pris une forme différente.

Où suis-je ?

À en juger par le vieux couvre-lit et la moquette verdâtre, tous deux mouchetés de taches et de brûlures de cigarettes, elle se trouvait dans un hôtel miteux. Lorsqu'elle sentit la rugosité de la moquette sous ses pieds, elle se crispa sur son siège, une chaise en bois des plus inconfortables.

Je suis pieds nus. Pourquoi je ne porte pas de chaussures ? Et qu'est-ce que je fais dans cet hôtel sordide, les yeux rivés sur la mire d'une télévision en noir et blanc ?

Les questions se bousculaient. Soudain, un bruit la fit sursauter, comme sous l'effet d'un électrochoc. Elle tourna aussitôt son regard vers la porte. Celle-ci trembla sur ses gonds une fois, deux fois, puis s'ouvrit brusquement sur deux policiers armés. Ils la mirent en joue avant de baisser la garde, et la nervosité qui se lisait sur leur visage fit place à l'effroi et à l'incompréhension.

— Nom de Dieu, mais qu'est-ce qui s'est passé ici ? s'exclama le plus petit des deux, qui avait enfoncé la porte et fait irruption en premier dans la pièce.

— Ambulancier ! hurla l'autre. Un médecin, vite ! Il nous faut de l'aide de toute urgence !

Dieu merci, se dit-elle pour la deuxième fois en quelques secondes.

La peur l'empêchait de respirer normalement, elle avait mal partout, elle sentait les excréments et l'urine. Cela, ajouté au fait qu'elle ne savait absolument pas comment elle était arrivée là, faillit la faire basculer dans l'hystérie. À présent, les deux policiers se tenaient devant elle et appelaient les secours. Voilà qui n'augurait rien de bon.

Quelques secondes plus tard, un urgentiste chauve portant une boucle d'oreille et affichant d'énormes cernes entra dans la chambre et s'agenouilla devant elle. Apparemment, une ambulance était sur place. Ce qui n'augurait rien de bon non plus.

— Vous m'entendez ?

— Oui…

— J'ai l'impression qu'elle ne comprend pas.

— Si, si.

Elle tenta de lever le bras, mais ses muscles ne réagirent pas.

— Comment vous appelez-vous ?

Le médecin sortit une minuscule lampe de poche et la lui braqua dans les yeux.

— Vanessa, souffla-t-elle d'une voix rauque. Vanessa Strassmann.

— Elle est morte ? demanda le policier qui se tenait derrière elle.

— Les pupilles réagissent à peine à la lumière et elle n'a pas l'air de voir ni d'entendre. Elle se trouve dans un état catatonique, si ce n'est comateux.

— Vous racontez n'importe quoi ! cria Vanessa.

Elle essaya de se mettre debout, en vain. Le moindre geste lui était impossible.

Qu'est-ce qui m'arrive ?

Elle répéta cette phrase à voix haute le plus distinctement possible, mais personne ne semblait vouloir l'écouter. Au contraire, ambulancier et policiers lui tournèrent le dos et s'adressèrent à quelqu'un qu'elle ne voyait pas encore.

— Depuis combien de temps elle n'est pas sortie de la chambre, vous dites ?

La tête de l'urgentiste lui bouchait la vue. Elle entendit une jeune femme répondre.

— Trois jours, peut-être même plus. Quand elle est arrivée, j'ai tout de suite vu qu'un truc clochait. Mais elle a demandé à ce qu'on ne la dérange pas.

Elle dit n'importe quoi !

Vanessa secoua la tête.

Je ne serais jamais descendue dans un bouge pareil de mon plein gré. Même pour une seule nuit !

— D'ailleurs, je n'aurais pas osé frapper à la porte, sans ces horribles râles…

— Regardez !

— Quoi ?

— J'ai trouvé quelque chose, là.

Vanessa sentit le médecin lui desserrer les doigts de la main gauche et en retirer un petit objet à l'aide d'une pincette.

— Qu'est-ce que c'est ? demanda le policier.

Vanessa était aussi étonnée que les autres personnes présentes dans la pièce. Elle n'avait même pas remarqué qu'elle tenait quoi que ce soit.

— Un petit morceau de papier.

Une fois que l'urgentiste l'eut déplié, Vanessa écarquilla les yeux afin de déchiffrer l'inscription, pour ne finalement apercevoir que des espèces de hiéroglyphes.

La phrase était rédigée dans une langue qui lui était totalement inconnue.

— Il y a écrit quoi ? s'enquit le deuxième flic, resté près de la porte.

— Bizarre. On ne m'achète que pour me jeter aussitôt, lut le médecin en fronçant les sourcils.

Dieu du ciel.

Lorsqu'elle entendit ces quelques mots prononcés sans la moindre hésitation, Vanessa prit conscience de la gravité du cauchemar qu'elle était en train de vivre. Pour des raisons qu'elle ignorait, elle était dans l'incapacité totale de communiquer. Elle ne pouvait ni parler ni lire, et sans doute pas écrire.

Lorsque le médecin lui éclaira de nouveau les pupilles, elle eut soudain l'impression d'être privée de ses sens. Oubliées, la puanteur de son corps et la rudesse de la moquette sous ses pieds. Moins les voix autour d'elle étaient distinctes, plus l'angoisse montait. À peine l'urgentiste avait-il lu la phrase écrite sur le morceau de papier qu'une force invisible s'était emparée d'elle.

On ne m'achète que pour me jeter aussitôt.

Une étreinte glacée qui l'entraînait une nouvelle fois vers le lieu qu'elle avait quitté quelques minutes auparavant, en espérant ne jamais y retourner.

Ce n'était pas un rêve. À moins que…

Elle tenta de faire signe au médecin, mais lorsque la silhouette de celui-ci se brouilla peu à peu, la peur l'envahit. Effectivement, personne ne l'avait entendue. Elle n'avait réussi à parler ni au médecin, ni à la gérante de l'hôtel, ni aux policiers. Car elle ne s'était jamais réveillée. Bien au contraire. Lorsque la lumière de l'halogène se remit à danser au-dessus de sa tête, elle comprit : elle s'était évanouie au début de la séance de torture. Ce n'était pas le psychopathe, mais l'hôtel, qui faisait partie du rêve, et ce dernier laissait à présent place à la terrible réalité.

À moins que je ne me trompe encore ? Au secours, aidez-moi ! Je n'arrive plus à différencier le réel de l'imaginaire.

Retour à la case départ. La cave humide, la table en métal, le fauteuil de gynécologue auquel elle était attachée. Nue au point de sentir le souffle du bourreau entre ses jambes, à l'endroit le plus endolori de son corps. Puis la face ébouillantée de son tortionnaire réapparut brièvement devant ses yeux.

— J'ai délimité la zone. On peut commencer, annonça-t-il d'une bouche dépourvue de lèvres.

Et il reprit le fer à souder.

(à suivre...)

---

1. © Éditions de l'Archipel, 2012.

Sebastian Fitzek
dans Le Livre de Poche

Ne les crois pas n° 32250

Yann May est au téléphone avec Leoni sa fiancée. La liaison est mauvaise. Pourtant, il l'entend dire « Ne les crois pas. Quoi qu'ils te disent... ne les crois pas... » Alors qu'il est encore en ligne, un policier sonne et lui annonce la mort accidentelle de Leoni, une heure plus tôt... Huit mois ont passé. Ira Samin, une psychologue de la police, a décidé d'en finir. Alors qu'elle s'apprête à passer à l'acte, un de ses collègues vient la chercher pour l'emmener dans une station de radio où un forcené a pris des otages et menace de les abattre. Ira, chargée de conduire les négociations, comprend bien vite que Yann a tenté ce coup de poker pour retrouver Leoni, qu'il se refuse à croire morte. Et certains de ses arguments sont troublants...

Thérapie n° 31584

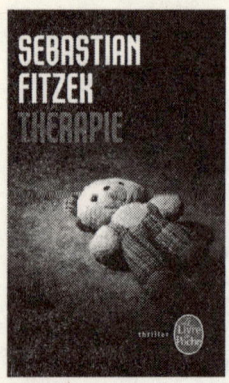

Josy, douze ans, la fille du célèbre psychiatre berlinois Viktor Larenz, est atteinte d'une maladie qu'aucun médecin ne parvient à diagnostiquer. Un jour, après que son père l'a accompagnée chez l'un de ses confrères, elle disparaît. Quatre ans ont passé. Larenz est toujours sans nouvelles de sa fille quand une inconnue frappe à sa porte. Anna Spiegel, romancière, prétend souffrir d'une forme rare de schizophrénie : les personnages de ses récits prennent vie sous ses yeux. Or le dernier roman d'Anna a pour héroïne une fillette qui souffre d'un mal étrange et qui s'évanouit sans laisser de traces... Le psychiatre n'a dès lors plus qu'un seul but, obsessionnel : connaître la suite de son histoire.

Du même auteur aux éditions l'Archipel :

Ne les crois pas, 2009.

Thérapie, 2008.

Le Briseur d'âmes, 2012.

Composition réalisée par JOUVE

Achevé d'imprimer en février 2012 en France par
CPI BRODARD ET TAUPIN
La Flèche (Sarthe)
N° d'impression : 67774
Dépôt légal 1re publication : mars 2012
LIBRAIRIE GÉNÉRALE FRANÇAISE
31, rue de Fleurus – 75278 Paris Cedex 06

31/6641/0